八咫烏は翔んだ

海堂史郎

元就出版社

前書き

これから展開する物語りには、米国・日本・中国・サウディアラビア・ロシア・韓国・台湾・北朝鮮等々の国々や、自衛隊の内情、また一部皇室のことが出て参りますが、これらは物語り展開上の筆者の完全な空想であり、各種事件なども事実とは異なる全くのフィクションであります。

さらにこれは三矢研究（朝鮮有事研究とされる）などとも関連がないことをお断りしておきます。

以上

八咫烏は翔んだ——目次

八咫烏（やたがらす）は翔んだ

第一部

(一) リヤドの密談

世紀が新しくなって間もない或る日、中東・砂漠と原油の国で、王のアル・サウドは王子の一人・アブドラー皇太子兼第一副首相を見つめていた。

王は二メートル近い巨軀をゆったりと長椅子に半ば横たえ、目は半眼気味に相手を見てその心を読み取ろうとしている。いつもの癖である。

ここはサウド国リヤドの王宮、市内の喧噪も全く聞こえない奥まった、小庭園に面した一室である。

小庭園の周囲は白亞の高い壁がとりかこみ、鮮やかな原色の花々の色彩が踊って小噴水と緑の茂みが見事にマッチして別世界をつくりだしている。

屋外は砂漠の熱気で四〇度Cを越す暑さというのに、室内はひんやり冷えて一五度Cに保たれ、あたりにはほのかに花の香りが漂っていた。視野に警備隊や侍従の姿もなく、ただ二人だけの密談である。

「アブドラー、興味をひかれる話だがよく分からぬな。今一度話すがよい」

「ハイ、父上」

とターバンに薄絹をまとった中年の副首相は、軽く一礼して再び話し始めた。

「参りました密史は、イラク国フセイン大統領の一族の陸軍少将ムハンムドでございます。……使いの趣きは、

『貴国と金宝国との交友関係にすがり、金宝国の中枢ルートに密かに接触させて貰えまいか』

ということでありました。

私はその理由を知りたい、と申しました。我がサウド国と金宝国とは王陛下の賢明なる御方針に基づき、たしかに友好的ではありますが、イラクにしても金宝国とは国交もあり、別に敵対している訳ではございません。それを『密かに』接触とは穏やかではありませぬ」

アブドラー副首相は、いったん句切った。王は「ウム」というように頷いた。

「ところが少将は、これ以上のことは直接お目通りしてお話しせよ、と大統領から厳命を受けている、と申します……」

「うむ」

「そこで私は一歩踏みこんで、貴国と中国とは武器輸入を通じて我が国より親密であろう。……その中国と金宝国とは、産業界の進出や巨額のODA資金の献上とそのバックリベートで強く結びついていると聞く。むしろ我が国に話すより中国の方が良いのではないか、と問うてみました」

「すると少将は、この話の性質上、中国経由では都合が悪い、金宝国にも米国にも好い関係を有する我が国からの方が望ましい、と申します。さらに全イスラムの安全保障のためにも是非、という次第でございました」

「ハテ、アメリカ絡みの安全保障とは何であろう。……このところの米国の圧力を何とか仲介でもしてくれ、とでも言うのであろうか……。それでももし朕が会わぬと言ったら……」

「ハイ、ムハンムド奴はそのまま立ち帰る、と申しております」

「よし、今日はそちの邸に留めよ。明日午後の祈りの後、余は午睡をとることにしよう。その時間

にこの部屋で引見する。王宮の車寄せまで出迎人としてアシール（侍従長）を差し向けよう」

第一副首相はいんぎんに拝礼して退出した。王はそのまま少しの間、庭を眺めていたが、鈴を振って侍従を呼ぶと情報局長官と国防大臣及び外務大臣に最新のイラク情報を持って直ちに伺候させよと命じ、しばらくするとツルキー情報局長官が現われた。

「ハイ、王陛下、先日ご報告致しましたように、米・英両国からの外交・軍事圧力の増大以外のイラク情勢には、とりたてて目立った動きはございません。相変わらずフセインはしきりにフランス・ロシア等と接触し、シリアとも交流しております……。

ただ、本日、アブドラー皇太子兼第一副首相殿の許にフセイン大統領からの使者が参ったことは承知しております。……

その他でちょっと気になると申しますと、一昨日、フセイン大統領府をロシア大使館ナンバーの、窓をかくした車で館員以外の外国人が訪問したのを見た、という報告がございます。その車は二時間後、ロシア大使館に戻り、さらに一時間後にナショナル空港までその外国人を送り、彼はロシアの特別機でとび立ちました。この人物の特定及び用件はまだ不明であります。

それ以外はアラファト派の幹部がシリア経由で訪問しておりますが、こちらは分かり易い行動で、外務省、経済省、陸軍省を回って次官・局長と面談し、現在もまだ滞在中でございます」

王は全く感情を表に出さないツルキー情報局長官のメガネの奥を見つめながら思った。

――（フム、ムハンムド少将の線はロシア特使か……プーチンが何か新しい提案をしたのか、あるいはフセインが油田の利権を餌に、さらにアメリカの攻撃を制止させようと動いたのか……しかし今度のこの線はそれとは違う別の何かだな……）――

「ツルキーよ、ロシア特使の件、今少し詳しく知りたい。……長官は何と判ずるかな」

問われた長官にも答えはなかった。

「ハイ、申し訳ございません。……現時点では私にも計りかねます。しかし、もしオイルの件と致しますと、こちらはすでに大使館経由で行なわれておりますし、また武器輸入の話と致しますと、近頃ではロシアより中国の方が活発でございます。中国は先の湾岸戦争の時に武器売却の件で、米軍から『誤爆』と称して狙い撃ちに大使館を爆撃されて以来、兵器の近代化に熱心でございます」

頷いた王は長官を退らせた。入れかわりに別のドアから国防大臣が伺候し、その後にはモハムド外務大臣が伺候して、それぞれ現状に特別の変化はみられない旨報告した。

翌日、定刻にアシール侍従長に導かれたムハンムド少将が現われ（侍従長は退席して）、皇太子と三人だけの会談となった。少将はいかめしい軍服姿ではなく、清潔ではあるが一般庶民と変わらない服装でうやうやしく拝礼した。王は今日は椅子である。

「聖モスクの守護者であられますアル・サウド国王陛下……」

と挨拶する少将に、王は優しい口調で椅子をすすめ、楽にするようにといたわった。フセイン大統領の健康、旅行の安全を問う形通りの会話の後、少将は低いがしっかりした声で話し始めた。

「王陛下、一切包みかくさずに申し上げます。実は、この話はロシアのプーチン大統領から参りました。……ご承知の如く、現在ロシアはアメリカのテロ対策には協力してはおりますが、我が国に対する攻撃圧力とＮＭＤ（全米ミサイル防衛システム）の開発には猛反対をしております。

その理由はもしこのシステムが完成致しますと、ロシアをはじめとする全世界のミサイル・原水爆が、アメリカに対しては一切無力となり、逆にアメリカはミサイルの威力を背景に全世界に君臨することが可能となるからであります。

プーチン大統領は米国に対して、ＡＭＤ（弾道ミサイル制限条約）違反の行為を詰り、仏・独等のＥＵ諸国にも諸利権の供与・維持を背景として猛運動を展開して反対行動への賛成を取りつけ、さらに中国及び（米国とは同盟国である）南占幸国まで訪問してＮＭＤ反対の声明を出させるという、まさに八面六臂の大活躍をして参りました。しかしながら、現時点では全く成果があがっておりません。

ご賢明なる王陛下ご推察の通り、もしこのまま推移してNMDシステムが成功致しますと、それは直ちに我らが法敵イスラエルにも供与され、我々全アラブ諸国・全イスラム教徒は、屈辱的に彼らの前にひれ伏さざるを得ないこととなりましょう。

聖なるモスクの守護者であられますアル・サウド国王陛下、このようなことはアラーの神の御名において、絶対に、絶対に承服し得ないことでございます。

今やモスクワは、可能性のある総ての手段を駆使して阻止する意向で、今回特使を我が国に派遣して参りました。

すなわち、NMD開発に関して米国が抱える唯一の弱点、高速迎撃の最先端技術と、今一つ厖大な資金が必要という点を攻撃するというものであります。

この二点は現在の米国の圧倒的な国力をもってしても独力で成功させることは極めて困難であり、ハイテクノロジーと豊富な資金力を有する金宝国の全面的協力が必要不可欠とされているのでございます。

モスクワはこの弱点に着目して、金宝国工作を提案してきたものであります。

現在ロシアも総力をあげて対抗手段、……例えばマッハ5以上の高速の航行ミサイルAS19や、飛行中ミサイルの投下軌道を変更して敵の防御ミサイルを避ける多弾頭核ミサイルMARV等の開発に着手しておりますので、金宝国からの支援を中止させるか、あるいは数年延期させられれば、我々に『時の利益』が生じ、米国の独走を許さない何らかの対策が講じられるという次第でございます」

諄々と説くムハンムド少将に、アブドラー第一副首相が口を挟んだ。

曰く、金宝国の政治は米国一辺倒と聞く、果たして成果ありや、またこのことで我が国と米国の関係に何ら懸念なきや、と。

少将もここが踏ん張りどころだと感じて熱心に答えた。

すなわち、金宝国は一見アメリカに従属的であるがモスクワは政治と軍事の二点に弱点あり、と見ていること。政治的には毎年四〇億ドルもの駐留経費と広大な軍事基地を提供し、さらにNMD計画の分担金約二兆円の拠出を迫られていること、軍事的には僅か数分で到着する敵ミサイルにNMDは役にたたない、我が国独自の迎撃システムを開発すべきとする意見や軍人が軍の改革を言ってもことごとく文官、外務省等に黙殺されてしまうことに対する不満が抬頭しつつある、と説明して今回の斡旋方を依頼してきたものであります、と述べた。

これに対して第一副首相が再び問うた。

曰く、米国のNMDはすでに開発に成功し実戦配備を始めたと聞くが如何、と。これに対し少将は、米国は試作ミサイルをイージス艦に搭載し、太平洋のマーシャル諸島から打ち上げた標的弾道ミサイルをハワイ沖で迎撃、撃破に成功と喧伝し、配備予算も要求すると公示していますが、内実は五発中四発しか成功せず、このミサイルは相手の弾道弾の正確な発射地点・発射時刻・性能緒元・気象情報等に基づいて一〇〇%弾道計算されたにもかかわらずの僅かな成功例であり、軍事常識からすればとうてい満足できる成功とは言い難く、金宝国に技術協力・資金援助を求めている所以であります、と答えた。

皇太子は直感的にこの提案は、サウド国と米国との良好な関係に水を差すもので――（もちろんフセインは秘かにそれも意図しているのであろうが）――、父王も多分好ましくは思っていないであろうこと、……しかしながら全アラブの大義や、これ以上米国独りを強大にしないためには結局、最終的には受けざるを得ないであろうことも感じていた。

「少将殿、NMD反対については分かりましたが、具体的に、何をどうするおつもりですか。また、果たして金宝で成果が得られますか」

「第一副首相閣下、ロシアの真意は、実は、あわよくば金宝国軍による『クーデター』を行なわせることを示唆している、と私共は受け取っております。我がフセイン大統領は熟慮の末、これ以上米国に力を与えないため、及び全アラブ諸国・全イスラム教徒の自由と尊厳を守るため、従来の確執は一時おさめ、小異を捨てて大同につく決意を致しました。……

聖モスクの守護者であられますアル・サウド国王陛下、……我らイスラムを信奉する者はアラーの神の御名にかけてアメリカ・イスラエルにひれ伏すことなど絶対にできませぬ。何卒王陛下、全アラブのため御援助を賜わりますよう、伏してお願い申し上げまする」

少将は最近では廃れかけている拝跪の礼でひれ伏した。王は立つように、といたわった。

「なる程、容易ならざる事態ではあるの……。ムハンムド少将よ。お使いの趣きは承知した。全イスラムのためになること、となれば同じアラーの神を讃え、同じ井戸の水を飲む者としては応分の検討をせずばなるまい。……」

王はここで一呼吸の間を置いて言った。

「だが少将よ、砂漠では他人の水を飲ませて貰った者は、それなりの礼をつくすことはわきまえておられような」

「ハッ」と深々と一礼した少将は、心中任務の成功を直感した。彼は誠意を目にこめた。

「王陛下、ロシアには作戦に拠出する資金はありませぬ。代わりに新型戦車T90・スホーイ30型戦闘機及び新型の地対地ミサイルを特別安価に供与しよう、と申し出ております。……しかしながらこれは我が国向けであり、我が国は金宝軍のクーデター資金として五〇〇〇万USドルと、もしご要望があれば供与された兵器の一部を贈らせて頂きます用意がございます」

王は意識して少しの間黙っていた。サウド国は昔から親米路線を取っており、従って国軍の武器体系もアメリカ式になっていた。

今ここでロシア系列の兵器など貰っても部隊編成上も混乱するし、またメンテナンスや維持消耗品・訓練教官でロシアを頼らなければならなくなるし、第一、米国との関係に波風が立つではないか。

それに、すぐ答えず黙っていることは、とりもなおさず自分が提案に満足していないということを少将に感じさせ、新たな譲歩案を引き出すためには有効である、と考えたのである。王は重々しく口を開いた。

「少将殿、この提案は重大かつ微妙で、朕もそれぞれの司たちと話さねばならぬ。明日またお話し致そう」

少将は退出した。

一時間の後、王は執務室に隣接する会議室に入り、

アブドラー皇太子兼第一副首相

モハムド外務大臣

ラーマン国防大臣

ナイフ内務大臣

カシム農林大臣

ウサド産業通商大臣

ツルキー情報局長官

マムドウ戦略研究所所長

たちと約二時間会議を開き、提案受諾の可否、利害得失を論じさせた。

翌日、再び定刻に伺候したムハンムド少将に、王は優しく語りかけた。

「少将殿、アラーの神の御名において、全イスラムのためということであれば、朕も協力は惜しまぬであろう。

ただ余は現在東部州ダハラム地方の農業・砂漠の緑化に苦労しておる。海水を真水にするプラントをもう一ヶ所増やしたいし、その水を送るパイプラインも必要となる。……軍事より民生向上が必要なので、余もこれで結構忙しい日を送っておる」

少将の頭脳はフル回転した。

サウド側からの予想要求については、すでに出発前に幾通りもの計算がなされ、フセイン大統領からは最後に、要求額が当方の限界線を越えた場合には即刻打ち合わせに帰れ、と命じられていた。しかし功名心に燃える少将は、何とかすんなりとこの話を纏めあげて大統領の信用度をあげたいものだ、と熱望していた。

一方、王の方は庶民が多い東部州ダハラム地方には近年イスラム教過激派が潜入し、しきりに同調者を集めている、という情報があり、住民をその煽動から守るためには第一に生活の安定、それには真水の供給と農業給水による安定した農業環境を整備することが急務と考えているところであったのである。

「ハッ、王陛下、アラーの神の大いなる御心を体し、民生に力を致されます王陛下のご方針には必ずお応え致します。

これらの技術こそ金宝国の得意とする分野でございます。この話が成功致しましたら、私、責任を持ちまして彼らと協力して実行致します」

「おそれながら……」

とアブドラー第一副首相が口をはさんだ。軽く頭を下げる。

「少将殿、昔から諺に曰く、『物事はまず話すより実行して誠意を示せ』と。また井戸から水だけ飲んで黙って立ち去る者もおります。

金宝国にご紹介したとしても、事の成否は相当先にならぬと分かりますまい」

「閣下、仰言る通りでございます。我が国はロシア同様にフランスにも影響力を持っております。私、立ち帰りましたら、まず第一の誠意として仰せのパイプライン用鋼管を、御国の宮廷商人アショナン・カシギ氏と打ち合わせの上、フランスから即刻納入させる手続きを、経費一切私ども負担で実行致します。

また、真水プラントは直ちに金宝国トレー社に発注いたしますが、こちらは受注生産のため納品まで数ヶ月を要しましょう」

「いや少将殿、プラントの発注・支払いは、金宝国への私どもの紹介者の手土産にした方が成功の確率が高くなると思料されますので、その分の金額はカシギの口座に振り込んで頂きましょう。この二件の実行と軍資金を以て、当方も約束を直ちに履行致します」

「王陛下、第一副首相閣下、早速の御承引、心から有難く存じます。五〇〇〇万USドルの資金、真水プラント及びパイプの件、私、帰国次第一週間以内にアショナン・カシギ氏と打ち合わせ、さらに一週間以内に所要の手配を実行させて頂きまする。……

それで、閣下、もし御差支えございませんでしたら、紹介者にはどのあたりをお考えでありましょうか」

「少将殿、お話の条件としては、大使館・政府筋は不適ということと、今一つは軍の中枢につながるルートということでしたな……。

まだ最終決定をした訳ではありませんが、候補の一人として現在金宝国のサウドオイル社が我が国の領海内での試掘を求めてきておりますが、この社長は金宝国の元総理大臣らに深いつながりがあり、同時に軍にも受けがよい軍需産業の四星重工の顧問も兼務しており、適任かと考えているところです」

ムハンムド少将は第一副首相がメモした簡単な合意書にサインした後、最大級の礼をつくし、

「退出しましたら、このまま帰国致しまする」

と部屋を出て行った。

第一副首相は空港まで護衛を付け、便の手配をしてやった。

少将を送る手配を命ずると、再び伺候した皇太子に王は低い声で話しかけた。

「アブドラーよ、この件は『組織』に連絡しておいた方がよいかな」

「ハイ」

と答えた皇太子は、誰もいないと分かっているのに、部屋と庭を素早くチラと見ると、一歩前に進み出て低い声で答えた。

「父上、止むを得ず賛成は致しましたが、金宝国のクーデターは米国にとって決して好ましいものではないでしょう。

我が国がそれを仲介したことはいずれ知れます。となれば無用の誤解を避けるため、早速『組織』に忠誠を示しておくことが得策と心得ます」

「ウム、それと対イラク戦争の件だが、フセイン奴はフランス・ロシア・ドイツの猛運動を信じて戦争回避と読んでいるようだの……。だが『組織』からは開戦必至の通報が来ておる。ダハラム地方への援助は、そち自身が指揮して急がせた方がよかろう」

「ハイ王陛下、直ちに所要の手配を致し、また『組織』には密使をたてまする」

二人はなおしばらく話し合っていた。やがて王宮の内部には「王陛下のお目覚め」と触れて歩く侍従の声が聞こえた。

㈡　穏やかな日々

平清○○年一月十一日㈯の朝、金宝国の首都・四宿の官舎から近くの公園に向かって散歩する中年の男がいた。

金宝国防衛隊・陸軍幕僚監部・防衛部長の原次郎少将である。

公園の芝生は薄茶色に枯れ、うっすらと霜がおりて、池には薄氷がまだらに張っている。樹々の枝々も夏には緑一色で大きく天を覆っていたのに、今は頼りなげな骨ばかりで、空が何となく明るく感じられる。

雀がチ・チと啼き、彼は優しい目差しで姿を追った。厳冬の冷気が頬にピリッと当たるが、歩き続けるとかえって爽快ですらある。原はウン、と力んで白い息を吐き、両手で一杯に天をついた。

かつて防衛隊大学○期生として共に学んだ三○○人の同級生も、卒業と共に陸・海・空の三軍に分属し、さらに二十数年に及ぶ歳月は優劣の序列を生みだして、大半の同級生がまだ大佐に留まっているのに、彼は昨年一月に同期のトップをきって少将に進級、将来は陸軍大将の栄光をも微辞される階陛に進んでいた。

当年四九歳、妻と一女が宝である。中肉中背、ハンサムではない目立たない顔付きだが、背はピンと伸び、強い意志を示す結んだ唇、理知的な細い目、それが時々鋭く光る。

抜群の記憶力で防大では開校以来の頭脳と称された。

原本来の性格は負けず嫌いで烈しいが、彼は努めて「人当たりの円満」を心掛け、また部下にもそれぞれの能力と適性に応じた対応をとるように配慮してきた。

これは将来の栄進に際しての（任命選考者である）防衛隊内部部局（以下内局と言う）の文官による昇任審査会議での無用の悪評を避けるためと、いずれ逢着する定年退官後の再就職に備え、いわゆる「軍人的思考・性格」に偏ることを危惧して積極的に民間秀士たちとの交友を深めてきた努力の成果でもある。

国鉄中心線三谷駅から北に徒歩七分、旧帝国陸軍の歴史ある地に、現在の防衛隊の本拠がある。隊内には儀杖広場の正面に内局・統合幕僚監部・陸海空の三軍幕僚監部の入った巨大ビルがあり、その両側に通信施設・情報部隊・調達実施本部・施設庁・技術研究本部・警備部隊等の建物群がある。

原少将は概ね〇八二〇（午前八時二〇分）頃登庁する。白い漆喰の天井に薄緑色の壁、何の変哲もない事務室に入ると、ざわめいていた四〇人ほどの部下が一斉に挨拶する。副長格の遠藤中佐が立ってきて、当日の定例会議資料を渡す。〇八三〇（八時半）課業始め。同四五分から九時半頃まで定例会議（別名・オペレーション会議とも呼び、将官級の主要幹部が幕僚長の前で当日の関係各部隊の主要行動・行事・諸情報等について説明する）が開かれる。

終わって十二時まで勤務・十三時まで昼食休憩・十七時課業止め、（当直員以外は）外出・帰宅となるが、幹部はほとんどの者が二、三時間は残業する。但し、防衛官には残業手当も夜食手当もない。二四時間勤務が原則であるからである（作戦中の現場部隊には夜食がつくこともある）。

さて、原が会議から戻ると遠藤中佐が立ってきて報告した。

「部長、先ほど四星重工の加藤部長から電話がありました。先日お約束の通り、本夕六時に宜しく、と念を押されていました」

「分かった。十七時四〇分に出よう。君も一緒に来てくれ。帰りの便（送迎車）は断わって下さい」

遠藤俊光、四一歳、同じ防大出身のX期生である。原の腹心で第一課長を勤めている。背は人並みで痩せ型、空手二段、目は大きく面長、人を真っ直ぐに見る。何かのことでギョロリと目が光ると、一種精悍な迫力がでてくる。

土曜日や昼休み等には同好の士と稽古に汗を流していた。

四星重工の寮の一つが、徒歩七分の坂寄りの住宅街の中にあった。

敷地は約二〇〇坪もあろうか。洋風二階建に和風を加味した本館と、管理人夫婦が住む平屋建別棟があり、広くはないが手入れされた庭と、玄関前には車四台ほどのスペースがあった。周囲の塀には目隠しの高い竹編み垣が塀の上に更に組まれ、灯籠の灯りが小池に映え、小さな別世界をつくりだしている。

四星からは加藤特需部長と佐藤営業課長が出迎えた。部長は背が高く、ゴルフやけしたスマートな感じである。新年の挨拶の後、原は、

「ところで、伊丹さんはお元気ですか」

と口火をきって話に入り易くしてやった。伊丹氏とは元陸軍大将の大先輩で、退官後は四星の顧問として役員待遇を受けている。

一般省庁の高級官僚には、入省同期またはそれより若い年次の者が事務次官（官僚としての最高位）になると、他の者は定年に達していなくても自発的に退官するという習慣がある（その代わり退職者の天下り先は、前・後任の事務次官が責任を持って面倒を見るのである）。

防衛隊の場合、内局文官は別として制服組にはそのような習慣はない。

「お呼びの口」がかかるのを待つか、自分で探すか、である（但し、中・初級将校・下士官・兵の場合には、各地方隊ごとに就職幹旋室があって世話をしてくれる）。

将官の場合、退官時の階級と配置（ポスト）、隊での人望、業務上の功績・発言力等によって、中には申し込みが重複して断わるのに困ることもある。

　また、技術系・経理系の場合、それぞれのポストの枠があって、先輩が後輩に順送りするケースもある。

　大方（おおかた）の場合、将官ならば一流企業で二～三年、顧問として遇せられる。

仕事としては防衛隊に関する人事・業務・外国情報等の入手や予算の根回し、入札契約事務等が期待されるが、非常勤なので、それ以外の時間は悠々自適のお殿様なのである。しかし、大佐・中佐となると格落ちして、企業の部・課長待遇となり、厳しいノルマの達成に頑張って働かねばならない。

「ハイ、お元気で。只今はアメリカに出張しております」

「ホウ……なかなか張りきっておられますね」

「エエ、実はご承知のように、この一〇日に向こうの陸軍参謀総長が交替してロックウェル大将になりましたでしょう。その方（かた）が伊丹顧問のお友達だということで、情報入手を兼ねてご挨拶に行かれたんですよ。来週後半には帰って参ります」

　民間に出た先輩が、しっかり働いていると聞かされるのは気持が好い。

　このあと話は四星重工側の狙い、つまりかねてから技術本部と提携して開発を進めてきた新型誘導兵器の評価実験が成功したので、実行予算の枠の確保と、来年度の概算請求計画への継続計上をお願いしたい、という話になった。

　原は了承し、後は関連の話と雑談になった。大陸への企業の進出のこと、中国軍の新動向、有事法制、イラク問題、新エネルギーとしてのメタン・ハイドレード開発の技術問題、尖閣諸島等々が話題となった。

ほどほどに酒が進んだ頃、加藤部長が遠慮がちに聞いてきた。

「内局は近く防衛隊の組織の大改編に踏み切るらしいですね」

原はビールを置いて答えた。

「エエ、そのようですよ。具体案は今後検討してということらしいですが、防衛隊調達の一本化・戦車三〇〇輌の削減・護衛艦の減、人員の削減・統幕の格上げ実力化、国連対応部隊の新設等が話題に上っているようです」

部長は一歩踏みこんで原たちに同情を示した。

「内局はどういう考えなんでしょうね。人員も二四万を一五万にしたいそうじゃないですか。アジアの戦力バランスは分かっているんですかねえ」

原は苦笑して当り障りなく答えた。

「内局も色々検討して決めるのでしょう。我々は与えられた兵力を一〇〇%有効に使って戦うだけですよ」

だが、若い遠藤中佐は酒のせいでもあるが日頃の不満を口にした。

「加藤さん、仰言る通りですよ。調達庁や統幕のことは自分はよく分かりませんが、二四万を一五万に削減とは全く不当です。昔と違って今は原子力発電所・トンネル・橋・新幹線・電力網・石油備蓄基地、……守るものが増えているんです。護衛艦にしたって我が国が一年で六億トンもの輸入をしているのに、それを今より削減とは、一体どうやって船団を護衛するんですか。

内局は我々の戦力を弱体化して中国や北占幸国にわざと攻撃させ、その上で米軍に頼って相手をやっつける戦略に転換したとしか思えませんよ」

原は遠藤の暴走を止めた。民間人を相手にこんなことを言ったら大事になる。

「遠藤！　そういうことを言っちゃいかん。少し酒を過ごしたようだ。ボツボツ帰ろうか」

「アハハ、加藤さん、少し酔いました。このへんでお開きにしましょうか」

加藤も気をつかった。

「アハハ、今日は大変愉しうございました。今後ともよろしくお願い申し上げます」

解散する時、遠藤中佐は二人分の夕食代として一万円を払い、領収書を貰った。

僅かな金銭のことで、将来に無用な傷はつけたくはない。帰宅して貰ってきたお土産袋を妻に渡すと、妻は包装紙を丁寧に開けた。中には今年の干支の置物が入っていた。

彼女の喜ぶ顔を見て、原は何か満ち足りた思いになった。その夜、彼は傍らの久子を抱き寄せた。白い腕がいそいそと肩にきた。

しかしこの夜、海を越えた遥か彼方、地球の向こう側では太陽が輝き、或る人々は元気よく働き、遊び、かつ懸引きをしていた。

㈢　保養地

フロリダ半島は一年を通して暖かい。アメリカ大陸に沿ってカリブ海に入る北赤道海流と、西インド諸島に沿って流れるアンチル海流は、メキシコガルフを大きく回流してフロリダからカロライナ州沖にと北上して行く。この自然の恩恵を受け、フロリダでは真冬の一月でも二〇度Cを保っている。

半島の付け根、ジャクソンビルからケープケネディ基地のあるカナベラル岬に向かって一〇〇キロほど行った海岸に「組織」の秘密保養所の一つがあった。

幅一〇キロ、奥行き一五キロの海沿いのエリアはジャングルの中にあり、周囲の境界は幅一五メートルが草刈りされて、鉄条網・ピアノ線・赤外線・自動カメラ・高圧電流でガードされ、侵入者を拒否していた。

小型自家用ジェット機が発着できる滑走路の横には、格納庫・警備員棟・倉庫・モータープール等がかたまって建ち、対空レーダー・スティンガーミサイルが配置され、ヨットハーバーにはヘラルド（水中聴音器）と大型クルーザー・四七フィートの外洋ヨット・小型ボート等が仲良く並んでいる。

エリアの境界には定期的にヘリから殺虫剤が噴霧されるので、蚊や蛇は入ってこられない。

到着した主人たちは、パノラマ効果を活かした樹々の間を縫って進み、パルテノン宮殿風の大玄関・車寄せを持つ二階建の白亜の本館に達する。

本館は両翼に六〇室もの部屋を持ち、調理室・メイド室・倉庫がある。本館の裏側には大噴水を配した庭園が広がり、その横にはプール・テニスコート・パット用グリーン・ジム・サウナ・ワインコーナー・スナック等を備えたスポーツ・エリアがある。

本館地下には大会議室・コンピュータールーム・資料室・映写室・動力室・倉庫等があり、さらに原爆の放射能防護のシェルターに通ずるドアの一つがある。もっとも直撃は想定していないので、それほど強度には配慮していない。放射能は、爆発の瞬間から数えて七の倍数の時間経過と共にその末尾のゼロが一つずつ消えるので、数十人が二年間以上地下で暮らせる設備があるだけである。

従業員は、グルカ兵の警備員・通信員・インド人のコンピューター技師・モルジブ人の水兵等を除き、スリランカ・インドから連れてきたカースト（身分制）の低位の者たちが三代前から住みついて奉仕していた。

「組織」には強い力、つまり財力と権力がある。全世界の富の一%を持ち、一五%に影響力を行使し得る。ほとんどすべての政府に何らかの影響を及ぼすことができるのである。

初めて、組織「世界統一平和連盟」が結成されたのは、一九二一年・国際連盟が成立した次の年であった。米国大統領ウィルソンが提唱して設立させたにもかかわらず、肝腎の米国が参加しなかったり、各国の不協和音が大きくなるばかりなのを憂えたアメリカ・フランス・イギリス・イタリー四ヶ国の政財界の有力者・貴族一〇人で発足させた。

最初は純粋にボランティア的平和活動だけをしていたが、会員も漸増し資金も必要になると次第に性格も変容し、経済活動のために互いに協力するギルド的なものに変わっていった。以降、組織は着実に勢力を拡大して現在に至った。

彼らは決して事を焦らない。焦ればかのヒットラーのような失敗をすることを学んでいたからである。

世間には知られていないが、彼も昔は組織の一員であった。第一次大戦後、巨額の賠償金支払いに苦しむドイツに彗星の如くに現われた彼の名演説を聞いたメンバーが会員に、と推挙したのである。ドイツ支配の絶好のチャンスと見た組織は、このボスニアの伍長・ヒットラーを支援することを決めた。

以後、不思議なことに、彼の政敵は不可解な事故で失脚し、あるいは彼の逮捕等の苦境は、信じられない幸運に救われた。常に資金不足で税金も払えずに苦しんだが、常に活動に最低限必要な金はどこからか湧いてきた。

こうした幸運に救われて、彼は遂にドイツ帝国の頂点に立つことができた。

ところが何と！　彼は組織に反抗したのである。彼の大嫌いなユダヤ教徒がメンバーの中にいる、ということがその理由であった。

組織をよく知る彼は、近代兵器を装備した強力な軍隊を作り、また暗殺をおそれて秘密警察（ゲシュポタ）と、カナリス提督が組織した秘密情報部を創設、組織に対抗し、さらにあろうことか、大勢のユダヤ人を捕まえて殺したのである。激怒した組織は、それでも一応は英国首相のチェンバレン（二代目会員・父は熱烈な国際連盟の支持者であったが、後に失望し組織に加盟した）を派遣して宥和をはかったが拒否され、遂に戦争によって彼を罰したのであった。

この事件は組織に貴重な教訓を与えた。第二次大戦の後、今度は前大戦後のように一三二〇億金マルクという天文学的賠償金を要求することはしなかった。

徹底的収奪は、逆に世界経済の足枷となることを学んでいたからであった。また、完全な独裁者を仕立てることはかえってマイナスで、常に多少のライバルを残しておく方がコントロールし易い、ということも強く記憶させられた。

組織が人類に貢献した例も数多くある。さすがのヒットラーも、歴史と文化の都・パリを残せという組織の要求を聞き入れ、パリでの市街戦は行なわなかった。

また大戦中、日本各地がB29や空母艦載機で空襲されたが、当時のIOCブランデージ会長が日本文化の焼失を惜しみ（会長はかねてから日本を訪れ、その文化・歴史に造詣が深かった）、米政府に強く進言した結果、京都には一発の爆弾も落とさなかったという歴史の事実があるのである。

現在では組織の会員は、小国ならば二人以下、中程度で三人以下、大国でも一〇人以下、という具合に増加してきた。

原則として会員は白人でなければならない。ただ例外として金宝人・中国人・サウド人・エジプト人・インド人は許されているが、黒人は一人もいない。

これは組織の目的が、当初の「世界統一政府の実現による完全な平和の招来」という結構なものから、「白人中心による地球人口と資源消費のバランスがとれた文化的・平和的社会の実現」に変質してきたからである。

当然、幹事会は白人専用であり、どんなに有力であっても金宝人などの有色人種は、単なる平会員にしかなれず、保養地の使用などは以てのほかである。

組織に入会するには、メンバー数人の推薦と幹事会の承認及び次の二ヶ条の掟を守ることを紳士として誓えばよい。入会金も会費も不要である。

〔第一条〕

会員は全世界で、会員の真の政府は組織ただ一つであることを認識し、その指令には絶対に服従すること。

これはその者が所属する国家・人種・宗教・政治・思想・妻子親族・経済等の関係より優先するものである。

〔第二条〕

組織の秘密は終生絶対に守ること。

これだけである。退会は入会手続きと同じで、死亡・廃人も含まれる。

メンバーには組織からの「援助」がある。それを必要とする会員が要請すれば、例えば、巨額の低利資金の（無担保）融資や政治工作、軍事援助、極秘情報等々の援助を直ちに実行してくれる。

また戦争・内戦・災害等により被害を受けた場合にも、組織はメンバーとその家族の安全を確保し、もし被害を被った場合には再建に力をかしてくれるのである。これらの組織への返礼は、借りた元金と利潤の一部を無理のない範囲で返せばよい。

会員を統轄するために地区別に支部長が定められ、一般会員には入会の時、組織の会長名・支部長名及び同国人の会員名が告げられる。全会員の名簿は幹部だけが持っている。

組織からの命令の伝達には、緊急の場合を除いて、護衛つきの伝書使が使われる。彼らはスラリとした長身をサービイロー仕立てのダークスーツに包み、黒革のアタッシュケースを持って優雅に支部長の秘書室にやってくる。一流企業の名刺を出し、キングスイングリッシュで格調高く、にこやかに話しかける。ポーッとなった秘書嬢には、カバンの中身が一国の政治・経済に波紋を起こす重要資料が入っていることは想像もできない。

だが、最近では簡単な指令は、暗号化されたインターネット等でも送られるようになった。

組織自身の活動としては、例えば国連の活動への参加協力・国際間の短期コール・替為売買・株式売買・M&A・ベンチャー投資・武器輸出・食糧売買・メジャー操作・貴金属及びレアメタル売買等々で、関係メンバーの協力を得て手堅くその力を蓄積して行くのである。従って、組織の中では金宝国の重要性は五指のうちにあった。

金宝国で原次郎が快い(こころよい)眠りに入った頃、このフロリダの保養地には組織の幹部数人が集まっていた。

○リチャード・ウィルソン（陛下(マジエスティ)）

組織の第九代目の会員である。六二歳・一家はメイフラワー家系である。

彼のコングロマリット（大複合企業）は五〇ヶ国に一三〇〇の系列店を持つ。長身で痩せ型、面長の顔に高い鼻筋(はなすじ)、目はブルーで知的なしっとりとした輝きを持ち、育ちの良さを感じさせる物言いの穏やかさ……。

しかし仕事では機を見るに敏で、果断に事を処し、敵を仆(たお)す。別称「剃刀(かみそり)ウィル」と呼ばれ、畏怖(いふ)されている。名門プリンストン大出身で弁護士の資格を持つ。

大円卓の彼の右には、

○ジョージ・ブラッドレー
　が座っていた。七〇歳、一介の少年水夫からのし上がった辣腕家で、背は低い方でずんぐりして見える。かなり禿げていて、一見鈍重で柔和そうな外見にかかわらず、ぶ厚い唇、冷たく光る目が彼の本性を現わしていた。

　海運業・倉庫・交通輸送を表看板としているが、情報を掴むと本業以外のことでもたちまち介入してあくどく利を貪る。初代会員。黒ぶちにダイヤで装飾した眼鏡をかけ、腕時計・ブレスットもこれ見よがしの黄金で、指には大きなダイヤの指輪を三つもはめている。この年齢と体型でありながら、貪婪かつ異状なまでの性欲の強さは、全米メンバー第一位との悪評があった。

　彼の横で優雅に少し半身に腰かけ、足を組んでいるのが、
○ファナード（俗称フォックス）
　である。中肉中背だが、何かスポーツで鍛えたガッシリさが感じられる。

　聡明そうな広い額、薄い茶色のサングラス。ハーバード大卒の理知的な物腰が学究肌の雰囲気を感じさせる。この点リチャード会長と共通点がある。

　世襲の二代目会員で、現職はＣＩＡ長官を勤めている。俗称は彼が狡猾で、一筋縄ではいかない手腕のあることを示していた。

　その横には、
○チャーリィ・ゴードン
　が不敵な面構えで存在していた。

　一応世襲財産もある二代目会員で、表向きは鉱山と小規模の油田を持つとされているが、アフリカの地域紛争で暴れたとか、ラスベガス・マフィアと義兄弟とか、ちょっと得体の知れないところがある。剃刀ウィルの陰の手足だという噂もあった。

　ユダヤ系とイタリー系の混血で六〇歳、二メートルの大男で、黒いサングラスと数人のボディガードを離したことがない。当然テレビ、マスコミはシャットアウトである。

　リチャード・ウィルソンの左側には、

○マイケル・モルガン

　財閥の当主がいた。オイルで財を成し、メジャーに発言力がある。また系列の銀行・証券業も世界規模に広がっている大物である。彼もハーバード大で三代目会員、今日の会合では最年少の五三歳。端正（たんせい）な威儀を崩さない。

　彼の隣には六一歳になる、

○トーマス・カールソン

　が大人（おとな）しく腰かけていた。共和党の有力政治家で、彼も二代目会員である。議会では下院で、特に金宝国・中国問題の権威として通っている。プリンストン出身で父の地盤を受け継いで政界入りしたのだが、彼の力量は父より一回り小さいと評されている。

　しかし会長のリチャードとは馬が合って、組織の幹部の末席に抜擢（ばってき）されていた。ただ彼は白人専制を旨とするメンバーの中にあって珍しく親金宝派で人脈も多い。本人は将来、議員を辞して引退する時には金宝国大使になりたいと思っていた。

　他のメンバーはいるのだが、今日は呼ばれてはいなかった。会議はすでに一時間以上続き、今日の議事は終わりに近づいていた。

　マホガニーの大テーブルにはメモ用紙と飲料、資料があるが、審議は大壁面に映されるコンピューター資料により進行していた。

　昨年の事業実績、経理報告、各国支部報告、本年度の行事予定、世界動向と経済分析、組織の役員変更、入退会メンバーの承認等々である。今日の打ち合わせは、来週行なわれる常任幹事会の予備会議であった。

剃刀ウィルが締め括(くく)った。

「諸君、大体こんなところか」

皆は頷(うなず)いたり目顔でOKを出したが、ブラッドレーが注文をつけた。

「ウィル、一つだけ。……くどいようだが、新入り希望の金宝人のBは保留にしてほしい。たしかにカールソンの言う通り資格はあるようだが、最近の金宝は生意気だ。貿易では我々に赤字を押し付けるし、前の湾岸戦争では派兵協力もしないくせに油(オイル)だけは取っている。

見てみろよ、今度予定されているフセイン攻撃にも、また一兵も出さない気だよ。こんな自分のことしか考えない奴らは追い出すべきだ。まして増員なんかは以てのほかさ。あの国にはもう五人も居るんだ、これ以上黄色い連中の名前は見たくないよ」

マフィアのチャーリィも同調した。

「賛成、近頃は極東(ファーイースト)のチンピラ共が西海岸(ウエストコースト)に増えだして目障りだ。金宝も中国も老人連中が死んだら補充してやればいい」

カールソンはブラッドレーに反論しようと身じろぎした。だが、チャーリィが続けたのを見て反論をのみこんだ。

「敵盛(さか)んなる時は之(これ)を避く」彼は考え方まで金宝式に影響されていた。

その時、CIAのファナードが静かに割りこんできた。

「ウィル、ちょうど話が出たからついでに、という訳ではないんだがね……。実は昨日(きのう)アル・サウドから密使が来た……」

皆が一斉にファナード長官を見た。

「要点は金宝軍にクーデターを起こさせよう、というもので、……筋としては、プーチンが我が国のNMD開発に反対して、イラク経由でサウドに働きかけ、金宝軍にクーデターをやらせて連中の金と技術供給をストップさせ、我々の開発に水を差そうという狙いらしい。……それでアル・サウドは、本心は提案を断わりたいのだが、イスラム世界との関係上、仲介せざるを得ない、と言っている……」

　数十秒間、全員が言われたことの意味と、次いでそのことがそれぞれに与える利害得失について考えた。

　最初にブラッドレーが口を開いた。

「ファナード、その情報はもう大統領には報告したのか。それと金宝軍はクーデターなんか起こせる力があるのか」

　ファナードが冷静に低い声で答えた。

「ジョージ、組織に重大な影響が起こり得る情報については、我々の大統領はウィル一人だよ。……それから金宝軍がクーデターを起こし得るか否かは、もう少し情報がないと判断できないが、個人的見解を言え、と言われるなら、能力的にはイエスでしょう」

　次いでモルガンも質問した。大財閥の子息として大らかにビジネス界に入り、育っただけに幾らか心配そうである。

「カールソンさん、金宝国には我社（うち）も重大な関心があります。金宝軍は平和的で、シビリアンコントロールもうまく機能している、と聞いていましたが、果たしてクーデターを起こせるんでしょうか」

　金宝国に関係する大情報に、瞬時に頭脳を総動員していたカールソンは、半ば（なか）自分自身に言い聞かせるようにゆっくりと答えた。

「マイケル、現時点での金宝軍そのものがクーデターを起こすのは。ちょっと無理だろうね。……

君の言う通り、シビリアンコントロールも定着しているし、士官学校時代から徹底的に『軍は政治に関与せず』と教育されてきている。……しかし彼らにも軍の意見を採りあげてくれない政治や文官幹部に対して潜在的不満があるようだし、……そうだね、もし環境が整いさえすれば、陸海空の三軍の将校たちが同じ士官学校を卒業して気心が知れているだけに、かえってよく纏まるかもしれない。……

うん、問題はアル・サウドが誰にコンタクトするかだと思うよ。人間次第だね……。それと皇室も関係するかもしれない。ファナード長官も言われたように、軍そのものは小さいが、装備・兵員ともに我が軍同様に精鋭で一つにまとまっている。……クーデターとは穏やかじゃないが……うん、人と条件さえ整えば、成功する確率は極めて高いかもしれない。……」

ブラッドレーが眼鏡をちょっと直し、ファナードを見て言った。

「プーチンがNMD反対を言うのは分かるが、なぜ自分で金宝工作をしないんだ。フセインやサウドを使えば、みすみす甘い汁を吸われることぐらい分かってるんだろう」

ファナードは静かに答えた。

「使いの者によれば、フセインはロシアから戦車・戦闘機・ミサイルを貰い、代わりにアル・サウドには金宝向け資金五〇〇〇万USドルとサウドの砂漠緑化支援を出すそうです。

まだフセインは我が軍の攻撃はないと考えているようで、仏・露に新油田の権利を約束しています。

直接工作の件は金宝国との間に幾つもの大問題を抱えていて、とても工作など出来ません。

おそらくプーチンはクーデターを起こさせ、NMD開発を妨害すると同時に、軍政府を承認するという条件で、多年の懸案を一挙に解決する肚なのでしょう。……実はこのところ、ロシアの駐金宝大使館に通信記者等の名目で二人三人と増員が続いていて、妙な気配だと思っていたんですが、そう考えると納得が行きます」

「その色々な問題というのは何だ」

とチャーリィが横柄な口をきいた。だが、ファナードはチラリと彼を鋭く一瞥したが、表面の冷静さを失わずに低い声で答えた。

「これはまさに色々あります。……前大戦が終結した後、不法に武力侵略して占領した北方四島問題、極東艦隊の原子力潜水艦の原子炉解体スクラップ問題とその原子炉廃水の日本海たれ流し事件。サハリンの油田とガス開発の時に、リスクの大きい試掘だけ彼らにやらせて、油が出たら我が国の会社と契約してしまったこと。同じ手法でシベリア開発、発電所整備、新シベリア鉄道の敷設等々の虫の好い問題が山積みだよ。

その上に国民感情的には前大戦後、終戦命令を受けて戦闘行為を止めた六六万の兵を、国際法に違反してシベリアに拉致して苛酷な条件下で開発に従事させ、六万もの死者を出したことへの謝罪問題・補償問題……と、まあどれをとっても六〇年に及ぶ外交経緯の重さがあります。クーデターを利用してこれらの懸案を一挙に新政権で解決してしまおうというのがプーチンのもう一つの狙いでしょう」

「なんだと……」とチャーリィが嘲笑った。

「それだけのことをされて、よく金宝国民は黙ってるな。政府、外務省は何をやっていたんだ」

ファナードが答えるより早く、カールソンが口をはさんだ。彼は婉曲に流れが妙な方向に向からのを修正した。

「最近のことだが、南占幸国の野党議員からロシア・中国・南北占幸国で四国同盟を結ぶ、という私的提案が出された。もちろん公式に採りあげられはしなかったが、その背景は最近の南占幸国における反米・嫌アメリカの風潮を一緒に考えてみると、ちょっと気になるね。

たしかにチャーリィの指摘したとおり、彼らの外交はなっちゃいないが、我が国としてはロシア・中国・北占幸国等に対する防波堤としての金宝国・美国島の位置は重要になるよ。外交は駄目だが、現在の金宝軍は極めて親米的だから、中国・占幸半島からアメリカ嫌いの反米思想が浸透してくる前に、軍によって駄目な外務省の一新・役人たちが守る経済障壁や省益の打破・憲法改正等も一挙に解決させることができる可能性もあるかもしれないな」

ファナードもこれに続いた。彼は平常、冷静たるべし、と自律してはいるが、何か事が起きると、本能的に心が騒ぎ燃えてくるのである。

「今申し上げたように、これはあくまで個人的見解ではありますが、もし金宝軍が汚職の一掃・犯罪取り締まり等の旗印を揚げてクーデターを起こすとすれば、成功する確率は高いものとなるでしょう。また、このことは組織にとってもアメリカにとっても、必ずしも悪いとは言いきれないと思われます」

「分かった」

とリチャードが受けとり、この問題についての方針を示した。

「現在、我々アメリカ合衆国の財政赤字は五二〇〇億ドルの巨額に達している。赤字の主体輸入超過は、中国に次いで金宝国が二位となっている。

またNMDについても、関連を含めて約七〇〇億ドルが予算計上されている。

クーデターが組織及び米国に及ぼす影響は重大だ。我々としてクーデターに介入すべきか否か、……もし新政権ができたとした場合、彼らのとり得る新政策は、……周辺諸国の出方は、……金宝軍部の観察、それとアル・サウドからの仲介の件はそのまま彼にやらせるのか、あるいは直接我々が指示した方が良いのか、また五〇〇〇万ドルが充分妥当な金額なのかどうか、……色々あるが、ファナード、これは君が担当して、……カールソンも全面的に協力して早急にまとめて下さい。

それからこの件は、米国政府にはしばらく伏せておこう。もちろん来週の幹事会にもまだ発表しない極秘事項とする。……従って諸君も当分の間、緘口令を守って頂きたい。よろしいか」

全員が頷いて右手をちょっとあげて誓った。

会議は終わり、そのまま残って娘達との秘密の悦楽を愉しむブラッドレーとチャーリィ以外の者は、乗ってきた自家用ジェット機でそれぞれ飛び立って行った。海には白い巨大な入道雲がムクムクとたち上っていた。

㈣　雪の夜の密議

一月二九日㈬、珍しく金宝国の首都に雪が降った。その夜、南赤山一丁目にある深田老人の別邸にも牡丹雪が庭の樹々に綿のようにかぶさり、暗い空から音もなく次々に走り落ちてくる純白の花びらが石灯籠の淡い光に映えては消えて行く。

いつもは小煩く響いている大東都のどよめきも雪に吸いこまれ、時々、車のトラブルなのかエンジンが苦しそうに唸っているのが聞こえる。

そんな夜に深田老に招ばれた四人の客は、ちょっと妙な顔触れであった。

招集者の深田は、官僚出身の長老政治家で、総理を勤めた人物である。かつて占領軍に捕えられ、戦争責任を追求されたこともあったが、「組織」の援助によって桎梏を脱し、政界に飛躍し得た。ファミリー党に属し、東南アジアに特に顔が広い。

長身痩軀、ぶ厚い唇をギュッと結び、大きな目がギョロリと睨む。……顔には深い皺が目立つ。

その頭脳の優秀さは、東都帝大の在学中からの数々の逸話に如実に示されている。すでに喜寿を越えたが、まだ矍鑠として組織の金宝国支部長の地位にあった。

○一人目の客は四星重工の会長で、財界長老の一人である。彼も高齢で、それを理由に組織からの退会を深田に申し出ていたが、強く慰留されていた。

大戦後、占幸半島が戦争になった時、組織の援助による米軍特需を受けることができ、倒産寸前の会社の再建が成ったという恩義があるものの、今や大四星重工は世界の雄として自他ともに許す一大企業となっており、独力で最新高度技術を開発して世界をリードしているのに、組織からの指令で米国製兵器を購入させられたり、またせっかく四星が独自に開発したハイテクを米国に供与・共同研究をさせられたりすることが続いて（しかし）そういうことは金宝国にとっては国益にならないという思いが次第に強くなってきていて脱会を申し出ているのであった。大江会長は、すでに四星の会長職も退任する決意を固めていた。

○二人目の客は四星と並び称される名門財閥・四井物産の会長で七五歳、まだ現役で働いている。戦前の金宝国には、「御上」と呼ばれる貴人が二人いた。その一人が会長の父である。瓜実顔に眼鏡をかけ、静かな物言い、おっとりとした挙措は公卿を感じさせる。幼時から統帥に相応しい帝王教育を受け、芸術にも造詣が深い。

今でもネット町にある一万坪の四井クラブの大邸宅は（元会長自宅）、規模こそ小さいものの金宝国の迎賓館に準ずる壮麗さで、戦後の成金社長などとうてい敵うものではない。金宝国ではただ一人の二代目会員で、戦争中も組織の指令で米空軍はこの大邸宅を爆撃しなかったのである。（焼夷弾は数発落ちた）。

○三人目の男は笹山と言って、戦前の旧大金宝帝国の残党で年齢は何と八五歳を超える。本来ならば会員になれるはずがないのだが、大戦前夜の中国・下海で引き揚げる欧米人・ユダヤ人商人たちの利権処理に尽くしたことが組織に認められた。

　戦争が始まると、蒙州浪人と称し、陸軍の一部と組んで訳の分からない特務機関と呼ぶものを作って私腹を肥やした。さらに敗戦必至の極秘情報を得ると、それまでに掠め取った財産をすべて宝石・ダイヤ・阿片に換えて内地に戻って隠匿した。戦後はそれを使って巧みに占領軍の間を泳ぎ回り、政界にも取り入ってギャンブルの独占権を得た。そんな過去があるだけに、身辺警護は仲々のもので、溜沼にある彼の事務所に行くと、入口ドアの前の廊下に接してガラス張りの空手道場があり、稽古着姿の大男たちがいつも六、七人すごい目でジロリと睨んだ。さらに彼のデスクの右の引き出しには二二口径の拳銃が入れてあった。

　A＆A財団を作って稼いだ金の一部をばらまき、可愛らしくも（？）、彼は何と！　ノーベル平和賞の受賞をひたすら願っている。

○最後の客は沼田と言い、某新興宗教の教祖である。旧特高警察による弾圧を受けながらも布教方法に新工夫を開発し、裸一貫からのし上がった。

　現在約千数百万人もの信者を擁し、遂に自前の政党集団を作り上げた。組織がなぜ彼を評価したのかはよく分からない。……人によるとロシア・中国がかつて金宝国を赤化（共産主義化）しようとした時、その対象者である低所得者層をターゲットとして布教し赤化を防いだこと、及びその後、金宝国の産業発展で大量の原油輸入を始めた時、交換条件の一つとしてイスラム寺院の建立・その布教の自由が与えられた時に仏教徒の一翼としてイスラム化に対抗したこと等が評価されたからだという者もいる。今も世界中を廻って売名に専念しているが、仄聞するところによると極めて女好きだという。


さて、全員が揃ったところで深田老が改まった。

「それでは先ずこちらの方々を紹介させて頂こう」

深田は先ほどから部屋の隅にいて、何となく皆の口数を少なくさせていた背広姿の二人の外国人の方に目を向けた。

「ミスター・カーライル君とダグラス君、組織の担当者として来られた。こちら……こちら……」

と一人ずつ紹介する。二人は黙ったまま、ニコニコと愛想よく頭を下げた。

深田が軽く咳払いをして重々しく口を開いた。緊張してギョロリと目が光る。

「忙しいところをご無理願ったのは他でもない。一昨日、カーライル君たちが非常に、非常に重要な指令を持って来られた。……

我が国及び諸君にとっても極めて重大な要件なので、全員で腹蔵なく話したい、と考えたわけじゃ」

老はいったん言葉をきった。全員に緊張が伝わり、身じろぎする者もいる。彼はもう一度、四人を見た後、再び語を継いだ。

「打ち合わせに先立って、先ず組織の指令に対して忠誠であるか否かを、改めて確認させて頂こう」

頷いた笹山が真っ先に右手をちょっとあげ、続いて全員がそれにならった。カーライルが満足そうに頷いた。

「それでは読みあげる……。私、R・ウィルソンは、第九代会長として、極東・金宝国支部のメンバー各位に対し、以下のメッセージを送達する栄誉を得たことを欣快とするものである。

ここ数年、テロ戦争による影響も含めて延々と続く世界不況の大波は、遂に当組織をも巻き込み、我々の戦略にも重大な影響を及ぼしている。……

この状況から脱却し、更なる成長をとげるために我々はアジア重視、金宝国及び中国最優先の政策をとることを定め、金宝国に対してはその抱える経済的・官僚的障壁をきり崩し、世界経済に資することを、また中国に対しては独善的社会主義体制から自由民主主義への漸進的移行と、世界経済の一環として金融及び環境・資源も含む生産体制への協調的前進を求めることが必要である、と判断し、ここに一連の行動を起こすことを決定した。

今回の指令は、新方策の第一段階として金宝国に対して行なわれるものであり、極めて重大なる意義を有するものである。

私は、当組織の会長として、有能なる諸君が忠実に、かつ完全に、以下に述べる各条項の指令を達成させることを、強く期待するものである」

深田はここでまた、いったん句切って息を入れた。

「ま、ここまでが序文で、これからが具体的な内容じゃ。……

遺憾ながら、諸君にコピーを渡すことは出来ぬので、二度ずつ読むからしっかり覚えて頂きたい」

ここで深田老の口調はゆっくりになった。

「㈠　この作戦の目的は、現在の金宝国にはびこる自由放埓の風潮と独善的政治・経済障壁を一掃し、強い安定政権を樹立して世界自由主義諸国の一員として共栄することが可能な新体制を創立することである。……

㈠　このために、国防軍によるクーデターを惹起せしめ、脆弱にして実行力なき現政府を仆し、軍政により一挙に憲法改正、官僚権限の改革、有事法制の整備、諸経済障壁の撤廃等の諸改革を断行させる。その後で当初の目的に合致する新政権を選挙により成立させ、軍政と交替させる。

㈠　その他

(a) 本作戦実施の所要経費として金宝国支部に対し六〇億円を支給する。また必要の場合、専門の現場要員を派遣する用意がある（組織負担）。

(b) 本作戦は、本日よりほぼ六ヶ月以内を目標に軍政権を樹立し、遅くも一二ヶ月以内に選挙による民政に移管することが望ましい。

(c) 周辺諸国・米国との外交関係については、組織も所要の工作を分担する用意がある。

(d) 組織との連絡要員としてカーライル及びダグラスを深田支部長の指揮下に編入し、常駐させる。

以　上

以上の通りじゃ」

フーム、といった顔つきで瞑目して腕を組む者、首をかしげる者、口の中で何か呟き呆然としている者、人前では煙草を自粛していたのに思わず紫煙をふきあげる者……誰も発言する者はなく、座には気まずい沈黙がのしかかった。

深田も黙って皆を眺めていたが、やがて沈黙に切りこんだ。

「さて、……正直なところ、儂も驚いておる。……極めて困った、難しい事態になった……。しかしじゃ、指令は明確で疑義をはさむ余地はない……。

後は実行か、あるいは各人が反対してその責任を問われる道を選ぶかじゃ……。

じゃがの……、よく考えてみれば、確かに我々の政治にも多々欠点は多い。……それは我が国民の特性で、どうしても以前からの経緯を継承しないと前に進めない律義さがあるからじゃ。……今回の組織の指令は唐突で、我が国の国民感情にもそぐわない点もある。……しかしのお、我が国にも歴史を辿れば大化の改新・戦国時代・明智光秀・明治維新・近くは五・一五、二・二六と色々あったわけじゃ……。

我が国の諸問題、……憲法改正・省益と自己の保身しか考えぬ官僚を抑えきる政治力・青少年の教育改革・中国に加工産業を奪われながら自身で何の対策も講じられぬ現状、……儂はの、最初は驚いたが、今ではこの提案はかえって渡りに舟ではないか、と思うようになっておる。……どうかな、……儂と一緒に、みんなルビコンを渡ってくれるかな」

深田はなおまだ発言のないのを見てとると、右手をちょっとあげた。これには全員が和した。

「早速の賛同を支部長として感謝する。……そこで問題じゃが、軍による決行の期限が六ヶ月と区切られておることじゃ。つまり早急に今後の手順を決めねばならんが、一応私案を述べよう。

第一段階は防衛隊を動かすための大義名分を作ってやることが必要じゃろうの。……それには政情不安、社会不安を煽ることじゃ。現政府の腐敗・各県での汚職・官僚の利権・各種犯罪の増加等をリークしてマスコミに政治攻撃の大合唱をさせ、社会に騒乱・不安状態を醸成する。……このための資料は、場合によっては組織を通じてＣＩＡからも送って頂こう。

第二段階は、これが最大の難物じゃが……防衛隊の然るべき男を選んでクーデターを起こさせる。当然、軍人に政治・経済は分からんから、最初から我々が同憂の士として彼らに近付き、必要な政策を作って軍政府に改革を実行させる。

最後に、第三段階で総選挙を行なって我々の新政権を樹立する……。

こういう基本方針で如何かと思うがどうかな、……ご意見はないかな」

誰も発言する者はいなかった。全員がこの思いがけない事態にまだ混乱していたのである。突然、笹山が一声吼えた。

「異議ナシ！」

ドスッと胸にこたえる声であった。さすがに往年弾雨の中をくぐった男には、肚の据わった、或る種の巧まざる凄みが現われる。

「ウム」と重みを受け止めた深田は、すかさず四星重工の会長に話しかけた。

「大江君、この最も困難な防衛隊工作だが、……今までシリビアン・コントロールと『軍人は政治に不干渉』で抑えつけてきた上に、今回のことは命にもかかわる大事じゃ……」

ここで深田は視線をあげ、遠くを見る目付きになった。

「刑法第七七条、国の統治機構を破壊し、またはその領土において国権を排除して権力を行使し、またはその他憲法の定める統治の基本秩序を壊乱することを目的として暴動をした者は、首謀者は死刑または無期、指揮をした者は無期または三年以上、……以下七八条、七九条、八〇条、八一条云々、と定めておる」

と深田は、昔の優秀さをホーフッとさせるように話した。

「もちろん、彼ら軍人は常住座臥、死と向き合い、死について考えておる。死ぬ覚悟はあるじゃろうが不名誉な刑死ではなく、名誉ある、意義ある死を望んでおろう。

彼らは金では動かん。武士の気概を持っておる。この説得は実に難しい。

そこで我々の中では最も彼らに関係があり、彼らに信頼されておる立場の君に是非この担当をお引き受け願いたい。

彼らが納得する大義名分を立て、有能な……刑法の不名誉を避けるための慎重な行動ができ、しかも断乎として事に当たる、肚のある男を探し出して貰いたい。むろん、我々も全面的に協力する」

「総理」と大江は答えた。これは「支部長・先生」と呼ぶよりも（深田にとっては）心地よいであろう響きがあるのと、たとえ組織の指令によって動いていても、その言動に元金宝国総理としての自制と責任を求める意を込めたからであった。

「一つだけ確認しておきたいことがあります。クーデター後の我が国には、エンペラーの下(もと)、完全な自主独立権はあるんでしょうな」

「当然じゃ。只今読み上げた通り、改革についての指示はあるが、我が国の国体と自主独立については何も触れておらん。……カーライル君、これはそう解釈しても間違いないな」

「今まで一語も発しなかった彼が、流暢(りゅうちょう)な標準語で答えた。

「ハイ、深田支部長、ウィルソン会長は、新政権が現憲法の不適事項を改正し、産業・農業等の規制を改革して、従来同様に親米・親英政策をとることを望まれているだけで、只今支部長からご確認頂いた金宝国の自主独立につきましては全く干渉致しません。これは、はっきりと申し上げられます」

　坊主頭で小肥りの沼田が訪ねた。

「念のためですが支部長、宗教活動は今まで通りでしょうね。……それと期間の六ヶ月は少し短すぎる気がしますが……」

「大丈夫。布教活動については儂(わし)も保証できる。それで君の方はお得意の反軍平和活動をしばらく抑えて、政治・社会不安の醸成と親軍的に、好意的に動いて貰えばよいじゃろう」

　答えた深田は、カーライルに視線を回した。

「カーライル君、我々としては六ヶ月を目標に努力をするが、予定が一、二ヶ月延びても許して貰えるかな」

　彼は明快に即答した。

「ハイ、大丈夫です。会長は『六ヶ月くらいを目途(めど)に』と言われました。絶対に期間内に、とは考えておられません」

　頷いた深田は、心持ち優しく笹山を見た。

「笹山君、第一段階の政情不安を起こす担当は儂と君じゃ。可能な限り早く『政治はどう仕様もない』と国民と防衛隊に信じさせねばならん。ご足労じゃが明後日の夜、ここで具体策の手順を決めよう。儂は大沢（子飼いの議員）を呼んでおく。君も案を考えてきてほしい。さて残った四井君だが、君には傘下の組織を動員して情報収集・操作をお願いしたい。よろしいかな」

　深田は発言を待つかのように、チラリと四人を見回してから先を続けた。

「今一つ、組織からの資金の配分は、先ず各人が五億ずつ、次に第一段階分と予備費で一〇億、防衛隊工作として二五億とさせて頂く」

　深田はちょっとカーライルに合図した。彼はダグラスと二人で大きなジュラルミンのトランクを四ヶとズック袋三ヶを隣室から運び入れ、トランクの一つを開けた。中には札束と無記名国債・シティバンク振り出しの小切手等が入っていた。

　瞬間、笹山の目に輝きが走り、対照的に三人はやや冷ややかにそれを眺めた。ズック袋は四星会長分として置かれた。深田が再びギョロリと皆を見回した。

「組織のご配慮には感謝せねばならん。……これだけの支援をうけた以上、我々の責任は重い。新生金宝国をより良い国にしよう。……以上で諸君、よろしいか」

　全員が頷き、ちょっと右手をあげた。カーライルが深田に会釈（えしゃく）して話し始めた。

「皆さん、組織では特別の行動のために現場要員を準備してあります。必要な場合には支部長にご連絡下さい。

　また、こちらからお伺いする場合には『ユニオン・プレス』の名刺で訪問しますのでよろしく。以上でございます」

密議は終わり、四人は複雑な思いをポーカー・フェイスに隠し、責任の重圧を現金の重みの中に感じながら車で雪の中に消えて行き、その轍の跡もたちまち降りつもる白さの中に包みこまれた。見送った深田老は、――（桜田門の変といい、二・二六といい、どうも雪に縁があるようだ）――と思った。

その二日後、深田邸には笹山と、腹心の大沢議員が集まり、次の目標を決めた。

㈠　五月一日のメーデーを騒乱の大きな発火点とする。その準備としてマスコミを通じて汚職情報を流し、政治不信を増幅する。また一方で現政権を廃し、社会革命党政権に変えよう、という主張を流布する。

㈡　海外での汚職情報はカーライル経由で集める。

㈢　深田・大沢は軍政下での政策案を作成し、その後の総選挙のための新党設立と選挙制度の修正・立候補者の選考等の準備を開始する。また秋頃を目指し、二五〇億以上三五〇億を目標に選挙資金の調達をはかる。

㈣　クーデターを利用して失脚させるべき政敵のリストを作る。

㈤　米国政府への対応等を組織によく依頼しておくこと。以上

笹山と大沢が帰った後、深田は別室に待たせておいたアラビアン・オイルの社長と会い、いよいよ防衛隊工作を開始する、多分今年の秋の終わり頃までには決行できるであろうこと、及びクーデター後の新政権にはNMD協力を遅らせる政策をとらせるので、サウド王は全イスラムのために安心してよいこと、並びに湾岸の新油田開発契約に関しては必要な政府援助を行なうことを約束した。

一方、同じ日の昼、四星重工の大江会長は珍しく自ら本社の顧問室に足を運び、陸・海・空の三軍から来ている顧問たちと、新年度予算成立の労を犒い、かつ本来あるべき防衛隊の姿と金宝国の

将来について歓談した。

顧問たちは、会長差し入れのビール・寿し、それと会長直々の話に感激し、大喜びしていた。

(五) 不気味な垂れ込み

旭日新聞が移転した本社は、東都港湾区築川にある。二月一七日(月)、社会部の秋山デスクは両足を靴のまま机の隅に乗せて伸ばし、愛用のブライヤーパイプを啣えるお気に入りのスタイルで原稿を読んでいた。

時々サッと赤鉛筆を走らせ訂正する。最近はパソコン全盛で手書きする者は消えてしまったが、秋山は、俺はこの方が好い、と思っていた。

時刻は午後四時を回った。ぼつぼつ翌日の朝刊の組版が始まる頃である。秋山はフクちゃんこと安藤記者に原稿を返しながら、

「よし、まあこんなところか、……どうだ、今夜事件がなけりゃ、一杯つき合うか」

と慰労を申し渡すと安藤はしたり顔で、

「ハイハイ、ご老体のお守りは大して気が進みませんが、ま、好いでしょう。喜んでお伴します」

とニコニコして答える背中に、たちまち近くの椅子から声がかかる。

「聞きました、聞こえましたよ、ハイ、私奴も中堅と致しましてご老体とフクちゃんの子守りと行きましょう！」

「何だ何だ、人を恍惚扱いしおって。そんなにお守りがしたけりゃビル(勘定)の方まで面倒見て

くれよな」

とやり返す、ちょうどその時、机の電話が鳴った。内線ではなく外線の方である。交換手がひきつぐ。

「ハロー・キャクジツさんですか」

と、ちょっと妙なアクセントの低い声が流れた。秋山は反射的に電話器につないであるテープレコーダーのスイッチを押して返事をした。

「OK、面白い資料(ネタ)あるよ。買ってちょうだいよ」

「中身は何だ。我社(うち)はそういう物には原則として手を出さんことにしている。贋材料(ガセネタ)が多いんでね」

一瞬、電話の向こうが鼻白(はなじろ)んだようだった。ちょっと腹を立てた感じになって声が高くなった。

「ナンデ！……嘘じゃないわよ。……ウチはあんたがね、天下の大(おお)新聞よ、って聞いたから話してるの。政治のヒコーキ買いの書類あるわよ。英語の契約も、フフ、大臣の写真もある。アンタが買わないなら、ほかの人に売るあるわよ。どうしますか」

「フーン」と秋山は思わず唸った。ピカリと光が脳を走り抜けた。うむ、問題の航空機買い入れの汚職事件は疑いの目で囁(ささや)かれたことではあるが、何の確証もなく結局、検察もまだ動いていない。それにこ奴(いつ)の妙な喋(しゃべ)り方は何だ、……それと垂れ込みの内容が普通は個人や会社の中傷や芸能界・事件絡みが多いのに、これは何か真正面(まっしょうめん)から向かってくる感じだ。変な女言葉の、どこかインテリらしさのある外人……秋山の心は動いた。

「ま、確かに面白そうだが、それだけじゃまだ分からんな。契約書も写真も調べてみなけりゃ分からんし、入手経路も気になるな……その辺はどうかな」

「フフフ」と電話の向こうは含み笑いをした。

「アンタ、人が悪いあるわよ。ほしいなら、先にお金くれるのよ。くれるのオーケー。オア、ノー？」

「オーケー、一応見させてもらう。但しだ、いいか、断わっとくが、こういう資料は人権と政治が絡むから、ガセや出古しの二番煎じじゃないことを我社の調査部でチェックするまでは金は払えないぞ。これは心得ておいてくれ」

「いやよ。だめ。相棒と二人でやっと手に入れたのよ、ただで取るの、ひどいわよ」

秋山は凄んだ。声の口調も変わる。

「お前さん、誰と話してると思ってるんだ。……俺は社会部のデスクだぞ。天下の大旭日が信用できんのなら勝手にしろ……他のどこがそんな好い加減の話に乗るもんか」

電話の向こうが少し黙った。

「いつならお金くれるあるよ」

「これから調べて、本物ということなら、明日の昼頃以降なら好いだろう」

「フーン、……それで幾らくれるか」

「普通なら五千円、よくて二万あたりだな、まあ中身にもよるが……」

「二万！……ジョーク、ジョーク、パートナーと二人で危ない橋、渡ったあるわよ。せめて一〇万円ほしいです。資料は真実あるのよ」

「駄目だな、せいぜい気張っても三万か四万だ。社内のしきたりっていうものがある」

「よし、負けたわよ。大まけしてたったの五万。それが駄目ならこの話、ないですわ」

「分かった。五万、それで今どこにいる」

「近くよ。……今から一五分後にゲートを出て、癌研のある側の歩道を古橋駅に向いて歩く。そしたら私の方から声かけることあるわ。それから今日の電車賃五〇〇〇円ちょうだい」

「よかろう。今から一五分後、社のゲートを出て右手に新聞、左手に週刊誌を持たせて癌研側を歩かせる」

「オーケー、金忘れないでね」

カチリと電話が切れた。秋山は隣の机の工藤代理を手招きしてテープを聞かせた。たちまち二、三人が立って寄ってきた。

「面白そうだな」

「何だ、この女言葉、気色悪いよ」

「ガセじゃなさそうですね」

と感想を言うなか、

「僕が行きましょう」

と安藤が志願した。彼は高校。大学と柔道をやっていた。よし、彼なら間違いはなかろう。

「ハイ、お金」

と彼は片手を秋山の前に出した。

安藤茂記者こと略称フクチャンが、小肥りの身体を急ぎ足に小さな橋を渡って小公園に来かかると、作業着姿の東洋人が一人、ハローと声をかけてきた。

「君が電話の人か」

と言いながら、安藤は新聞と週刊誌を背広のポケットに突っこみ、柔道の自然体に足を開いた。男は西洋人ではない。三〇歳前後、陽にやけてはいるが、作業服の風体にそぐわない何か知的な雰囲気と精悍さが感じられる。

「これが書類、電車代は持ってきたか、明日五万はオーケーね」

と言いながら、業務用大型封筒を見せた。

「心配するな、本物ならちゃんと払う」

二人は歩道から公園に入った。封筒には何も書かれていない。注意して隅の方を指先で持つ。それを見て男が笑った。

「ハハ、指紋なんかつけてないあるわ。安心してちょうだい」

中には数葉の引き伸ばした写真と数枚の書類があった。写真はどうやって撮ったのか、某大臣と外人娘がベッドでもつれ合っているものや、別の男が外人のカバンから札束を自分のカバンに移し入れている。また別の男たちも加（くわ）わって大臣たちが外人たちと会議をしている写真もあり、テーブルの上には問題の飛行機の模型が置いてあった。

書類には「領収書（レシート）」とタイプされ、ゼロが幾つも並んだコピーもある。しかし、コピー技術の進んだ現在では、こんな物は幾らでも偽造できるから安心できない。

三枚綴じの書類のタイトルには、基本協定書（ベーシック・アグリーメント）とある。

サインはその筋では有名なフィクサーKと大臣・外国人の署名があった。ざっと走り読みする。見たところ、タイプされた文字の綴り（スペル）にはミスもなさそうで、英文も何となくバタークさい。

だが、これもコピーというのが気にいらない。次の紙には人の名が多角形に乱雑に記してある。まるで打ち合わせをしながら、メモ用紙に脈絡（みゃくらく）を書いたような感じである。この紙だけがコピーの文字が全体に薄い。あるいはこれは、書いた本紙を本人が持ち去ったあとで、メモのすぐ下の紙に残されたペンの筆圧（ひつあつ）の痕跡を科学処理して浮き上がらせ、改めて写真にとったもののコピーかもしれない。

「君、どこで入手したのか聞かせてくれないか。それとコピーじゃなくて、本物をくれないと困るな」

「それ言えないわね。パートナーの立場もあるから……、そう、企業秘密よ。……でもコピーでなくて真実のもの渡すことあるわよ」

　安藤は食いさがった。

「しかし君、これだけ重要なものとなると、入手経路は必要だよ。これでも僕は記者の掟は心得ている。君たちの秘密は守るよ。……それに僕は自分がよく納得できない物を社に持って帰りたくはないんだ。……もし君が今の僕の立場だったら、きっとそう思うだろう」

　男はサングラスの奥から、じっと安藤を見つめてから言った。

「オーケー、これはアメリカ大使館の横にあるホテルの駐車場で、或る車の中に落ちていたものを拾ってきただけなのよ。……でもパートナーはお金じゃなかったので、せめて写真だけでも売れないか、と私に相談に来たわけなの。どうかしら。……このお話は気に入った?」

「分かった。これが本物なら明日の今頃、ここでお金を渡す。もちろんコピーでない本物と引き換えだ。サ、これは今日の足代だ」

「サンキュー」

　と男は封筒の五〇〇〇〇円をチラと確認すると、早くも二、三歩後ずさりしながら付け加えた。

「ところで、今あげた書類は半分だけあるわよ。明日お金をくれたら、また次の新しい別の取り引きをしましょうね」

「待って……、君は何という名前だ。僕は社会部の安藤だ。これからの電話は直接、僕にくれ」

「OK、ミスターアンドオ。私の名前はシスコのジョーってケチな野郎よ。じゃ明日、バイバイ」

　帰社した安藤は、資料を秋山の机に広げた。人が寄ってきた。先ず写真を手にとる。

「ドレドレ、ホウ、なかなかお盛んだな」

「アレ、こりゃ大臣じゃないか。外国娘相手に国威の発揚かい」

「こちらは誰だ、見慣れない顔だな」

「分かった！　ソラ、あのフィクサーの近藤の右腕で紫竜会の、いま伸してきてる何とか言う奴だ」

「島本！」

「そう、その島本だ。間違いない」

「この会議中の、大臣の横にいる金宝人は誰だ、ちょっと分からんな、秘書や通訳じゃないな」

　皆の興味が写真に集中したところで、秋山がまとめた。

「船木さん、この写真を持って合成写真かどうか、それと人物も検索して鑑定してもらってきてくれ。

　フクちゃんは文書を外事課で翻訳してもらってから、調査の塩じいさんのところでメモの人間関係を調べてこい。そう、サインもだ、急げ！」

「承知！」「了解！」

　と小気味よく二人は散った。秋山は横の机に戻った工藤代理の方を向いた。

「アア工藤さん、検察と警察回りに連絡して汚職問題担当の課長か補佐の誰かに、秘密書類を盗まれて慌てている者がいないかどうか当たってもらって下さい。もちろん、まだ事情は伏せて、それとなくね」

「分かりました」

　秋山はまた、お気に入りのポーズに戻った。――（まず良し、こいつはきっといけるぞ……。本物なら久々の大スクープだ……。明日の朝刊は第一面でドカンと出してやる。フフフ、他社さんは魂消るぞ……。そうだ、今夜は長丁場になりそうだ、寿しでも取ってやるか……、本物だったら評論家は誰にコメントを貰おうかな。そうそう、その前に一応了解を得ておこう）――秋山は電話に手をのばした。

「社会部の秋山ですが、局長、実は今ちょっと面白そうな垂れ込みがありまして、調べているところなんですが……エエ、ハイ、今噂になっている航空機汚職です。写真にはA大臣とフィクサーの近藤と関係者の顔もあります。基本契約にはアメリカのB社社長と大臣、近藤の名前があります。ハイ、検察・警察もいま当たらせています。局長、それでもし本物なら、これは久々の大特ダネかも知れません。……ハイ、もちろん慎重に、断定口調でなくやります。名誉毀損は頂けませんからね……ハイ、そうですか、八時半頃までは赤坂ホテルの会合、あと一〇時半頃までは銀座のRですね、ハイ、ご連絡します」

秋山は印刷部に第一面と二二面にとび入りの組み替えが出るかも知れない、と予告した。

秋山が若い頃、まだテレビも少なく、電話すらなかなか無かった時代には、「特ダネ」「一発」という金鵄勲章があって、記者たちはそれを念頭に、「夜討ち」「朝駆け」に走り回ったものであった。

しかし、現在では情報化時代とやらで、携帯電話の普及、外国との即時情報共有化、交通の迅速化に加え、マスコミに対する関心が普及し、人々の思考過程も単一化してきて、政治にせよ経済にせよ、それぞれ一定のパターンができてしまい、記者たちはただ手分けしてそれらの要所要所だけを張っていれば、ニュースの方からやってきて網にかかってくれる時代になってしまった。

しかし秋山は、そんな風潮に不満を持ち、少なくとも俺の目が黒いうちは連中の甘い性根を叩き直して記者魂を目覚めさせてやるのだ、と部内を睥睨していた。今、彼はスクープの嗅いをかぎ、久し振りに血が燃えてくる快さを感じながら、黙ってパイプをくわえていた。

最初の吉報はフナさんが持って来た。

㈠、合成写真ではない。

㈠、全く未公表の資料である。

㈠、印画紙・室内の状況・焦点視野等から見て、米国内で特殊カメラで撮影・引き伸ばしたと思われる。

船木は気負って報告した。秋山は黙って後ろのロッカーから貰い物のウィスキーを取り出した。すぐたちまちフナが走って行って、コップ数個と水差し・氷のボールをのせたお盆を持ってきた。すぐ五、六人が集まってくる。

しばらくして、フクちゃんが書類と和訳メモを掴んで走りこんできた。

協定書の書式、内容に不審はないこと、また調査部の生き字引の老人は、大臣のサインは本物のコピーであること、但しフィクサーや外人のサインはスペルに誤りはないものの、署名の真贋は分からないと言ったと報告した。

また、もう一人の人物は防衛隊の空将であることも判明した。

皆で汚職が噂されている関係者とメモ用紙の名を付き合わせてみる。全員が適合した。

間もなく検察・警察の担当者からも、取り立てて言うほどの動きはない、特に指名した担当検事も普通どおりの仕事ぶりだ、との返事がきた。

机をかこんだ皆の顔が燃えてきた。しかし工藤代理が水を差した。

「確かに内容は頷けますが、デスク、これはまだちょっと頂けませんね。……コピーというのが臭いし、第一、何故これだけの物が消えたのに誰も騒がないのか……一体誰がどんな立場の者がこれだけの資料を集めたのか、それにどうしてそんな重要な物を持ち運ぶ必要があったのか……これは不思議ですよ」

船木が受けた。

「一つ消去法でやってみますか。……まずリベートを貰う側の人間であるわけがない。万一、仲間割れが起きたとしても、書類はともかく自分たちが写っている写真は焼き捨てますからね。

となれば贈賄側ですね。B社か……しかし、これが表沙汰になればB社自身も破滅となる。それに航空機の購入はもう開始されているんだから、Ｂ社としても今更これを持ち出すべき理由がない。となると残るは誰か……ちょっと難しいですね」

他の一人が助け舟を出した。

「そうか、Ｂ社はフィクサーを完全には信用していなかった。そこで何かトラブルが起きた場合の証拠として、この資料を自社の金庫内に隠した。ところが、その資料を盗み出して脅迫のネタにしようとした連中がこちらに来て、ホテルで置き引きにあった。その連中が中の金だけ取って我社(うち)で幾らかならないかとやって来た。こんなところですか」

安藤が口を挟んだ。

「どうして連中は我社(うち)に来たんですか。大臣だってフィクサーだって直接恐喝すれば、これだけのネタなら黙って数百万は出すはずでしょう」

船木が笑った。

「フクちゃん、そんなこととしてみろ。浮浪の連中だろ、バッサリ消されてお終(しま)いさ」

「いけるな、聞けますよ」

と二、三人がはやした。秋山は目を閉じ、椅子に凭(もた)れた。心に復習してみる。

――(まあ今の線が妥当なところだろう。航空機契約はすでに実行されつつある。最初は厳重保管だったＢ社の保存警戒も、多分甘くなったんだろう。そこを盗まれたわけか……。

もう一つ、これだけ揃った資料はマニアだって偽造できまい。

ウン、それにもし発表したところで、大臣と近藤ならもう一部では噂があるし、すでに渦中(かちゅう)の人物だ。先ず名誉毀損で反撃を喰(くら)うこともあるまい。もしあったとしても、こちらには写真と協定書がある、バッサリ返り討ちにして世間から消してやる……。

それとＧという防衛隊の空将だが、これはもう少し調べてからで好いな、今日のところは伏せるか。……

よし！　明日の朝一発かまして明後日は続編の解説、各界のコメント、それで検察が資料の提示を求めてくるから、交換に彼らの調査情報を貰ってまた一発、ヨシ、行こう！）——

秋山の心は決まった。スックと立ち上がって叫んだ。

「ヨーシ、ヤルゾ！　朝刊一面！　大見出しは張りこんで九〇倍で行くぞ！

『航空機の黒い霧、新事実か』。サブは『本社独自探知』

工藤さん、記事にして下さい。フナは調査して関連資料を工藤さんに渡せ、安藤は寿し善に出前の鮨はまだか、と催促しろ」

「アイアイサー」

と返事の声に張りがある。秋山はホテルの局長に電話をかけた。好い返事がきた。

「ああ秋山君、……そう。好いでしょう。ご苦労さん。完全に大スクープだね。……アハハ、それで人脈メモには誰が出ていたって？」

「ハア、ファミリー党の竹上と財界の岩下、大臣と近藤、島本と空のG、後はB社関係です」

分かった、明日が愉しみだね、と電話は切れた。

——（フフ、これで明日、他社さんはアッと目をむくぞ。あの権威主義の検察にも久しぶりに頭を下げさせてやろうかい）——

間もなく鮨が来た。工藤代理が手練の早業でパソコンに打ちこんだ原稿のコピーを置いて鮨をつまんだ。ひとしお美味いようだ。

秋山は原稿を組版に送らせると思いついて、もう一度テープをかけ直した。皆聞き入る。……代理が言った。

「どうも外人がにおいますね。B社・写真・シスコのジョー、……これは単なるコソ泥でしょうか」

「うん、さすがだねー、俺もひょっとすると、ジョーは中身を知っていてやったのかもしれんと思えてきたよ」

　安藤が呟いた。

「そういえば、奴には妙に自信たっぷりなところがありました。……そうか、ジョーには意味が分かっていたかも知れないのか。……ジャこれは一体……奴の素性は何なんだ……」

　時刻はもう一〇時を回り、他の記事の作業も終わった。

「皆、お疲れさん。明日を愉しみにボッボツお開きにするか」

　ちょうどその時、電話が鳴った。安藤がサッと取る。

「デスク、専務からです」

「専務？」

と鸚鵡がえしに声が出た。一瞬マサカ！……と不安の影を打ち消した。頭半分に厭な予感……。

「ああ秋山君、遅くまでご苦労さん。実はね、いま局長と話し合ったんだが……その……汚職スクープはね、ちょっと社の都合があるんで、とりあえず明日の朝刊は見送ってほしいんだ……」

　思わず秋山の声がキックとなり、目が吊りあがった。

「いや専務、もう駄目ですよ。もう輪転機は回っています。止められません」

　秋山の全身をカッとした激情が通り抜け、みるみる自分の顔が硬直するのが分かった。全員の不安そうな視線が集中している。

「専務、協定書のサインも確認しましたし、内容も妥当です。写真も合成じゃありません。名誉毀損の心配は大丈夫ですよ」

「いや済まん、実は電話では話せないんだが……とにかく朝刊は見送ってもらいたいんだ。……これは私からの業務命令だと思って下さい。もちろん長くじゃない、ほんのしばらくだけだよ」

「ハイ専務、この記事については私が全責任を取ります。大丈夫ですよ、専務、咬みつかれない工夫もしてあります。それに機械はもう回っているんです、やらせて下さい」

「ナア秋さん、僕にも君の気持ちはよく分かる。……だがね、社にとって或る難しい事情があって、高度な次元で私が判断したんだよ。……印刷の方には電話して待たせた。秋山君、頼む、皆の気持ちはよく分かっている。……辛いだろうが、没にしろ、と言ってるんじゃないんだ。ほんのしばらく遅らせるだけだよ。分かってくれないかなあ」

――（輪転機まで先回りされては止むを得ない。明日を見送っても明後日がある。まだ他社は知らないはずだから、不愉快だが折れるか）――

「分かりました。専務がそこまで仰言るなら、一応朝刊は見送ります。……しかし、私は得心したわけじゃありませんよ」

「いや済まん、僕も君にこんなことを言いたくなかったんだ。じゃ明日、……頼んだよ」

秋山は受話器をガシャンと叩きつけた。皆に顔を合わせられなかった。椅子をグルリと回した。しかし、夜の暗さが窓ガラスを薄い鏡のようにしていて、室内と皆が凝然と立って秋山を無言で見つめているのを映していた。

「工藤さん、印刷に電話して汚職事件は中止、と言って下さい。代わりに最初の行政改革の構想記事で行くように、と……。咬みつかれたら、『デスクの馬鹿に怒れ』と言って下さい」

「ハイ、そうですか、駄目なんですか……」

代理が電話をとりながら言った。彼には秋山の苦しさ、口惜しさがよく分かった。が、若い安藤はおさまらなかった。

「デスク！　何で駄目なんです！　記事に専務が介入するなんて、おかしいじゃないですか！」

「………」

「専務が何て言ったって報道するのが正義ですよ。……僕たちは社会の公器を仕事として扱っているんです。好い加減のヨタ記事を書いているわけじゃない、その上に大スクープですよ……。デスク！　奴等は悪い事をしてるんだ、徹底的に叩いてやりましょう。正しいことをして、それで駄目だというんなら……いいです！　クビでも何でもしてもらいましょう！」

――（こ奴の若さが羨ましいな）――と秋山は自分を淋しく感じながら、口では、

「煩い！」

と大声で一喝した。

「尻っぺたの青いくせに、つべこべ吐かすんじゃない！　……ひよっ子は言われた通りに引っこんでろ！」

皆は秋山の背中を見つめたが、黙ってそれぞれの机に戻って行った。代理が立って傍に来た。

「デスク、印刷には連絡しました」

報告のあと声を落とした。

「何があったんです？」

「いや、俺にもよく分からないんだ。……高度な次元の判断の専務命令で、少しの間だけ待ってくれ、と言っていた」

と答えかけた時、安藤がまた猛然と突進してきた。赤い顔はアルコールのせいもある。

「デスク、僕は残念です。僕はペンだけが権力・金力に真向から立ち向かえると信じて力一ぱいやってきました。

それを……これじゃあんまりじゃないですか！　デスクも権力の奴隷になるんですか……僕は今負けました。それも味方の鉄砲弾にです。無念です。こんな職場なら……もう、僕は辞めます！」

工藤代理が喚き続ける安藤の肩を抱いて押し戻した。

「よし、分かった。フクちゃんの気持ちは俺にもよく分かる……」

宥めながら船木に目と片手で合図し、三人で部屋を出て行った。すぐ代理だけが戻ってきて近くの二、三人に耳打ちし、彼らも出て行った。工藤が傍にきて報告した。

「フナにおやじの店で飲んでから帰るように言っときました。ツケはデスクに回せと言いましたから、今月の給料袋は軽くなりますよ。一応、私もこれからのぞかせてもらいます」

「有難う……なあシゲさん。若さってのは好いなあ……。俺はとても皆と飲む気にはなれんから、今夜はもう帰るよ……、せっかくのネタだったのになあ……」

「デスク、仕方ありませんよ。新聞社だって株式会社なんです。広告削減や銀行筋・官僚筋絡みで圧力をかけられりゃ仕様がないですよ。元気を出して下さい」

こうして、何者かによって投じられた第一の爆弾は不発に終わった。

次の日、まだ二日酔の残る青い顔の安藤は、シスコのジョーに会って資料の本物を要求した。だが彼は金を受け取らず、資料も渡さずこう言った。

「ミスター・アンドオ、どうやらアンタの社は誰かさんの命令で発表しないそうね。そんな会社に資料なんか渡せないあるわよ。真実は今日は来る必要ないことあったんだけど、私はユーが気に入ったのよ。若い時はステキあるわ。ユーも信じたこと、力一杯働くことありますわよ。バイバイ、フクさん」

言いながら男はスッと後ずさった。安藤が重い頭で、

「待って、どうして君はそんなことを知ってるんだ」

と問いかけるのに彼は、

「これからショーが始まるあるわよ。多分、誰かさんは後悔するわよ」

と答えながら、素早く小走りになって自転車にとび乗り走り去った。安藤はしばらく呆然と突っ

立っていた。

旭日新聞で不発に終わったこの資料は、二日後にちょうど開かれていた臨時国会で社会党議員によって緊急質問の形をとって大爆発を起こした。内容は全く同じ資料で（さすがに裸の写真はなかったが）、議場は大騒ぎとなった。

議長の判断で直ちに休憩に入った議会は、そのまま中断してしまい、ファミリー党の国会対策委員が頭をかかえて院内を走り回った。

問題の大臣は即日、高血圧になって病院に緊急入院して面会謝絶となり、また官房長官の密使が秘かに米国大使に面会した。G空将は健康上の理由で突然、防衛隊を依願退職し、次の日には大臣も健康を理由に職を辞した。

国対委員は、それを問題鎮静化の突破口として社会党と質問議員に低姿勢で交渉を行ない、多額の政治献金を出すことと、社会党が反対している防衛隊庁を防衛省に昇格する法案を見送ることを条件に、「誠意を見せて」やっと収拾することができた。

各新聞社・テレビワイド番組は競ってこれを報道した。旭日新聞の秋山たちも、今は黙ってそのニュースを平凡に記事にした。肝腎の専務は風邪をひいて休んだ後、出社しても秋山を避けて歩いていた。

ところが、大波はこれだけではなかった。五日後の二月二六日㈬、南占幸国における地下鉄の敷設工事と新車輌の輸出について、巨額のバックリベートがファミリー党の最大派閥、竹上議員と野外議員に渡されていたという新事実が（南占幸国の野党議員によって）あろうことか、旭日新聞のライバル社によりスクープされた。

その資料はリベートの一部が二人以外の高官や、また南占幸国の政・財界にも入っていることを示唆してもいたが、何故かその部分は欠落していた。

「本紙・独自取材」の大見出しがライバル紙の第一面に躍動し、秋山たちの意気は消沈した。

ファミリー党の深田長老・大沢議員は異口同音に記者たちやテレビ取材に対し、このような金権汚職政治はまことに嘆かわしい、この際、人心一新をはかって出直すべきである、と語った。竹上議員・野外議員に対しては、続いてODA資金供与に絡む疑惑が別の一紙に発表された。

それは中国に対するもので、議員らは工事を金宝国の指定業者に紐付き受注させ、その業者からバック・マージンを取るという形式で、巨額の秘密資金を受け取っていたとするものであった。また、これには現地大使館の阿北大使が中国側と緊密に打ち合わせ、かつ資金のクリーニングにも関与していたのではないか、という疑惑であり、また大使はチャイナ・スクールの大御所として『余人を以て代え難い』と野外議員から援護されていた。

このODAの諸工事は、本来は中国政府自体が予算化して行なうべきものであるのに、金宝国のODAに肩替わりさせ、浮いた予算を軍事費に回して、中国軍は僅か数年で一挙に近代化装備を持つ軍に移行することができたと、欧米諸国からも注目されたのである。

国会やマスコミから厳しく追求された竹上議員の会計担当秘書は、何故か突然ノイローゼになり自殺してしまい、竹上・野外議員は「秘書に一任していたので……」と辛うじて追求を逃げきった。

政府は、これではとても新年度予算の成立はおぼつかない、とみて大蔵省に暫定予算案の作成を命令した。

連日連夜、ファミリー党は対策会議を開き、他との調停工作を行なった。

財界もこれに協力し、汚職の追求も大切なことではあるが、野党議員は審議拒否・牛歩戦術・緊急不信任案提出・参考人召喚等々の追及をしばらく措いて、新年度予算案を速やかに可決して景気対策・構造改革等に議論を移して貰いたい、と掩護射撃を行なった。

やっと待望の土曜日曜がやって来て、これで多少の時間が稼げる、とホッとしたのも束の間、またもや月曜には第三波の大波が電波に乗せて打ちこまれた。

それは古い話の蒸しかえしで、インドラシアの前大統領時代に数社の商社がファミリー党の実力者と組んで石油資源開発について形式的な見せかけの国際入札を行ない、巨額のリベートを得ていた記録が発見されたと、首都発のAP電が伝えてきたものであった。

通常この種の電文は短いのが普通であるのに、今回は関係者のリストと金額を長々と報告していて、商社と懇意にしているのは、噂であるが次の諸議員である、と名前まで列挙していた。

ファミリー党の首脳陣はまた頭をかかえ、竹上議員は、「これは謀略である。名誉毀損で新聞を告訴する」と記者会見で反論したが、結局、訴えることはなくそのままになった。

さらに三日後の三月六日(木)には、読買新聞は「本紙独自取材」としてさきの航空機汚職の続編として、このとき渡米して自ら候補機に搭乗して性能を確認したとされるG空将が、実はファミリー党から参議院に立候補することを誘われ、多額の資金と、ゴッドバレーにある数町歩、約一六〇〇〇坪の山林を極めて安価に贈られた経緯をつかんだ、と発表した。

しかもその山林は、当時は市街化調整区域に指定されていてほとんど値打ちなどなかったのに、半年ほどすると一般住宅用地に指定変更されて、一挙に数百倍の高値にはね上がった、というものであった。

これら他社のスクープを、秋山たちは黙々として後手後手と追うしかなかった。「旭日新聞はニュースが遅くて駄目だね」という声まで聞こえてきた。

ファミリー党首脳は、遂に各新聞社・テレビ局首脳に対して金融界・財界・広告界を加えた時局特別懇談会の申し入れを秘密裡に行なった。よんどころない人物を介しての申し入れであったので、各首脳たちも出席OKの返事を出した。

ところが社長・会長以外の誰も知らない極秘事項のはずなのに、この懇談会の情報は、匿名の電話によって事前に革命党及び社会党本部・市民団体等に通報があり、またインターネット上に掲載されてしまった。これに驚いた各首脳たちは、時節柄、慎重を要するということで各社連名で欠席を通知し、会談はお流れとなった。

一わたり国外汚職が一巡すると、今度は国内が始まった。新幹線鉄道のルート決定・高速道路ルート・内海の渡海橋ルート決定、さらに一本の架橋で終わらず二本もの追加決定・産業廃棄物処理場用地の決定・湾埋立工事・ダム建設・西部国際空港決定等々、もう際限なく続いた。

これらの資料は大企業や政治家の金庫の奥深くにあるはずのもので、安藤記者は強い疑いを抱いた。彼はシスコのジョーが資料の掲載中止を知っていたこと、フクちゃんバイバイと言ったことを思いだした。

全く、あの時は二日酔でボケていたんだと自分自身に腹をたてながらも、安藤は秋山デスクの許可を貰って机の下や書類箱、椅子の裏、近くのコンセント等を調べてみた。それからスパイ映画を憶(おも)いだして電話の送話口のカバーを回して外すと、小さな盗聴器が付けられているのを発見した。

皆もさすがに一連の事件の裏を悟った。

「デスク、これは単純な密告じゃありませんよ。……誰かが、何か、大きな陰謀を企(くわだ)てています。我々は全員でこちらの方を探りましょう」

「そうだ、そうだ」

と皆の意見が一致し、全員が業務の合間(あいま)を縫って集中することにした。秋山は第一段階としてスクープされた事件について、その関係者・垂れ込みがあった場合には、その手口・その他について各人が知り合いを辿って情報を集めることとして、工藤代理がその分析を担当することにした。さ

らに、
「皆、これは長期戦になるぞ。途中で挫（くじ）けず追い詰めろ」
と激励した。

一方、国民は大いに怒っていた。テレビ・新聞には非難の投書が殺到していた。インターネット上にも、ファミリー党打倒・政治家不信・革命党燃えよ、のメール・意見・檄（げき）が多数とびかった。今や国民の「声なき声」がどよめきとなって全国に満ちていた。さすがに自分の選挙と利権のことしか関心がなかった政治屋たちも、このままでは次の選挙が危ない、革命党・社会党に政権を奪われてしまう、と遅まきながら「政治浄化有志の会」や与野党を超えた「超党派・新、政治を変える会」を派手に結成して、何とか次の選挙では自分だけは出身地元の支持を得ようと奔走した。

政治屋以外にも、慌てふためいている幾つものグループがあった。

一つは外務省の役人で、多額の交際費・機密費を個人手当と考え、ロクな情報も取らずに地元の新聞・雑誌・テレビ記事でお茶を濁（にご）し、赴任国からの不当介入も、ただ本国に伝えるだけの仕事(?)しかしてこなかった、甘い生活が崩れかけたのである。

政治屋たちからの、なぜ汚職情報を未然に現地で抑えなかったのだ、何のために大使にしてやっているのだ、貴様みたいな無能は本国に呼び戻すぞ、それが厭（いや）ならあれは誤報でしたとくらい言ってみろ！　という場違い、筋違いの罵声（ばせい）を浴びて、彼らは昔の「お公家（くげ）」さんのように、ただ平身低頭し、口の中でモゴモゴ言って暴風が吹きぬけるのを、おろおろとひたすら待っていた。

もう一つのグループは検察庁と警察庁で、彼らは次から次に発表される資料の調査・裏付け確認に追い回され、遂に物理的に機能がパンクしてしまったのである。

上級幹部たちは、日頃、高圧的な政治屋たちが、急に猫撫で声で電話をかけてくるのを小気味（こきみ）よく思いながら、次々に命令して部下を督励（とくれい）、働かせた。

組織の一番下の現場では、ただでさえ外国人犯罪や凶悪事件・少年犯罪の激増で多忙なのに、人間の増員もしないで一体、幹部は俺たちを何だと思っているのか、上司なら上司らしくもっと俺たちの身になって考えろ！　と鬱屈した気持ちを抱きながら走り回った。

　さすがに幹部たちも反省し、急遽、応援態勢として国税庁査察部・公安調査部に依頼して合同捜査本部を作ったが、互いに気風・待遇・認識が違う現場では、かえって大混乱が起きていた。検察幹部も、もうこの状況では政府首脳が示唆、依頼する限定起訴・不起訴の枠内には到底おさまらない、どうしても実刑まで広がってしまうと思い悩んだ。

　また、国民は野党、社会、革命党に対しても生温いと鉾先を向けた。

「そのことは、秘書に任せていたので私は存じません」

「もう古いことなので、詳しいことは忘れてしまいました」

「いや、それは確か、政治資金としてうけたもので、政治資金規正法に基づいて届け出もしてあるはずです」

「エ？　記載してない？　……うーん、昔のことで会計責任者も交替していますし、前任者がなぜ忘れていたのかは分かりません。しかし万一、政治献金をうけたからといって、私は何も利便をはかるようなことは致しておりません」

　等々の答弁しか引き出せない野党に、「馴れ合い」だと怒ったのである。

　この不満を、一体、誰にどうぶつければよいのだ、という思いが全国民に浸透していった。

　四月六日㈰、宗教法人の沼田貫主は、全国の宗教各派にも呼びかけ、「救国済世」の世直し祈願の一大キャンペーンを行なった。

　続いて四月一三日㈰、憤激した鉄道の労組が単独で政治汚職に対して全面抗議ストを実施した。

　それは僅か半日だけのストであったが、戦後、未だかつてただの一回も国民大衆に支持されたことのなかった鉄道のストに、今回だけは労組自身が思いもしなかった圧倒的な大衆の暖かい応援・支持の声が寄せられたのである。

新聞の投書、各駅駅員への言葉・テレビ局への電話・メール等に、スト支持・宗教祈願賛成の声がひきもきらず、スト発表の当日には及び腰の報道しかしなかった新聞・テレビは、翌日には一転、スト支持・ストによる抗議大賛成の論調を打ち出し、評論家・司会者らも慌ててこれに同調した。

この新現象に驚いた諸労組と社会党・革命党は、バスに乗り遅れるな、とばかり五月一日㈭のメーデーを期して「政界浄化」「解散・総選挙の実施」を要求する一大ゼネストを行ない、一気に国民の声を噴出させようと計画した。

その日のメーデーは、金宝国史上第二番目の大規模なものとなった。敗戦後、占領軍の施政下にあった片川内閣当時、全国一大ゼネストを計画、あわよくば一気に革命を、と狙った、そして実行直前、占領軍司令部命令で中止させられた大規模ストに次ぐものであった。

「汚職・金権政治打倒」「ファミリー党には投票するな」「革命政権により世直ししよう」等々のスローガンの下に集まった組織労働者は、首都だけで八〇万をこえ、さらに未組織労働者群や学生・若者らも参加して、大会運営本部は、首都だけで二〇〇万の参加結集と号した。

朝一〇時には代々森・下野・日々山・御宿の集会場は見渡すかぎり人山とプラカードで埋まり、これら会場近くの各駅では、駅員たちも業務を放棄して完全な無改札状況になった。

旗や幟（のぼり）・横断幕・プラカードが人・人・人の上に林立し、演説マイクが参加者を煽動（せんどう）した。

大群衆のボルテージは次第に上がっていき、会場の外側で集会反対と喚いていた右翼の街頭宣伝車の一台が煩（うるさ）いと怒った群衆によりひっくり返され、他の車は仲間を見殺しにしたまま先を争って逃げ出した。

車への放火を制止しようとした警察隊の一ヶ小隊は、群衆に包囲され、慌てて隣の二ヶ小隊が突入して辛うじて助け出し脱出した。

この光景を撮影していたカメラマン数人も、大会広報部の腕章をつけていたのにもかかわらず、一人の若者が
「あのカメラマンは警察のスパイだ！　俺たちを撮っている！」

と叫んで指さすと、たちまち殺到してきた群衆に叩きのめされ、カメラは燃える街宣車に投げこまれた。

濛々と黒煙をあげるこの光景は、少し離れたＫＨＫの屋上から望遠カメラにより全国に生々しく中継され、各地の群衆の興奮もより高まっていった。

警察は逸早く今回の群衆心理の異常さに気付き、この大群衆を制御するには現状の機動隊や放水車だけではとても間に合わない、催涙ガスを使うか、然るべき次善の策を手配されたい、と救援を要請した。

これを受けて内閣の危機管理センターでは法務大臣が、直ちに治安維持のため防衛隊に出動準備をしてもらわなければ責任は持てません、と官房長官を脅迫した。

長官はまだそんなことは出来ぬ、ガスの使用など以てのほか、と拒否したが、それを見ていた防衛隊長官は直ちに、秘かに大都市周辺の各部隊に「訓練、治安出動即時待機」を命令した。

一方、主催者の労組幹部の中には、「これはまさに革命前夜だ、このまま一気に国会議事堂を占拠し、蜂起しよう！」と叫ぶ者もいたが、さすがに相手にはされず、この状況ではもう円滑な運営などできない、という不安から予定していた演説を打ちきり、直ちにデモ行進に移ろうとその手配を始めた。

行進のコースにあたる商店街は、テレビで黒煙と揉み合いを見ているだけに、何か起きたらすぐ店のシャッターをおろし、消火器が使えるように準備し、貴重品や高価な品物は店頭から奥に移し、

テレビの行進をみつめていた。

ちょうどその頃、防衛隊の出間基地からとびたった三機のC一三〇輸送機は、デモで熱せられた熱気の上昇気流の上に旋回しながら、大量の沃化銀の微粒子を噴霧した。

また同時刻、東都郊外の大河内ダムの管理所ビルからも、上空に向かって熱風にのせて同微粒子を強力なポンプで噴出を始めた。

やがて熱対流現象によって上空には積乱雲の子供が生まれ、ポッポッと下手なパソコンを叩くような雨滴が行進の群れに落ち始め、まず女性参加者が動揺し始めた。

群衆の熱気は急速に鎮まっていき、先頭集団や過激派はなお気勢を揚げていたが、後続の列や、まだ行進を待っている集団からは、小雨に気をとられて帰る者が続出した。やっと警備陣もホッと胸をなで下ろした。

一部の空港建設地では、過激派が火焔瓶を投げて派手にマイクでどなったが、群衆の支持のない運動が成功するわけがない。たちまち手薬練（てぐすね）ひいて待っていた機動隊に鎮圧された。

首相公邸でテレビに見入っていた総理は、とり巻きに「これは雨のお蔭だよ。まさに天の助けだね」と言って笑った。

社会に騒乱状態を作りかけた折角のメーデーだったが、事もなく終わらされた。

㈥　桐の宮

防衛隊将官の天下り(?)顧問は、ほとんどの場合「非常勤」で「年俸制」である。給与は俗に「防衛隊方式」と呼ばれるもので、世間の一般高級官僚の半分にも満たない低いものである。
――（簡単に言えば、本人が退職前に貰っていた給料から年金受給額を差し引いた残額を基礎とする方式であり、退職時に退職金を貰い、さらに天下りの時は再就職先の役員俸給・諸手当を昇格受給し、ボーナスも受け取り、三、四年後の退職時には再び数千万の退職金を貰う一般官僚とは大差がつくのである）――

大方の場合、各社とも数人共同の顧問室があって、朝は一〇時から一〇時半頃に顔を出し、顧問室担当の女子事務員が出してくれるお茶を飲み、新聞や専門誌を読んだり、稀には頼まれた原稿を数枚書くなどして時間を過ごし、午後三時過ぎには退社する。もともと「非常勤」なので毎日出る必要はないのだが、ほとんどの人は真面目にかよってくる。

顧問の仕事としては（前にも一部述べたが）防衛隊関係の人事・大事件・方針事項の変更・予算資料の入手・予算作成や執行情報・入札契約等の時に働けばよい。

具体的に説明しよう。

例えば平清X年度に（基本防衛大綱に基づき）周辺諸国との戦略上、潜水艦が二隻必要という作戦計画ができたとする。

各顧問はそこで第一号艦の予算五〇〇億円を設計料・機器開発費込みで、是非我が社、四星重工の神部ドックに、と頼まれると、防衛隊の古巣の人脈に根回しする程度のことである。

しかし実際には――（話が顧問の階段に来るまでには）――まず必要という決定が為されると、大筋は、四星重工と山崎重工の幹部が秘かに内々に話し合い（金宝国では潜水艦はネジ一本に至るまで純国産の極めて高度な技術が使用され、また多くのノウハウや治具・専門工具を必要とするので、二社以外の社は作りたくても作ることができない。或る時、四井ドックという大手が、時の総理・防衛隊長官のお声がかりで参加しようと猛運動したが、生産仕様書の基準の高度精密さを知り、自ら申し出を撤回した例がある)。

その時の両社の設計部の混み具合・船台の空き具合・各種作業工程や人員（技術者）予定等の状況を勘案して両社で話しあい、ではX年度の一号艦は四星で、二号艦は山崎で、と合意する。

両社は次に議会に巣食う「防衛族議員」たちにお伺いをたて、「先生、何とか一号艦五〇〇億を四星重工の神部ドックに頂けませんでしょうか」（同様に二号艦山崎重工も）と根回しをして了承を得、併行して防衛隊庁事務次官及び海上防衛隊首脳の秘密内諾を貰い、また族議員の面子を立てる形でお願いして大蔵省事務次官・主計局長への陳情に赴き、所要の予算措置の内諾を得るのである。

そして、いよいよそのX年度の前年のX年度予算概算要求書を作成する四月になると（概算要求は公式には四月からかかり、八月には大蔵省に提出、一二月末に査定され、翌年早期に国会で承認される）、会社から各顧問に必要な運動をお願いします、となるわけである。

したがって防衛族議員の反対派や、防衛関係に無関係の議員が防衛隊の長官になると、その秘書は大変である。

長官は任命されたからには……と張りきって人脈・金脈・内局改革を実行しようとするが、そこには族議員が過去数十年にわたって内局幹部と組んで築き上げてきた建軍の考え方・米軍関係・内局人事・関係諸企業との関係・関連財団法人との関係、等々幾つもの強固な城壁が存在し、さらに内局には通産省の枠として装備局長が、警察庁の枠として教育訓練局長がそれぞれ「お目付け」として各省益を担って出向してきているので、部外者的新任の長官などが、半年や一年二年で切り崩すことなど、到底できはしない。

そこで強引に画策して、苦労して、例えばすでに存在している「装備品調達委員会」や「防衛問題懇談会」があるのに、その字を一字変えたり加えたりして、内容は全く同じだがメンバーの人間だけが違う組織を新設し、部下の腹心をその長に据えて何とか介入しようとする。

　だが、内局の文官たちに面従腹背（めんじゅうふくはい）で言葉巧みにタライ回しされて結局、大事な話には入れて貰えず、仕方なく秘書が事務次官・内局装備局長・官房長・調達実施本部長・防衛施設庁長官・技術本部長等々に頭をさげて話を通し、内局官僚に不利益なことは一切しない、という暗黙の承認の下に、やっと「それでは七〇億くらいの小型艦を一隻と、二〇億くらいの米軍基地の防音対策工事を、特別に、長官御指名のドック・施設庁建設業者に回して差し上げましょう」ということになるのである。

　顧問は、これらの動きを念頭に置いて、海幕長・副長・潜水艦隊司令・海幕技術部長・課長・需給統制隊司令と副長・技術研究本部本部長及び副開発官、担当課長、調達実施本部長、副本部長、原価計算課長、入札担当課長等々に「お願い」の挨拶に回ることになる。といっても気をつかうのは文官だけで、制服組とは互いに顔見知りの仲で、しかも部内には昔の部下も多いので、事は談笑のうちに済んでしまう。

　東都都庁（俗に都商事（みやこ）ともいう）などでは、いったん退職した局長・部長が昔の職場を訪問しても冷たく扱われることが多いそうだが、防衛隊の制服軍人組に限（かぎ）って言えば、決してそんな態度はとらない。暖かく、先輩として迎え、「話」を呑む呑まないは別として、相応の礼をつくすのが仕来（しき）たりである。

　さて、五月九日㈮、原少将がオペレーション会議から戻ると、遠藤中佐がすぐ席を立ってきた。

「部長、さっき四星重工の伊丹顧問からお電話があり、まことに申し訳ないが緊急の用件ができたので今夜お会いしたいが、と連絡がありました。部長は会議中ですと答えましたが、五分前に、また是非に、とかかってきました」

「うむ」と原は、昔上司として仕（つか）えた伊丹大将の風貌（ふうぼう）を思い浮かべた。

彼には古武士を偲ばせる風格があった。上背があり、背筋をピシッと伸ばした精悍な顔付き、目は細いが切れ長。笑うと優しさが滲み出るようだが、緊張すると目が鋭くなる。勤務については厳格な人だったが、原が結婚した時には細々とした相談にも親身になって面倒をみてくれた。

　また、原が中尉になったばかりの時、彼が指揮する小隊の一戦車が不整地で操縦を誤り、転覆して砲手が負傷した時にも、事故調査委員会で弁護してくれて、防大トップの経歴に傷がつかないようにしてくれた。

　その後、伊丹が陸幕総務部長であった時、原は再び彼の部下となったが、この間に、内局との折衝、大蔵官僚に対する予算要求の説明の考え方、予算の目玉と政治の考え方、全部隊の統率の要点、海上及び航空部隊との共同訓練の調整及び経費分担、米軍との応接、メーカーとの関係等々について伊丹から教えられた教訓は貴重であった。

「ハテ、あの人が何の急用かな」

　と原は思った。この間のロックウェル参謀総長の交替からはすでに日がたっているし、今年の四星の新型誘導兵器の予算も戦車予算も希望通りの満額で取ったし、来年度の分も先輩の顔の立つように予算原案にのせて要求してある……第一これらの情報は先日の加藤部長との会食時に耳に入れてあるではないか……そうかＮＭＤかＴＭＤの話か……新型ヘリの改良開発費を追加してほしい、とでも言うのかな……もしかすると、来年始めに退職する今野中将の顧問ポストのことか……ま、いずれにせよ、伊丹さんが是非にと言うなら会わねばなるまい……。

　原は昔の恩師に会う懐かしさの和んだ気持ちと、同時に伊丹さんも社会に出られて大分に世慣れてこられたんだな、と急用がひっかかった気持ちになった。遠藤中佐はまだ机の前で待っている。原は手帳を開いて確認した。

「よし、会おう。だが、今夜はＭＥＣの特需部長と六時半からの約束がある。こちらを緊急打ち合わせができたので申し訳ない、と断わって下さい。日は来週改めてこちらから連絡しますとね。それから今夜は君も出るように……」

遠藤は一礼して自席に戻った。室内にはまだ連休の甘い名残りの雰囲気が漂っている。原は部員が持ってきたお土産のお菓子を口に入れた。

その日の夕方、二人は赤山にある四星重工クラブの一室にいた。クラブといってもVIPの接待用で、一般社員には知らされていないという。まるで料亭なみで、広い座敷のほかには灯籠と築山を配した庭が広がっていた。何となく、あたりの空気までがしっとりとした夜の香りに包まれている。

――(伊丹さんもこういう場所が使えるとは、仲々しっかり勤めていると見える……)――と思う。

挨拶のあと酒肴給仕の女中が去ると、伊丹は下座にきちんと座り直して改まった。和やかな雰囲気が消えて、ちょっと真面目な感じになる。「オヤ」と原に何かの予感が走った。

「原さん、実は、遠藤さんにはまことに申し訳ないのですが、……極めて重大な、国政についての話を肚を割って議論したいと思いますので、しばらく席を外して頂けませんか。もちろん別室が用意してございます」

「ア、ハイ、分かりました」

と遠藤が反射的に立ち上がりかけるのを、原は、

「待て!」と手で制した。本能的に声が出た。

「先輩、折角のご配慮にお言葉を返すようで申し訳ありませんが、遠藤中佐は自分の信用できる部下です。……秘密を耳にしたからといって、不為になるようなことをする男ではありません。自分は彼を信じています。どうか腹蔵なく、安心してお話し下さい」

遠藤は一瞬、伊丹を見たが、座りなおしてきちんと正座した。原も姿勢を改める。伊丹が口を開いた。

「分かりました。遠藤さん、失礼しました。……但し、今から申し上げることは、諾否の如何にかかわらず、絶対に、……絶対に極秘の機密事項として頂きたいのですが、まずそのお約束を頂けませんか」

原の心にはっきりと警戒心が生まれた。四星重工は制服軍人にとっては安心のできる会社である。また、伊丹顧問も信頼できる大先輩である。しかし、だからといって、それが民間会社であり、制服を脱いで民間人になった者である以上、その言うことを全部信ずるわけにはいかない。

少将に進級し、さらに大将・陸幕長・あわよくば統幕議長として陸海空三軍の頂点に立つことを視野におさめた原にとって、悪い噂がたち、それが人事権を握る内局の文官の耳に入ることは致命的なマイナスであり、極力避けねばならなかった。

都商事の役人たちは、「会して議せず。議して決せず。決して行なわず。上司に逆らわず。是、日々無事の四要諦なり」と笑っているが、ナニ、制服組でも上に昇進すればするほど他人のことを笑えない「詰まらないこと」が多くなる。

今は民間人として下座に控える伊丹にしても、彼には彼の属するクラス会があり、そのうえ別に、将官だった者だけで組織している「桜花会」の幹事も兼ねている。

当然、彼の一言は原の将来に大きな影響力を持ってくるので、ただ警戒するばかりではなく、その応接には血の通った、それ相応の心配りが必要であった。

さらにもし、これからの話が四星重工首脳からの話ともなれば、彼らの人脈は政・財・官のあらゆる要所に影響力を持つので、とうてい駆けだしの一少将ごときに歯がたつ代物ではない。これは微妙な立場に立たされた、と原は直観した。

「分かりました。……先輩の仰言る通り、諾否は別として自分も遠藤も、決して口外しません。存分にお話し下さい」

「有難う。原さん、今日は私の……不肖伊丹平三郎の、肚を割った、本心を申します。……原さんは現在の我が国の政治・社会・経済の風潮をどう御覧になりますか」

「………」

伊丹は構わずに防衛隊をも巻きこんだ政界汚職に言及した。伊丹の人を刺す鋭い目、精悍な顔がのっぴらきならない圧力をかけてくる。

現在の金宝国の平和は頽廃の平穏であり、古来からの美しい文化も軽薄で無教養のマスコミと小学校なみのお笑い、安本興業によって破壊されつつあること……

さらに政治屋の低劣さが荒廃を加速し、これを自浄すべき政治家は少なくなり、みんな選挙の有利・不利、国益より自分のリベートという拝金主義に陥っている。その上、金宝教育労働組合に毒された文部省の愚民化・無道徳化教育の政策によって、これらの悪風は相乗効果となって今や小・中学校にまで浸透しつつある。……

改めて伊丹は、政治屋の紹介料の相場を知っていますか、と問うた。

首都の区議会議員（除革命党議員）に何かを話すだけで一〇万円、都議会議員ならば五〇万、国会議員となると最低一〇〇万、、何かの役付ならば三〇〇万から五〇〇万、これはただ単に会って話を聞いてもらうだけですよ。成否は別、もちろん成功すれば多額のリベートが必要です……。

かつて我が国の美徳として世界に知られた正直さ・清貧・逆境にあっても高い志を持つ気高さ・敬老・尊師・強い家族愛・友情・千万人と雖も吾往かん、の気概・和と静、自然との調和を愛した金宝文化、これらが今、みんな消滅しつつあります。……

伊丹の弁は己に酔ってさらに続いた。

外交官も政治屋の見識の無さをいいことに、機密費や予算の私物化、未だに事勿れの対米・対中国隷属外交、金（国民の税金）ばらまき外交、軍事無知外交を続け、相手の顔色ばかり窺っています。

我々軍に対しても戦略眼を持つ政治家や内局の文官が少ないため、無定見なアンバランス戦力しか持てず、しかも防衛に必要不可欠な完全な有事法制すら未だしで、予算も削減が続きます。

さらに内局の文官どもは、軍人としての優秀さよりも、自分たちに従順な人間だけを選んで将官に昇任させ、加えて将来の将官を作りだす教育をする幹部学校（旧軍のいわゆる陸軍大学・海軍大学）の教科内容にも介入し、戦力バランス・周辺諸国との戦略・世界軍事史観等も教育していません。

先日も某艦隊司令官と会食した時、私は「北・南占幸国がもし統一合併した場合には、半島にどんな戦力が生じ、我が国に対して如何なる脅威を与えますか」と質問したら答えられませんでした。

彼の得意は、敵のミサイル・航空機等による攻撃に対する陣型運動と防御だそうです。

また或る機械化部隊の師団長は、我々は如何にして七秒以内に次弾発射をするかという猛訓練をしている、と胸を張りました。

もちろん両者とも戦闘には必要不可欠です。しかしこれは「戦術」ですよ。佐官以下の者が言うならよろしい。だが、将官にはもっと「戦略」的な観方が必要でしょう。それが半島のこんなに簡単な質問にも答えられないのでは失格ですよ。

その上に肚の無さ……或る旧軍出身の将官が、ある占領都市で行なったとされる三〇万人もの大虐殺などは物理的にもあり得ない、と発言しました。

これは当時の旧軍の厳しい軍律・攻撃人員・弾薬補給手段・都市周辺の泥道（トラックも円滑な通行は困難で主に馬の背によった）・銃剣の刺殺能力・敵地住民の戦闘開始前の避難行動・都市の面積、区割りと虐殺場所等々を冷静に勘案すれば、当然出てくる結論です。

ところが、一部のマスコミに騒がれると、たちまち「謝罪」……正論なら堂々として論拠を示し、自分の信じた意見を通せばいいでしょう。あんな筋も通せない……男としても肚の無い者が、かつては陸幕長であったということが、私には情けない。……

信ずることを自己の責任において発言したのであれば、たとえそのために辞任に追い込まれたとしても簡単に前言を翻すべきではありません。男児としては辞任も「以て瞑すべし」です。そんな程度の男が指揮する軍が、どうして敵との熾烈な戦闘に勝って国民を守ることができましょう。むしろそんな情けない軍隊なら、いっそ無い方が良い。

今、中国・占幸国・美国島国・ロシア政府発行の地図を見てご覧なさい。尖閣諸島・竹島・北方四島など我が国の領土がみんな、それぞれ自国の領土として印刷されていますよ。ところが、外務省は何の有効な抗議もせず、六〇年間も全く何の成果もあげていない。……彼らにとってみれば、そんな国のことより自分の生活・自分の選挙というわけです。

もう現在では、世の悪習に染まらず辛うじて清冽さを保っているのは、我々防衛隊の制服部隊だけですよ。

原さん。我々は入隊する時に、「我が国の国土・国民の生命・財産を身を挺して守る」と誓約しましたね。現在のこんな我が国の危機を傍観することが正しい道でしょうか。否！　断じて然らず！です。これを救うことこそが我々の任務なのです。我々が起って直す以外に、もう正しい姿に戻すことは出来ません。……

約小一時間、烈しく説いてきた伊丹は、ここで二人に意見を問うた。だが、二人とも途中から圧倒されてしまっていた。

伊丹の指摘は原たちにもよく分かり、彼ら自身もそれを苦々しく見ていたことなのである。先日のメーデーにも見られたように、国民が怒っていることも分かっていた。

しかし、原たちには防大時代から一貫して叩きこまれてきた「軍人は政治に関与せず」の教育があった。

すでに原にも遠藤にも、伊丹の意図が推察できていた。しかし、それを口にすることはタブーであった。原はとりあえず脱出をはかった。いくら先輩の恩人であっても、不逞の徒にくみすることはできない。

「先輩、全く仰言る通りです。実にひどいと思います。先日も幕僚長から全部隊に対して動揺するな、各自の任務に励め、と訓示がありました」と逃げようとした。

伊丹は攻め口を変えてきた。

「原さん、これは我が社の調査部が探知した秘密情報ですが……、いいですか、内局は現在、政界で行なわれている防衛隊縮小論に遠慮して、我が軍に『予備役編入制度』を採用する準備に入っていますよ」

「エッ？　予備役？……内局はまだ兵力を削る気なんですか」

と若い遠藤中佐が驚いた声を出した。

「占幸半島が合併して中国と友好国になれば突然正規軍一七〇万以上、一二時間以内に動員できる部隊一〇〇〇万、計一一七〇万の兵力が生まれます。その上、彼らは金宝国を敵視しています。さらに中国には二五〇万以上の兵力があって、原爆やミサイル、原子力ミサイル潜水艦、それに空母までもっているんです。これに対して我々はたったの二四万です。内局は一体、何を考えているんですか。……伊丹さん、もう少し詳しく教えて頂けませんか」

彼が心配する通り、もし予備役制採用となればすでに将官になっている原よりも、中佐・大佐の方が受ける影響は遙かに大きい。伊丹は優しい目に戻って遠藤を見た。

「もちろん最終決定はまだ先のことですが、有力案ではまず制服組の将官の定員を現在の十分の一に削減、それでこの場合の人選は、各幕からの上申（じょうしん）という形ではなく、内局文官たちの一方的選任です。

大佐は現員数の半分に削減、こちらは各幕ごとの上申に基づいて内局が審査し、その上で承認します。

中佐・少佐は各幕の選任で約八割に、その他は増員なしの自然削減というものです。しかも内局の選考基準には勤務評定以外に、本人の思想・協調性、つまり内局指示に対する従順さ等も考慮要件となっているようで、ますます我が軍は台無し（スポイル）にされてしまいます。そのうちに気骨のある軍人は、一人も居なくなるでしょう。遠藤さん、ひどいと思われませんか」

空手二段の剛直（ごうちょく）な精神を持つ彼は、次第に憤慨してきた。彼は続けて質問した。

「それで、内局は事務官を減らすんですか」

「いや、内局に減員はありません。ただ新規採用の制限だけです」

「そんな……。内局は勝手です！　あの人たちは本当にこれで国が守れると思っているんでしょうか」

原は遠藤が暴発しかけているのを感じていた。だが、焦っても適当な言葉が浮かんでこなかった。そもそもは遠藤や伊丹の言う通りなのだ。政治屋どもは金宝国には世界一のアメリカ軍が駐留しているから攻撃されることはない、と安心しきっているが、肝腎の米国と経済摩擦でも起きて米国国民が反金宝になったらどうなるのか、また親金宝政策をとる現政権から野党政権に変わり新モンロー主義に変わったら……そして現時点でも革命党等が主張している米軍基地の即時撤退の主張を分かりました、と受け入れたらどうなるのか、……しかもたった二四万の我が軍は、米軍の手足の一部を補う装備しか持っていないのである。

我が軍の戦闘機の航続距離は、専守防衛を主張する野党に気兼（きがね）して敵の攻撃を受けても上空・領海を守るだけで、敵の出発基地も叩きに行けない。敵との交戦では、第一回の空中戦では勝つが、第二回戦以後は必ず全滅する。何故ならば我が国が第一回戦で燃料・弾丸を使い果たし、基地に帰投・着陸したところを敵の第二波・第三波に空襲されるからである。

輸送機も同様に航空距離は短く、専守防衛で味方上空しか飛ばないからと、世界中の航空機が装備しているデコイ（囮（おとり））も装着していない。戦争になれば当然、敵のゲリラ・テロリストがスティンガー・ミサイルを射ってくるのにである。

海も同様で、いま現実に資源の少ない我が国は、生存するための必要物資の大半を輸入に頼っている（例・原油二億五千万トン、鉄鉱石一億三千万トン、食料五千万トン、その他鉱物・木材・パルプ等一年間で約六億トン）のであるが、それを安全に輸送護衛する能力はない。万一、非常事態となったとして、物資の使用を制限し、年間二億トンの輸入に抑えたとしても、それをどうやって安全に輸送するのか……。もちろん船しかない。かりに一隻三五〇〇〇トン平均とすると、月に約五〇〇隻が最低必要となる。

その丸裸の民間船をコンボイにまとめて渡洋するわけであるが、例えば一船団一〇〇隻として五列縦隊とした場合、船団の占める面積は大型船の安全航行距離を勘案して約四キロ×二〇キロ、約八〇平方キロメートルとなる。それで敵の魚雷がホーミング・トーピード（誘導魚雷）で発射地点が六〇〇〇から一〇〇〇〇メートル（二〇〇〇〇のもあるが）、味方駆逐艦のソーナーの有効探知距離を約七〇〇〇から一〇〇〇〇メートルとすると、前途の船団の外側にさらに有効に護衛艦を配置する必要があり、そのうえ敵が航空機による攻撃や各種ミサイル攻撃をしてくるとなると、護衛艦としてイージス艦・小型直衛用空母・敵基地を叩くミサイル搭載潜水艦が必要となる。

一船団一〇〇隻とすると常時四から六船団が航海することになるが、船というものは、船底の汚れ・エンジンの補修・武器弾薬の補充・乗組員の休養等のため、一年に一回は三週間から一ヶ月間ドックに入らなければならない。

それなのに我が軍は、新旧合わせても護衛艦は僅か七〇隻、潜水艦（ミサイルは積んでいない）一五隻、イージス三隻、空母もミサイル潜水艦もゼロ！ である。

しかも任務は船団輸送だけではなく、攻撃してくる敵艦隊の防御・上陸阻止・敵長距離ミサイルの洋上監視・新兵の訓練等もあるのである。

またロシア・占幸国・中国の諸国が保有している強襲揚陸艦と戦車揚陸艦も、我が国は専守防衛であり、（そんな装備を持てば）「他国を刺激するから」持ってはいけない、と議員様や外務省は仰言（おっしゃ）る。

しかし考えて頂きたい。専守防衛の場合、敵が南州・北道等に上陸侵略し、我が軍が増援部隊を急派しようとした場合、（議員さんが考える）高速道路・鉄道・トンネル・橋は、敵のテロ・ゲリラにより爆破されて使用不能になるのである。残るのは人員は航空機・重装備は高速揚陸艦しかない。

その上、乗組員の養成には、（世界の海軍で常識とされているのは）艦長級一〇年以上・士官五年から一〇年・CPO（チーフペティオフィサー）（先任下士官・俗に言う神様）一〇年・下士官五年・兵二年から三年を要するのである。とても大蔵省や議員先生が仰言るような「ナニ、いざ鎌倉という時にはタップリ予算を付けてあげますよ」では絶対に間に合わないのである。

しかも問題なのは、大国中国が（アジアには敵対できる国がないのに）毎年、前年比十数％ずつ国防予算を増額していることで（二〇〇二年には実に一七％の増額）、今や我が国の専守防衛兵力がとうてい抗し得ない原子爆弾・長距離ミサイル・爆撃機・原子力ミサイル潜水艦を保有して軍事外交を展開しつつあることである。

（もっと分からないのは、この大国中国に政治家・外務省が、毎年巨額のＯＤＡ資金、直接三兆七〇〇〇億・間接二兆以上（累計）をせっせと献上し続けていることである）

——（それなのに予備役だと！……一体、内局は何を……政府は何を考えているのか……）——原は無言でビールを口に運んだ。——（感情に流されてはいけない。……こんな時の一言が極めて危険なものとなる……）——と彼の本能的直観が警鐘を鳴らしていた。今は話すより飲む方が遙かに安全であった。

とにかく、若い遠藤には、これ以上進ませてはならない。原は伊丹と視線が合わないように目を伏せた。

しかし伊丹は、さらに熱をこめて迫ってきた。

「原さん、国民は怒り狂っていますよ。あの鉄道ストやメーデーを見てご覧なさい。……ところが、政治家たちは何も分かっていない。……汚職だけでなく安全保障についても同じです。主民党の或る女性議員などは『国会で』堂々と、『もし敵が攻めてきたら降参すればよい』と発言しました。……

いいですか、降伏するということは、相手の国の兵隊や軍属が『法律』になることですよ。家や財産・食料・貴金属も兵隊がほしい、と思えば徴発されても何も文句が言えない、最愛の妻や娘も手当たり次第に『民族浄化』の名目で合法的にレイプされ混血児を生まされます。前大戦敗戦後のソ連軍・半島人の実例、またつい先日のボスニア・ヘルツェゴビナでもこれは現実に起こりました。さらに六六万の兵の約五年に及ぶシベリア抑留・強制労働、それで六万余もの死者が出ています。

しかも金宝国の革命党や社会党は無責任にも金宝国教職員組合を通じて『過去の我が国の歴史・文化はすべて間違っているとして子供たちに歴史を教えず、世界の常識を無視して『とことん話し合いを』『あくまで平和で』『こちらが平和主義で戦わなければ攻めこんでくる敵はいないはずだ』と教えこんできた。

さらに森末という自称経済評論家はテレビで、

『もし敵が攻めてきて死ぬのなら、それは仕方がない。でも死んだ後、世界の歴史に〝かつて平和を望んでいたのに、隣国に攻め亡ぼされた立派な国があった〟と記録されれば、それで好い』と発言しました。

また別の森畠という評論家は、『セネカ（ローマの哲人）曰く、〝理由のある正しい戦争よりも、邪悪であっても平和が良い〟と引用して、何が何でも戦争をしてはならない』とこちらもテレビで言いました。

ねぇ原さん、人間は種の繁栄・一族の栄光を願い、そのために集団を、村を、町を、国を作るわけでしょう。その一族が理不尽に攻撃されたら防御するのは、これは人間という動物に与えられている『本能・本性』ですよ。それすらも否定するのならば、それはもう人間ではなく、これは神様仏様の領域です。

こういう誤った考え方の人たちに国を任せていて大丈夫なんですか。……我々の愛する家族の運命が、こういう人たちに左右されてもいいんでしょうか。

原さん、もう我が国の政治に自浄能力はありません。我が国はこのままでは必ず滅亡します。それでも我々は黙って傍観し、訓練だけやっていればいいんですか。……

遠藤さん、私も昔は、……陸将時代には、政治の示す方針に従って大過なく無事に勤めればそれで好いと思っていました。しかし今は後悔しています。私は現役時代にこそ、もっとこの問題を考えるべきでした。……

しかし私は、今からでも遅くはないのだ、と気付きました。皆さんと一緒になって、今こそ我々の祖国を昔日の誇りを持てる国に戻すために、……古来からの我が民族伝承の美しい文化を残すために、断乎として蹶起するべきなのだ、ということにです。

我々自身で同志を募り、一気に政権を奪取し祖国を救いましょう。その上で選挙を行なって、健全な民主的政権に移管すればいいんです。

それに、何も政治家を殺す必要はありません。次の新政権に入れなければいいのです。……原さん、我々が起てば、事は必ず成功します。国民も必ず喜んでくれます」

伊丹はここまで話すと、さすがに疲れたのか冷めた盃を一気に呷り、強い目で、黙って二人を見つめた。

彼の言わんとするその言葉、「クーデター」は隊内では絶対の禁句であった。……なるほど伊丹の主張には理があって、心情的にも賛同できるが、しかし、いざそれを原自身でやれ、と言われては絶対に困るのである。

功成り名を遂げた伊丹がするのならまだしも、これから頂上を目指す自分が、危険極まりない反乱の旗振りをするなどは真平御免であった。

しかも伊丹は全く触れてはいなかったが、もしクーデターが未然に発覚しようものなら、首謀者は、国を憂うる志士としてではなく、ドロボーや他の犯罪人と一緒に牢獄につながれ、不名誉な死刑になるのである。名誉と誇りを強く持つ原には、とうてい受け入れられないことであった。

さりとて、あからさまに拒否すれば、今までが親しい仲であっただけにそのリアクションは大変であろうし、といって婉曲に逃げたとしても、後になって話が内局に漏れた時には、原は伊丹の親派と看做され、処罰されるに違いないのである。

「伊丹先輩」

と原は少し低い声で重々しく、しかし敬愛の真情をこめて呼びかけた。

「お話のご趣旨と、先輩の真面目なお気持ちは、かつて部下でありました自分には痛いほどよく分かります。……ただ、あまりにも突然のお話で、自分は正直なところ、呆然としております……。

それに我々は、先輩もご承知のように、防大時代から徹底して『シビリアン・コントロール』と

『軍人は政治に不介入』を教育されてきました。また、諺にも『君、君たらずとも、臣、臣たれ』とあります。

その上、自分たちは軍人であって政治を知りません。また、いわゆる経済もやったことがありません。……二・二六は制圧行動そのものは成功しましたが、そのあたりを疎かにしたため失敗したと聞きました。……この政治・経済の問題は失礼ではありますが、先輩にも、もちろん自分にも出来るとは思われません。

それともう一つ、昔と今では実行する下士官・兵の説得が全く違います。……先輩の仰言る憂国の至情は自分も全く同感であり、充分理解はできますが、ここは今しばらく隠忍自重、国民自身が我々に望むまでは無理ではないでしょうか」

しかし、伊丹も負けてはいなかった。彼の鋭い目は再び和やかになっていて、幾らかニコヤカにさえ見える優しさで反論してきた。

「イヤイヤ原さん。君がそう言うだろうということは、僕も予想していましたよ。かりに僕が君だとしても、突然こんな話をきり出されたら、まず尻込みしてしまう。……」

伊丹の口調が幾らか早くなり、その言葉遣いが微妙に変わって、昔の陸軍時代の同じ仲間としてのものに変わってきていた。

「確かに、軍人は政治に関与すべからず、は我々のモットーでした。僕だって信じていた。……しかしね、原さん、よく考えて下さい。金宝の政治・財界・官僚・教育界に自浄能力がありますか。……それを正すべき国民も、苦々しく見ているだけで何もしない。

軍人は政治に云々というのは原さん、あれは『アメリカの法則』ですよ。あの国ならそれが出来る。政治が悪ければ軍人が不介入でいても、ちゃんと国民がそれを直す。アメリカの国民には強い自浄能力がある。ところが我が国の場合、国民に根本的な相違があります。すなわち、和やかな国民性・防衛・自主独立に無関心という考え方ですよ。

アメリカの国民には自主独立・防衛・不正に声をあげて直言する常識があるから、軍は安心して政治不介入で任せておけます。……

しかし、この原則は金宝では絵に画いた餅なんですね。我々が動かねば、金宝では誰も動かない。その我々自身すら、近頃はこの悪風の影響を受けてサラリーマン化し、軍人としての厳しい心を失いつつある。

原さん、僕は何も、昔のように軍人が総理大臣になれ、と言っているんじゃあない。……しばらくの間だけ軍政をしき、この憲法を改正し、路線修正をしてから改めて総選挙を行ない、民政に復帰する。これこそが我々に与えられた国を守る任務である、と言っているんです。

無論、いわれるように我々に政治・経済の運営はできません。原さんは『国民自身がそれを望むまでは……』と言われたが、実は国民を代表する方々がすでにそれを望んでおられる。……不肖(ふしょう)この伊丹の考えは、政財界の有志の人たちからも強い支持を受けています。

我々に不得手(ふえて)な政策については、実は深田・大曽根元総理・大沢・羽根田ら有力政治家を中核とするグループが全面的協力を申し出ておられる。……また財界で、財界連会長や我が四星重工・四井物産の会長も同様です。……

遠藤さん、僕だって軍の作戦についてはプロですよ。いやしくも事を為すに当たっては、味方の弱点に所要の手配(てくば)りをしておくことや、成功の見通しも立たないのに行動する愚などしませんよ」

「先輩！　ちょっと待って下さい」

と原は手をあげて、伊丹の話を途中で遮(さえぎ)った。思わず少し声が大きくなっていた。

「すると、自分たちのことはもうこの人たちに話されたのですか」

伊丹は大仰(おおぎょう)な身振りで否定した。

「とんでもない。……不肖この伊丹が諸官に黙って先走(さきばし)って話すと思いますか。……ご安心下さい。貴官たちのことは、誰にも、一口も、ただの一言(ひとこと)も話してはいませんせん」

原は腕を組み、目を閉じて集中して考えようとした。もう酒や好い加減な言葉で躱(かわ)せる段階は通り越していた。

――（どうするか……万一の場合、起(た)つべき大義名分は充分にある。部下も俺が直接話せば、大半は賛成してくれるだろう。……政財界の支持もこの伊丹さんが名前まであげた以上、一応は大丈夫だろう。……しかし、海千山千の政財界の大物たちが果たして心から賛成しているのか、口先だけの賛成、或いは俺たちにやらせて自分たちの政敵を潰すだけの手足にするつもりかもしれない。

それにこれだけの人数では、もし連中から内局や警察に洩れたらどうなるか……不名誉な逮捕、犯罪者の扱い、そして一罰百戒の見せしめの死刑、当然懲戒免職で退職金は出ない。官舎も追い出される。マスコミの殺到・年金もつかないで妻の老後はどうなるのか、娘の結婚まで駄目になる。

それに俺を信じてついて来てくれた部下たちの人生と、その家族たちまでも同じ不幸にまき込んでしまう。……駄目だ、できない、そんな無責任なことは、俺には絶対にできない。……

待て、しかし下手(へた)に断われば結局、同じ結果になる。……フム、だがまるっきり駄目というわけでもあるまい。昔から伊丹さんは出来ないことを出来るという人ではなかった。部下を裏切ったこともない。……うん、俺がいざ、と言ったら遠藤はついてきてくれるだろうし、同期(クラス)の広中や加藤たちも大丈夫だろう。……だが、どうやって作戦計画や訓練を目立たないでやることができるんだ、……しかし、どうしてこの俺に……）――と思考は空回(からまわ)りして長い沈黙が続いた。

突然、今まで黙って、ひたと伊丹を見つめていた遠藤中佐が迸(ほとばし)った。

「部長！……伊丹さんは正しいことを言っておられます！　我々は祖国金宝を守るためにこそ存在するんです。政治不介入の原則は、自分たちには一面責任が軽くなる有難いものですが、これが正しく機能するためには我が国の国民は温順しすぎます。それに今のファミリー党は次の選挙では勝てません。革命党・社会党の天下です。彼らは非武装・降参ですから、我が軍は解隊させられます。となれば、必ず他国が侵略してくるでしょう。部長！　自分はもうこれ以上祖国が崩壊して行くのを見ていられません。政財界の心ある方たちも味方すると言われます。……我々が政権を私さえしなければ、国民の大多数はきっと支持してくれるでしょう。我々が実行する以上、事は必ず成功します。部長！　決断して下さい！　自分はどこまでも部長について行きます！」

原は手で遠藤を抑えた。

「いや、遠藤、しかし事は熟慮を要する。果たして国民は我々の蹶起を望んでいるんだろうか？」

不意に伊丹が立ち上がり、ちょっとお待ち下さい、と告げて部屋から足早に出て行った。彼の足音が消えるや否や、原は遠藤の暴走に小声で注意した。

「いいか、ここで感情に走ってはいかん。クーデターなんか出来るわけがない……」

一呼吸おいて原は続けた。

「あの四矢事件のその後を見てみろ。彼らは上司からの指示で研究の一つとして取り組んだだけなのに、肝腎の上司は責任を取らず、三人とも見せしめとして一言の弁明も聞かれずに懲戒免職、皆路頭に迷って、或る者なんかは美国島軍の情報部に使われているようだ。

いいか、遠藤、いま伊丹さんが俺たちにやってくれというのは、研究ではなく実際のクーデターだぞ。お前も防大で習ったろう。内乱を起こした者は死刑だぞ。いくら俺たちが毎日死と直面する覚悟でいるからといって、不名誉な死刑など受けるわけにはいかん。まして部下やその家族のこともある。……

遠藤、ここは先輩には悪いが、即答させられるのだけは避けねばならん。……いいか、ここは俺に任せておけ」

その時、仲居が入ってきて原たちの席を少しずらし、原の上座に一人分・伊丹の横に一人分の席を設けて去った。二人は顔を見合わせた。

――（政治家か、四星重工の社長か、これはまずい！）――

すぐ足音が聞こえた。三人だ。

「こちらでございます」

と伊丹が先導し、その一人がスッと原の上座に入ってきた。

見るや否や原はアッと驚き、思わず遠藤と目を見交わし、次の瞬間、二人は座蒲団をすべり降りて、無意識に深々と頭を下げ平伏していた。

「殿下、こちらが原防衛隊部長・こちらが第一課長の遠藤中佐でございます」

下座についた男は宮家の水丸執事と紹介された（彼は原の先輩で、有名な尊皇思想の持主であったが、少佐の時に退官して宮家に仕えたのであった）。原は目礼を交わした。座に戻ると、

「原少将、楽にして下さい。貴方のことは水丸からも聞いています。防衛隊の将来を背負って立つ人、と嘱望されている優秀な方だそうですね」

と殿下はサラリと気軽に話しかけられた。

中肉中背、色白で、どちらかと言えば父殿下よりも少しふっくらしておられる。聡明そうな広い額、風貌は一見、明和大帝に似ている。英国に留学されていたが、帰国後、滞在記を出版された。

スポーツは特にスキーがお得意・護身術は合気道をされる。茶目気もおありになるが、反面全国各地の青年有志との交流も深めておられる。酒はお強いが乱れることは全くなく、女性関係も潔癖であられた。

桐の宮殿下のお声は、よくとおる標準語で、特殊な抑揚はないが、何とない気品と巧まざる威厳

があった。

殿下は伊丹が注いだ盃を飲み干し、それを原に回された。原は謹んで頂き、杯洗して宮にお返しし、宮はさらに遠藤に回された。そのつど伊丹が酌をした。

「原さん、伊丹さんから聞かれたように、現在の金宝は亡国への道を辿っています。深田・大曽根元総理も、今の我が国を救えるのはもう貴方たちしかいないと言いました。畏きあたりでも（ここで殿下は身を正し軽く頭を下げられた。一同もならう）、いたくご憂慮あそばされて、内々で私にお言葉がありました。

原さん、私からもお願いします。……国家安泰のため、我が国国民のために今こそ一層の尽力をして下さい」

もう「ウー」も「スー」もなかった。原は再びハッと平伏し、遠藤もならった。

「殿下！……不肖原次郎・必ず御宸襟を安んじ奉るべく、粉骨砕身、努力致します！」

スラスラと、今の今まで全く思ってもみなかった言葉が口から出てしまっていた。

宮様は励ましのお言葉を残してお帰りになられた。水丸執事は、紫に宮家の紋章が染め出された大きな包みを置いていった。

原は遠藤と顔を見合わせた。大きな溜息が口をついて出た。呆然としていた。

見送りに出た伊丹が戻ってきて、水丸さんが何かお話がある時には遠慮なく青川御殿の方においで下さい、と言っていました、と伝えた。

だが、原は、まだ半ば夢の中だった。無言で酒をグッと飲んだ。「死」という暗い重い圧力が原の心に満ちた。

「やられた……」「何てことを俺は……」「敗けた……」という思いが、悲壮感と一緒に暗黒の胸一杯に広がっていった。

伊丹に恨み言を言う気も起こらなかった。……もう取り返しはつかない……。一瞬にしてレールは敷かれてしまったのだ。……俺の人生は終わってしまったのだ。……虚脱感……。

若い遠藤には原ほどのショックはないらしく、何か言いたそうにしたが、原に気圧されてか、黙っている。

伊丹も黙って原の杯に酌いだ。やっと原は気を取り直した。

――（ヨシ！　もう決まったのだ。事志に反するとはいえ、かくなった以上は進むしかない）

――原は座り直して今度はビールをグッと飲んだ。――（可能な限りの同志を集め、そうだ、完全な秘密保持だ、絶対に事前に捕まるわけにはいかん。その具体策をどうするか……今一つ、クーデターはその後が大変だ）――

原は口を開いて伊丹に質問した。

「ご安心下さい。四星重工の会長も私も、みなこの計画に将来を賭けています。政策は元首相の方々が責任をもって練りあげてくれます。これは皆の協力プロジェクトで、原さんたちだけが矢面に立つものではなく一蓮托生です」

原はちょっと頷いた。もう平常心にもどっていた。

「ご配慮有難うございます。この上は先輩、陣頭指揮で宜しく御指示・御指導下さい」

ところが、伊丹は手をふった。

「イヤ、原さん、それは違います。私はもう歳で、とても若い頃のような無理はできません。私たちは原さんに全計画を一任します。『船頭多くして船、山に登る』の譬えもあります。お考え通りに存分にやって下さい。私たちは原さんの指揮下に入り、政治・経済政策を作りましょう。その連絡役は私が勤めさせて頂きます」

原の心に一瞬、険しい影がよぎった。

――（ナニ！　伊丹さんは全責任を俺に押しつけ逃げるのか！……）――

だが、原の心は次の瞬間、それを打ち消していた。

――（馬鹿な、伊丹さんはそんな人ではない。これは俺自身が引き受ける、と言ってしまったんだ。他力本願（たりきほんがん）で人に頼る心は捨てよう。正々堂々と正面からぶつかって、それで失敗したら男として自決すればいいんだ）――

原は心の動きを呑みこんで冷静に考えた。

確かにトップが伊丹さんより俺のほうが指揮系統も一本化する。また同志にしても俺の方が物が言い易かろう。地方各部隊の同志の糾合（きゅうごう）にも好いかもしれん。……

原は同意の印（しるし）にちょっと頭を下げた。伊丹がニコヤカに補足した。

「それからもう一つ、……。準備活動には色々と経費がかかります。ここに現金・無記名国債・小切手等で二〇億円を用意しました」

と彼は立って、部屋の隅から大型トランク二ケを引き出した。

「些少（さしょう）で申し訳ありませんが、これが私に出来る精一杯のところです。……原さんはご承知かと思いますが、私には郷里（くに）に相応の資産がありました。母の存命中は悲しがるので処分できませんでしたが、去年亡くなりましたので売りました。その分に加えて四星重工の会長が合力（ごうりき）してくれたのがこのお金です。税金も全部終わっています。決して不浄なものではありませんから、安心してお使い下さい」

二人は思わず反射的に辞退したが、同時に心の隅に蟠（わだかま）っていた黒っぽい不安がスッと消え、安心感がうまれてそれを受けとった。

伊丹は領収書をという申し出も一笑に付した。

――（さすがは伊丹さん、それに大四星、……宮様に頼んで俺たちに大義名分を与え、そのうえ準備資金まで豊富に用意してくれている。……うむ、これならうまく成功するかもしれん）――

原はさっき、チラとでも伊丹を疑ったことを恥じた。

伊丹はさらに補足した。

「アア、それからもう一つ、会長はもし、万が一、途中で事故があって、皆さんの中から処分を受けて退職させられる人が出た場合には、責任をもって四星グループに正社員として来て頂く、とまで申しております。……『国事に挺身する方に後顧の憂いがあってはならん』と言われました。どうか安心して取り組んで下さい」

二人に安堵の笑顔が戻り、特に原は参加してくれる同志たちが再就職できる可能性を聞いて肩の荷が軽くなり、心から礼を述べた。

一方、伊丹も大役を果たしてホッとしていた。やっとこれで、二週間前、突然、会長に呼び出され、膝詰談判で二五億でクーデターを起こさせよと迫られ、必死に手順を考え、桐の宮に三億を献上して合意を取り、四星クラブの手配をしたのが、無事に説得できたのだ。

伊丹は別に二億を予備費として自分の手元に残しておいた。

彼はそれをクーデターが成功し、新政権になった時、（彼に約束されている）初代の国防大臣になる時の所要資金にあてるつもりであった。

伊丹は二人が素直に喜ぶのを見て、ちょっと複雑な心になった。

三人はやっと酒肴に箸を出しながら、今後の手順・実施時期・制圧目標・戒厳令・作業拠点・使用部隊・米軍対応等について話し合った。帰りのハイヤーの中で二人は、トランクとお土産の袋を真ん中にして顔を見合わせ、それぞれ大きな溜息をついた。原の心に再び「死刑」の暗闇が顔を出していた。

第二部

(七) 土台造り

五月一七日(土)、伊丹顧問と原少将・遠藤中佐の三人は、私服で近くの三谷駅で待ち合わせ、隊の方向にある四星重工の寮に向かった。

今年の一月に加藤特需部長と会食した家で、門には「四星重工寮」と金属製の小さなプレートが貼ってある。

本館には一階五室に風呂台所・二階六室があり、地下室は物入れ倉庫になっている。世の一般住宅と違って、廊下の幅が広いのと天井が少し高いのが人の心をゆったりとさせてくれる。

管理人夫婦が住んでいた平屋建とは、屋根だけの渡り廊下で結ばれていた。

案内の伊丹が「如何(いかが)です」と、いかにも讃辞を期待するように笑いかけ、原も遠藤も素直に感謝と喜びを口にした。それでもなお伊丹は、

「いや遠藤さん、正直なところ、私も大車輪(だいしゃりん)でしたよ。寮の接待の予約を全部振り替え、管理人夫婦を追い立てるように引っ越してもらい、郵便物の届けを出し、不要の調度品を運び出し、鍵を替え、目立つ修理箇所には建具(たてぐ)屋と塗粧屋を入れ、大掃除をした上で皆さんの御指示の機器備品類を搬入し、電話局に無理を言って一〇本も回線を増やしてもらいました。それでも今日はまだ一七日！　たったの八日間(ようかかん)ですよ。……我ながらよくやったもんだ、と自画自讃(じがじさん)ですよ……」

と珍しく自慢した。

原は心の中で、たしかに彼の働きは見事で、それを認めることには悋（やぶさか）ではないが、それは大四星の背景（バック）があったればこそ可能であったのだろう、と思った。そしてほんの一瞬ではあるが、昔の伊丹さんならこんな時には功など誇らず、黙ってニコニコしておられたろうに……とフッと感じた。

この寮の最大の利点は隊の近くにある、ということであった。それに今までが寮であっただけに人の出入りも、深夜までのざわめきも目立つことはない。

伊丹が鍵束を渡して帰った後、原と遠藤は広い応接間で向かい合って座った。幾組ものソファーや椅子は運び出し、背の低い木の長机と座蒲団が入れてあった。

「さてと、いよいよだな」

「ハイ部長、自分はまだ半分夢の中、という気持ちです。同時によし、一生悔いを残さぬよう、全神経を集中してやるぞ、と思ったり。……二・二六（にーにーろく）の人たちも同じように悩み、燃えたのか、とも考えますが、少し違っているような気もします」

「フフ、俺も同じよ。……しかしな、遠藤、いよいよ正式に始まったんだ。……もう俺たちの戦争だよ。もし負けたら指揮官は死刑だ。……俺は覚悟を決めた。万一の時の全責任は俺一人でとる。……宮様のお言葉を頂いた以上、俺の死に場所はここしかない。もう絶対に後には戻れないんだ」

「ハイ部長、その時には自分も喜んで部長について行きます。ともあれ、秘密保持には二重、三重に注意します」

「うむ、俺も充分留意する。……よし、作業にかかろう」

二人は真新しい紙をひろげた。

「まず作戦名だな。まさか電話でクーデター作戦でもあるまい」

「ハハ、これなど如何でしょう。『富士登山計画』とか『新生作戦（ニューボーンオペレーション）』とか……」

「うーん、富士登山は前作戦の『ニイタカ山登れ』を連想するし、第一、負けたんだから縁起が悪い。ニューボーンも平凡だよ。……皇室を戴いての作戦だからな、何かもう一工夫ほしいな」

「エート、ではちょっと古くなりますが、神武大帝が東征の砌、梓弓にとまって戦いを勝利に導いたあの『八咫烏』というのはどうでしょう。これなら誰にも分かりません」

「オイ、それは好いぞ！……皇室も、金宝統一も、戦争勝利も全部入っている。縁起も良いし、俺たちの栄光も感じられる。よし、遠藤、これに決めるぞ」

二人はそれぞれに「八咫烏作戦」と書いた。

決行の時期は、七月中に、とのことなので、七月下旬から諸作業を逆算して簡単な予定作業線表を作り、次に別にもう一枚、逆算ではなく普通の予想作業時間を記した線表を作って比較した。

「フム、作戦規模をどこまで広げるかが問題だが、ざっと見ても七月実施は無理だな」

「ハイ、それに夏は標的も、我が軍も夏休みに入ります。もし主要な標的が海外旅行中で、それが海外の勢力と結ぶとなると、これは厄介ですね」

「うん、明日、伊丹さんに会って、九月でもいいか聞いてみよう。それと第一番に急ぐのは標的の名簿だな。……これが部隊編成の基礎だから一日も早く、と請求する。……それで標的では誰にでも分かるから、略号を『ＦＯＸ』にしよう」

二人はそれぞれメモした。

「色々考えたが、この家は好いが、部外者と接触する場合や、何か物品を頼む場合、それと内密に調査依頼をする場合などには、ここだけでは目立ちやすい。だから、この近くに別に二軒、貸家を探したらどうかと思う」

「そうですね。確かにこの寮だけじゃ危険ですね」

「明日、お前は二軒探してくれ。条件は周囲からの独立・車が二台くらい入ること、出来れば入口が二方向にあって人の出入りが目立たないところがいい。どうしてもなければマンションでもいいが、なるべく広い格式のあるものだな。

階は低い一階か二階までか。

借り主は外国商社の社員寮とでも言おう。ア、待て、外国人に貸すのは厭という家主が多いとか聞いたな……仕方ない、四星重工の依頼で二年間だけの転勤ということにして、最初の六ヶ月分の家賃は前払いにしてもいいか……。

ま、伊丹さんに頼めば簡単だが、色々想定すると、どうもこちらの家のことはあの人には伏せておいた方が良いような気がする」

「分かりました。それで家賃の上限はどのくらいまでにしましょうか。それと正式契約は部長に見て頂いた上、ということで手付金を払っても構いませんか」

「うん、家賃は一応少し値切ってみて、駄目なら高くてもいい。ただ家賃は振り込みにして家主と顔を合わせないようにしよう。契約書の住所・氏名は、去年退職した後藤の名義にしておこう。ハンコも文房具屋で買っておけばいい」

「分かりました。それでこの家の略号はどうしましょう」

「この寮は『センター』、別の二軒は外部用窓口の方を『ベースA』、調査情報を『ベースB』としよう」

原は遠藤に渡した方のトランクの鍵をあけ、中の札束を大金庫に移し、三〇〇〇万円を中金庫に小出しして二人で一〇〇万ずつを分けて持ち、鍵番号を暗号で手帳にメモして鍵も互いに持った。

「支出要求書や領収書綴りも買って来ましょう」

「いや、要らない。……そんな会計手続きは時間を食うから省略しよう。ただ残金が分からないと困るから、中金庫の方に大学ノートを置いて支出日、氏名、金額を記帳すればいい。俺たちはこの資金が伊丹先輩が家屋敷を売って用立ててくれたものだ、ということと防大の誇りを持っていれば充分だよ」
「ハイ、その方が助かります。それで各ベースの備品や表札・電話はどうしましょう」
「それは実際にベースを使う人間に任せて、俺たちは手を空けよう」
「ハイ」
「さてと、最大の問題は人だな。まず主要幹部、次に実施部隊……俺はこの八日間に何人かに遠回しに感触を打診してみたが、反応が好かったのはな、
　クラスの空の広中少将（人事部長）
　同じく陸の加藤少将（需統隊副長）
　一期下の陸の大内大佐（一師三一普連―第一師団第三一普通科連隊―連隊長）
の三人だけだよ。しかし、海と情報部がないんだ」
「ああ、海には自分のクラスに好い奴がいます。……海幕防衛部の運用課・赤松中佐。それと横佐湾の防衛艦隊司令部作戦参謀の大川中佐、情報には陸幕調査部の松本中佐、彼はＣＩＡに一八ヵ月、研修留学したことがあります。米国情報に詳しいし、人柄が好いです」
「それは良いぞ。情報は両刃の剣なんだ。俺のクラスにも古倉がいるんだが、人物にちょっと難があってな。……そうか横佐湾と言えば、一護群司令にクラスの中川少将がいたな。うん、あの男も多分好いよ。首席幕僚は一期下の成田大佐だったかな、豪快な男だ」
「自分の運動仲間の空手・剣道にも、なかなか気骨のあるのがいます。毎年全国競技会をやっていますから、地方部隊にもすぐ連絡がつきますよ」
「案ずるより産むが易しかな。近いうちに横佐湾に行こう」
「分かりました。月曜日に艦隊の行動日程を調べておきます」

「うむ」

と頷(うなず)いてから、原はメモしておいた紙をとり出した。

「人選の基準はこれで行こうと思う」

幹部選抜基準

(1)、防大の○期以降から選ぶ。
(2)、兵科配置を主とし、できるだけ現配置が実戦部隊であること。
(3)、部下に人望があること。
(4)、相談する場合、最初から反対・慎重の態度が予想される者には声をかけないこと。
(5)、口が堅いこと。
(6)、相談下話(したばなし)の場所にセンター等を使用してはならない。
(7)、最初に集める幹部は首都近辺(きんぺん)の部隊所属の者で、センター等に通勤可能の者。
(8)、諾否を問わず、下話をした者については氏名・月日は必ず報告すること。

以上

遠藤はサッと読んで、事もなげに言ってのけた。

「分かりました。最初の人たちがさらにそれぞれ輪を広げるわけですから、人員はすぐ揃いますよ」

同じ防大の同期(クラス)と言っても、原たちの段階、つまり大佐から少将に昇任する段階になると、内局・各幕による厳しい選抜があるので、表面では友人であっても、裏面では烈しい競争心・嫉妬心が生まれてくる。

ところが、遠藤中佐の段階ではまだ競争心が少なく、和やかなムードなので、クラスであれば大体、誰にでも肚を割って本心の話をすることができるのである。原はちょっと羨ましく思った。

二人はそのあと、作戦部隊として必要不可欠の部隊について考え、第一回の幹部打ち合わせ会議をセンターで開くこと、二〇億の資金の大半を三つの銀行の貸金庫に預けること、今日から毎日交替でセンターに宿直することを決めた。

原は「今夜は俺が当直しよう」と言って遠藤を帰した。

五月一九日(月)の午後、四星重工の会長室には伊丹顧問が神妙な顔つきで伺候していた。

「以上申し上げましたように、彼らは欣然として準備行動に入りました。これが彼らの第一号の資料要求書でございます」

用紙は一枚だけで白紙に、

年月日

(1)、ＦＯＸ資料（大至急）

(2)、その他

以　上

とだけ書かれた素気ないメモである。

「このＦＯＸとは何かね」

「ハイ、制圧目標の意味です。彼らの暗号略号で英国貴族の狐狩りの連想でしょう」

「分かりました。すぐ作成にかからせます」

「それから会長、七月実施の件でございますが、彼らは準備の都合上、九月初旬では如何かと申しております が、どう致しましょう」

大江会長は、ちょっと黙って一月末の雪の夜を思い出した。

深田・カーライルの顔、……多分大丈夫だろうが、一応は再確認しておいた方がいい。

「遅れる理由は何かな」

「ハイ、実は私も彼らの行動予定線表を見ていないので正確なことは申し上げられませんが、彼らはＦＯＸ資料を入手してから、

○その実地調査
○現在の警察の警備状況
○その制圧に必要な兵力・装備・部隊編成・制圧方法
○関係諸機関の封鎖
○上記対応の訓練
○指揮官として不適な者の人事異動及び行動に反対する勢力が出た場合の対応

等の諸作業に入りますから、私が概算致しましても、七月は無理かと思料されます」

「なる程、なかなか大変なものだね。一応先生には九月初旬の線で伺ってみましょう。……ところで、さっきの話に出てきた桐の宮様とはどういうことですか」

「ハイ、実は」と答える伊丹の瞳に、チラリと得意気な光が走った。

「彼らは防大時代から一貫して『軍人は政治に不介入』『シビリアン・コントロール』と教育されています。……その上に首謀者は内乱罪で死刑という重圧もあるわけですから、当然相当の反対が予想されました。

　そこで私の一存で、説得の最終段階に殿下のお成りを仰ぎ、お言葉を賜わりました」

「ホウ」

　会長は一瞬、伊丹の人物の重さを計り直すような目をして彼を見つめた。その微妙な視線を感じ

て伊丹は嬉しくなった。彼はこの機を逃さず、一歩踏みこむことにした。

「ですから会長、このプロジェクトは絶対に秘密にしておかねばなりません。もし情報が洩れますと、捜査は宮家をはじめ私共にも及びます。政治家の方々にも秘密保持についてはくれぐれもよろしくお願い致します」

「それは君に念押しされるまでもなく充分に分かっているが、深田、大沢先生たちにも改めてよく伝えておきましょう。

それともう一つ、予備役編入とか聞いたが、そんな話が内局にあるんですか」

「いえ会長、実はこれも私の工夫でございまして……」

と言いかけた時に、ノックの音と共に中沢秘書室長が顔を出し、大臣から急ぎのお電話です、と取り次いだ。会長は立ち上がり、では今日はこれで、と伊丹を去らせた。

会長は電話の後、中沢室長に今夜、大沢議員に一〇分でよいから緊急の面談を手配しておけ、と命じた。

一方、伊丹は長い廊下を顧問室に向かって歩きながら予備役どころか、万一懲戒処分者が出た場合に四星重工に再就職させると話したことを会長が知ったらどんな顔をするだろうか、と思った。また、いやなに、万一そんなことになったとしても、俺は四矢事件の上司たちのような責任逃れはしない。それに五人や六人、どこかの会社に嵌め込むのは造作もないことさ……。

それにさっきのあの会長の、ちょっと見直すような目つき……フフ、この我輩の真価はまだまだこれからですぞ……と彼は明るい顔で顧問室に戻って行った。

五月二四日㈯の午後、センターに一四人の幹部が集まった。陸が八名、海と空がそれぞれ三名ずつの割合である。

参加への下話にすんなりと応じたのは、空の広中少将だけで、あとの者全員が政治不介入の公式論を言ったが、泥沼の政界・官僚・外務省の無気力・国土防衛の危うさなどは全員が感じていて、さらに予備役編入・四星重工再就職・政財界の支援を聞くと顔が和み、最後に指揮官が原だと聞くと、彼がやるのなら、と心情的に同意して、それでは一応話だけは聞いてみようと集まってくれたのであった。

全員が定刻に揃うと、原がやや低い口調で語りかけた。

「みんな、来てくれて有難う。今日は俺の話をじっくり聞いてくれ。参加、不参加を決めるのはその後でいい。……」

原は五月九日の伊丹先輩との経緯から始めた。政治の腐敗・官僚の堕落・国民の怒り。次の選挙では革命党・社会党が政権を握り我々は解隊されること、今や毒されていないのは我々だけであること、しかるに内局は予備役制を導入する研究を開始していること、畏きあたりでも御憂慮あそばされ、桐の宮殿下が臨席されて親しくお言葉と盃を賜わったこと、さらにこの計画は深田・大曽根元総理、大沢議員らによって提案されたもので、すでに経団連会長・四星重工会長・四井物産会長等も賛同していること、我々の任務は国体を護り国民の生命と財産を守ることにあるが、今やそれが国民自身から求められていること。

を縷々述べ、ここで内乱の首謀者は死刑・参加者は懲戒免職で三年の刑に処せられることに触れた。

原はいったん、ここで句切ってコップのビールをグッと飲むとまた続けた。

「殿下に俺は誓った。粉骨砕身、身を挺して祖国金宝のために起つ！　と。首謀者にはこの原一人がなる。……

俺は肚を決めた。人はいつか死ぬ。問題はいつ、何のために、如何に死ぬかだ。俺は金宝の滅亡を阻止するために死ぬ覚悟を決めた。……どう考えるかは皆の自由だ。……ただ不参加の者も、同じ防大出身者として秘密だけは守ってくれ。……以上だ」

今まで黙っていた広中が鋭い気合いをかけた。

「分かった。原、俺も貴様と死のう！」

ひきこまれるように全員が口々に同行を誓った。

乾盃の後、遠藤中佐は紫の紋章入りの大きな風呂敷を開き、桐箱から酒器を出し、さらに黒い漆塗りの煙草盆に御紋章の入った煙草を積み上げた。夕食兼用の折詰は、隊内の民間委託食堂から取った。支配人は一人五〇〇〇円の予算で豪華な物を、と注文して作ってもらった三段重ねの大型折詰と、その他六枚の大皿にエビの天麩羅・刺身の盛り合わせ・コールドビーフ・中華風の前菜・枝豆とアスパラガスなどを用意してくれた。ビール・酒類は別の店で買った。

防衛隊内では勤務中はもちろん、非番であっても隊内での飲酒・麻雀は厳禁で、もし違反すれば言い訳無用で即、懲戒免職となる厳しいものであるが、あらかじめ申請して許可を得ておけば、非番であれば、指定場所・指定時間内ならば飲酒だけは許可される（隊内食堂）。

防衛隊では、時期によっては毎日どこかの配置で転勤・派遣・留学・退官等の歓送迎会・懇親会が行なわれるので、特別料理を頼んでも怪しまれることはない。但し費用は外務省のように国費の流用ではなく、全額参加者の自腹である。

支配人は奮発して料理を作ってくれて、「皆さん、今夜はお楽しみですね」と笑った。

センターまでの運搬は、遠藤・赤松・松本の三中佐が自家用車にのせて運んだ。

「俺たちを使役の作業員に使うとはな。……多分、世界一ぜいたくな会合だぞ」

とボヤきながらもニコニコしていた。

会食が始まったところで、

「原部長！」

と防大時代には原と同じ分隊に所属していて気心が知れている、一期下の大内大佐が呼びかけた。

「それにしても、将来のある方が、よくまあ踏みきられましたね」

彼は練牛の東部方面第一師団・第三一普通科連隊の連隊長として、歩兵・無反動砲隊・重迫撃砲隊、約九〇〇名を率いている。

この三一普連は、同じ練牛の一普連・三谷の三二普連と共に「首都警備部隊」と秘かに別称されている部隊で、習志山にある第一空挺団（遊撃部隊）と共に原にとっては必要不可欠の兵力である。かの、二・二六の時の兵力は一四〇〇名であったが、いくら機動力が向上したといっても今回の作戦とは規模が違うので、完璧を期する原にとってはまだ不足である。

大内大佐は一見温和そうな丸顔に、眼鏡まで丸いのをかけていた。これで陽にやけていなければ、どこかの病院長だといっても通るに違いない。

年よりも若やいだ雰囲気を持つが、これは彼の結婚が遅かった所為であろう。部下思いで彼の官舎には部下の将校たちや、時には下士官までもが飲みに来ていた。出世には執着せず悠々としているが、それでも同期を上中下と分ければ、上の下位のところを泳いでいた。前述のように原とは仲が好い。

「大内、貴様なあ、あの宮様をいきなり連れて来られて、

『原さん、頼みます。畏きあたりでも御憂慮あそばされ……』

とやられてみい。俺も遠藤も這いつくばって、

『ハハア！　水戸の御老公さま』だったぞ」

アハハ、と皆が笑って、一度に座が明るくなった。この砕けた空気に同期の広中少将が割り込んでくれた。

「オイ、原」と彼は武道で鍛えた、寂のある声で話しかけた。

「ここに集まった者は、皆、これから戦争を始めるんじゃ。景気づけは程々にしてボチボチ議事に入らんかい」

広中少将は銀沢市出身の豪傑である。原とは同日付で少将に昇進していた。剣道四段・柔道二段、その上にボクシングまでこなす。特に剣は珍しい二刀流で、幾度も全国大会に出場し、現在でも警視庁から練習指導に招かれている。普通、剣道をする者は長身の痩せ型が多いが、彼はがっしりした広い肩幅・厚い胸がそのまま腰までどっしりと続いている寸胴型である。

濃紺の防具をつけた師範姿で二刀を構え、道場をすべるように押して行く姿には美しさと気品があった。

それでいて彼の専門は、何と！「数学」であった。防大時代、電子工学や弾道計算の難しい方程式の計算や、通信で習う暗号の解読なども、彼は誰よりも早く解いて悠然としていた。

酒を好み、上官の思惑にも萎縮しない剛気さは、部下にも絶大な信望があった。こんな話が残っている。

広中が某航空基地で総務課長をしていた時、夜間外出する兵たちに喧嘩を仕掛けて金品を強奪する土地の不良グループが現われたことがあった。

防衛隊では部外者との喧嘩は懲戒処分の対象である。そのためたまたま誰かが襲われているのを目撃しても、関わり合いになるのを怖れて通り過ぎる、という馬鹿な風潮が生じていた。不良たちは隊員が、「戦わない。抵抗しないこと」を知っていて、安心して嵩にかかって威張ってきていたのである。

当然、被害届も出されず、兵たちの泣き寝入りであった。

広中はこれを知るや、ステッキ一本を持って単身夜の街を巡回し、好い鴨とばかりに取りかこんでバットで殴りかかってきた四人組を叩きのめした。

手強いとみた二人の若者はナイフを振り回し、多彩な攻撃技を披露したが、ナイフを叩き落とされノックアウトされ、逆に奪われた金属バットで腕と足をへし折られてしまい、許して下さい、もうしません、と泣きだしてしまった。

さらに翌朝の朝礼の時、彼は司令たち上官の面前で朝礼台から、

「こちらに非がなく、売られた喧嘩なら構うことはない。堂々と徹底的に戦え！　また、もし誰かがやられているのを見た者は逃げるな！　自分も大声を出して突撃し、叩きのめせ！……絶対に負けて帰るな。後のことは、この広中が責任もって面倒を見てやる。以上」

と訓示した。慌てた副長が制止の演説をしようと歩きかけたが、整列していた兵たちから「ウオーッ」というどよめきと、一斉の大拍手が沸き起こり、副長は何も為し得なかった、という。

以来、町中にこの話は広がり、それからは外出する兵を襲う不良はいなくなった由であった。

ともあれ、原は広中の言を無駄にせず、さっそく議事に入った。この日作られた作戦の構想（コンセプション）は、次の通りである。

機密
○○(××)5.24
作成部数1／1

八咫烏作戦　概要（案）

口述

一、作戦の趣意
一、作戦の目的
(1)目的
現政権の中枢を一挙に拘束し、軍政移管・戒厳令を布告する。この場合、必要に応じて放送・

通信等は一時停止させる。

憲法以下の法律を停止し、軍政により現在の金宝国の諸欠陥構造を是正する。この間の裁判は軍事法廷を以て行なう。

修正政策の安定化を待って、新基準による総選挙を行ない、その新政府に政権を返還する。

この間、諸外国及び抵抗勢力との交戦は望まないが、万一、不当なる内政干渉・侵犯・煽動・テロ活動等を行なう者が現われた場合には断乎(だんこ)これを撃攘(げきじょう)する。
(2) 其の他

一、作戦の時期
本作戦の決行日については、七月下旬を目途とするが延期もあり得る。

但し、制圧行動の発動から軍政の宣言までの時間は六時間以内とする。

一、制圧目標（FOX）
(1) 第一制圧目標（FOX・1(ワン)）
(2) 第二制圧目標（FOX・2(ツー)）
第一・二目標は、現政権を構成する主要幹部であるが後令する。

一、作戦の概要
(1) 準備基地
首都・小坂及び各地の統監部所在地等必要な場所に「センター」を設置し指揮中枢とする。

また補給及び外部折衝の窓口として「ベースA(アルファ)」を、情報中枢として「ベースB(ブラボー)」を置く。基地は状況に応じて増減する。

(2)作戦兵力

主作戦部隊は第一・三一・三二各普連及び第一空挺団とする。

協力部隊は全国三軍の各実戦部隊とし、うち一部の戦車部隊・火砲部隊・戦闘機部隊・艦隊はその行動を都合し、決行当日は首都周辺に移動して協力するものとする。

一、今後の研究項目

(1)FOXについての実地調査及び制圧の技術的研究

(2)所要人員・車輌・武器弾薬・装備品・携行糧食・給水・一般補給品・燃料・仮設トイレ・仮設洗面所・野外調理車等々の必要数積算及び調達・保管・輸送

(3)図上演習

(4)米国への外交の対応及び在金宝駐留兵力への対応（重要）

(5)警察との協力について（重要）

(6)諸外国との対応

(7)当日来航中の航空機・船艇の対応

(8)外国からの介入

(イ)外交圧力

(ロ)正規軍による攻撃（各個攻撃と連合軍攻撃）

(ハ)テロ攻撃への対応

(ニ)国内過激派・不満分子・不法滞在者等と結んで介入してくる場合の対応

(ホ)経済封鎖（物資・金融）への対応

(9)センター等及び関係者の自隊警備
(10)FOX収容施設・所要資材等の積算・調達（先楽園ドーム及び各駐屯地等）
(11)放送・通信の制圧の意義・現状調査・制圧方法及び必要技術者の養成
(12)重火器・艦艇・航空機の部隊移動計画の立案と業務計画化の根回し
(13)武器弾薬の首都地区への集積
(14)本年度分の武器弾薬の即時発注
(15)作戦に非協力が予想される幹部の人事異動による事前排除
(16)警察の警備体制・通信暗号情報の把握
(17)作戦部隊通信系の作成と略号作成
(18)軍政下での諸政策（伊丹氏担当）
(19)発動日以降の武器弾薬生産工場・保管倉庫・弾薬庫・燃料精製工場・燃料タンク・ガスタンク・原子力発電所・燃料備蓄基地等々の自隊警備の強化
(20)予備防衛隊員の緊急召集と訓練・配属先
(21)海上保安局・気象局・環境局・マスコミ等が保有する航空機・船舶の管理
(22)発動後の皇室への対応
(23)軍政・戒厳令宣言等の国民向け広報の手順と専門組織の編成
(24)軍事法廷について米国・英国・仏国・旧金宝軍の各方式の研究及び関係者の人選及び研修
(25)あるべき防衛隊戦力の研究
(26)緊急輸入物資の研究及び備蓄方法・警備の研究（燃料・屑鉄・鉄鉱石・レアメタル・大豆・食肉等）
(27)当面の国民生活必需物資の研究・備蓄・及び物価安定策の研究
(28)国連への対応・分担金減額及び中国関係ODAの終了・それに対応する中国進出の金宝企業に

対する影響の研究（伊丹氏担当）、中国以外の国（インド・ベトナム等）への転進の研究
(29)米国ＮＭＤ協力可否の再検討及び我が国独自型防衛システムの早期開発研究
(30)海外資産の保全・金融・経済システム政策の研究（伊丹氏担当）
(31)軍政下での諸政策（含憲法改正）の研究（伊丹氏担当）
(32)その他

㈦　土台造り

一、情報戦及び自隊警備
(1)松本中佐は長として現職及び退職者を選抜して情報部隊を編成する。
(2)情報の入手及び防衛
(イ)米国大使館情報部・ＣＩＡ・軍直属情報部ＤＩＡ・ＮＳＡ・ＮＲＤ及び駐留米軍基地から出入する情報関係者
(ロ)英国大使館情報部（ＭＩ５からＭＩ８）
(ハ)イスラエル情報部（モサド）
(ニ)南・北占幸国情報部（ＫＣＩＡ及び総連協）
(ホ)中国大使館情報部（新華社）
(ヘ)ロシア大使館情報部（ＫＧＢ・ＧＲＵ）
(ト)防衛隊調査資料隊及び別室
(チ)内閣情報調査室
警視庁警備局及び公安部
外務省国際情報局
(リ)その他

(3)自隊警備

本作戦の存在を他の情報機関には絶対に探知されてはならない。そのためには場合によっては武力制圧も辞さないものとする。

(イ)関係者・センター・各ベースへの不審な接近の監視及び妨害を行なう。

(ロ)本作戦関係のセンター及びベースB（ブラボー）には九ミリ拳銃・自動小銃・手榴弾・催涙ガス弾及び発射器・毒ガスマスク・防弾衣・夜間望遠鏡・赤外線暗視装置・M3A1機関銃を配備する。

また八四ミリ無反動砲及び九一式改スティンガーMについては状況により増配備する。

(ハ)FOX調査には必要な場合、民間興信所を使用してもよい。但し、その場合にはベースB（ブラボー）以外に別にベースC（チャーリイ）、D（デルタ）等を新設すること。

(ニ)適時関係各所の盗聴器検査を行なう。

(ホ)作戦完了後の情報機関の再編成・情報省の設立の研究。

(ヘ)その他。

一、経費執行基準

(1)支出責任者

原・広中・加藤各少将・遠藤・松本・赤松各中佐

(2)センター・ベース常勤者には所要の定期券・回数券を支給する。

また、深夜作業の帰宅者にはタクシー代を支給する。但し、タクシーは必ずセンター等から五分以上歩いてから使用すること。道路沿いで客待ちしている車や少しでも不審を感じた車に乗った場合には、その車は駅で乗り捨て、会社名と運転手名を報告すること。

(3)所要の飲食代・家族への土産代は実費を支給する。
(4)自家用車の使用は絶対に禁止する。
(5)出張は原則として最も早い交通機関を利用すること。但し、隊内航空連絡便は使用してはならない。経費は交際費も含めて実費を支給する。
(6)経費の請求は事前に概算払いで支給し、事後清算する（手続は口頭で可・書類不要）。
(7)休日に出勤した者には手当を支給するので、必ず家族に土産の配慮をすること。
(8)新聞・牛乳・出前配達等は一切禁止する。また電気・ガス・水道等のメーター検針・訪問等には、必ず監視員が立ち会って室内には立ち入らせないこと。
(9)所要通信費は実費を支給する。センター及びベースB（ブラボー）には非常緊急時以外には直接電話してはならない。必要の場合、まずベースA（アルファ）に連絡し、Aの者はいったん外出して安全な公衆電話からセンター等に連絡をとること。携帯電話等は個人名義の番号は記録せず、常時電源をオフにしておくこと。
(10)作戦が中途で発覚した場合には経費の残額は伊丹氏に返却し、一切の記録・メモ類は消去し、原一人の名が残るようにする。
(11)その他。

以上

文中、原一人の名を残す案については、全員が感情的に反対したが、原は押しきった。広中はじっと原の目を見ていたが、一言、「よし、分かった」と反対を中断させた。

最初は明るく始まった打ち合わせだったが、誰もが死や懲戒免職に対面して、座の空気はズシリと重くなった。改めて酒になったが、雰囲気は変わらなかった。

原は皆に呼びかけた。

「皆、ちょっと聞いてくれ。資金に一部心配があるようだから話す。……いいか、いま俺たちには二〇億という軍資金がある。……ただしだ、これは伊丹先輩が我々のために故郷の家や田畑を売って作って下さったものだ。もう先輩には帰る家もない。……俺たちは先輩のお志を無にしないためにも、絶対に作戦を成功させねばならん。……皆、この二〇億は安心して使ってくれ。ただあくまでも伊丹さんの御厚意によるということと、皆、防大出身者の誇りを持って執行してくれ。……分かってくれたか」

「オー」

「よし、分かった」

「安心して下さい。防大の名誉にかけて誓います」

口々に返事が湧き起こった。

原の合図で遠藤が立ち、金庫から札束を出して全員に一〇〇万ずつ配った。これで当面の主力部隊の同志獲得に使うことを決めた。

その夜は以後のセンター当直を決めて散会した。ゴミはそれぞれが持って帰って処分することになっていた。

原はこの夜の当直も、一人で引き受けた。それを見ていた広中が、「我輩も久しぶりに貴様と付き合うことにするか」と座りこみ、さらに加藤も、「オイオイ、俺も仲間に入れろや」と入ってきた。

遠藤が赤松と松本に耳打ちして、和室に三人分の寝床を敷きにいった。

六月一日(日)、三〇人ほどに増えていた全員が集まってコンセプションを修正して「作戦計画・原案」を纏(まと)めた。待っていたFOX資料が三〇日に届けられたからであった。これで正確な所要兵力の積算ができる。

FOX1(ワン)には内閣主要閣僚と両院議長・副議長、各政党の正副党首と幹事長、過去の大臣経験者で主要な議員（この中に深田・大曽根・大沢の名はなかった）。

警察庁及び警視庁首脳・公安委員が記され、FOX2(ツー)には各省庁の事務次官・官房長らと防衛隊内局局長・統幕議長・三軍の幕僚長・副幕僚長があった。

さらにFOX3(スリー)として、左派系評論家・テレビ解説者・軍命令違反者・外国大使館への逃亡者が加えられていた。

次の日、原は遠藤中佐を防衛部の通常業務から外してセンター作業ができるようにした。つまり、朝の出勤時と退庁時だけ顔を出して所要の事務指示を行ない、それ以外はセンターに詰めて作業をするのである。部隊外作業は公式には認められてはいないが、非公式には別に怪しまれることではない。実力のある課長級は隊外に一室を持ち、詰め切り作業をするのである。

例えば予算の概算要求案の作成とか、実行予算への組み替えとか秋期演習計画の作成とか長期防衛計画の修正等の作業の場合には、来客や電話の応接で作業が頻繁に中断され、そのため統一的思考が乱れてミスや矛盾点が生じ易くなるので、それを避けるため行なわれるのである。

これらの部屋の維持費は、（公費や業者の寄附に頼る他の省庁とは違って）防衛隊では全部自腹(じばら)でまかなわれている。

遠藤中佐の作業理由は、来年度防衛計画の作成のためと公称した。

広中少将も、部下の大月少佐を貼りつけてくれた。

この日、大内大佐が配慮してくれて、特に彼が目をかけていた下士官二名を拳銃と自動小銃で武装させてセンター警備に派遣してくれたので、原は元管理人の建物に居住させ、不意の訪問者等に対する応接や日常の買物・ゴミ処理等に使用することができた。

彼らはもちろん私服で、土・日は休みである。原は派遣の特別手当として月に一五万を支給した。これは彼らが休日に帰宅する交通費と今まで無料であった隊内給食を自弁でしなければならないことに対する埋め合わせである。

加藤少将が配慮してくれて、二四時間、コーヒー・お茶・ジュース類・酒ビール・おつまみの缶詰・インスタント物を用意してくれたので、それが皆の密かな愉しみの一つとなった。

ただ毎日相当のゴミが出るので、書類や書き損じはすべてシュレッダーにかけ、紙袋やバッグで隊内に運び処理したり、その他のゴミは町内の分別処理に出したり、ベースA（アルファ）に運んで処理した。

松本中佐はセンター・各ベースの周囲・玄関・裏口・通りを見通す各所に隠し監視カメラを置き、それらのモニターを（センターでは）玄関脇の部屋と応接間の隣の部屋に設置した。また、玄関や塀の内側全周に赤外線警報装置を張りめぐらし、玄関脇の部屋で警報音が鳴るようにした。

人の出入りは確認するのが困難なので、玄関先の木戸を通る時、いったん立ち止まり、左手で軽く敬礼することにした。

作業としては研究するべき項目が多いので、四、五人ずつの研究小グループを幾つも作り、優先順位の高いものから討議し、一応の成案を得てから、全員で討議・決定する方式をとった。

全員にとって一番好評だったことは、深夜タクシーで楽に帰宅できることで、終電車を気にせず安心して作業に集中することができた。

六月三日㈫の昼休み、四星重工の会長室では、そばを食べ終わったばかりの会長に、伊丹顧問がかしこまって数枚の紙片をさし出していた。

「会長、これが作戦コンセプションの原案でございます。作成部数は一部だけでしたが、無理を言ってコピーを貰(もら)いました。彼らはお力をもちまして、FOX資料が早く入手できましたので喜んでおります」

　伊丹は各条項ごとに簡単に説明した。

「それで現状と今後の予定でございますが、ご援助の二五億の効果もあり、現在約三〇名ほどの幹部同志を得たとのことでございます。私(わたくし)、推察しまするに、これは実動兵力約五〇〇〇に相当すると思われます。全計画の集大成であります総合図上演習を、七月中旬に町ヶ谷会館を借りきって実行する予約を入れたそうですから、案外七月一杯くらいには決行可能となるかも知れません」

「なかなか大変な作業をするものだね。ご苦労さま。……この前の秘密厳守の件は、大沢先生から深田先生にも念を押してもらったよ。原君たちを死刑にするわけにはいかないからね。時期が早くなるのは結構だ。それで君も一緒に作業をしているの……」

「いいえ、会長それはできません。……彼らは私が退職者であることで一線を画(かく)しております。もちろん、私は寮にも入れますが、応接室だけです。会う者は先輩として立ててくれ、ニコニコしてくれますが、計画については話しません。……まあ、その気持ちは私にも分かりますから、無理押しは致しませんが。……

　それに新しく警備の手配もしたようで、寮に近付きますと、誰かに見張られている感じがします。原君はなかなか細心のところもありますから、さっそく情報担当の者に警戒を命じたものと思われます」

「ホウ」と会長は感心した。

「その調子でやらせて下さい。残りの新政策資料も、大沢さんから近日中に貰えるでしょう。ジャこれで……」

丁寧にお辞儀をして伊丹が去ると、会長はすぐ中沢秘書室長を呼んだ。

「これを一部だけコピーして。アア、女の子じゃなく君自身でだよ。それから今夜の予定に追加して大沢議員に会えるように、そう三〇分以上だな。……もう一つ、寮の方に興信所は付けてあるんだね」

「ハイ、寮と原少将につけてあります」

「よし、今すぐに連絡して、直ちに、即刻両方とも引き揚げるように伝えて下さい。……しばらくは寄りつかない方がよさそうだ」

「ハイ、すぐ命令致します」

同じ頃、原が広中にニッコリしていた。

「ボッボッ、エンジンがかかってきたかな」

「いやいや、まだまだだよ。FOX調査も内閣・警察幹部分はほとんど手についとらんし、その他の分も下請けに出し始めたところじゃ。部隊編成も装備の調達も、ほとんど出来とらん。……それに本来こういうことは、秘密にしていても洩れるもんじゃ。九月といわずに一日でも早く、準備でき次第にぶっ放した方がええの。それにはまだまだ人が足りんのぉ」

「うん、それは分かっているが、昼間はなあ……」

原にも妙案がなかった。ちょうど傍にいた赤松中佐が申し出た。

「あのー原部長、病気療養というのは如何でしょう。それと国内留学の手もあると思います。遠藤と大月だけではとても無理です。自分が病気になってもよろしいですが……」

広中がすぐに答えた。

「いや、お主はいかん。海幕防衛部の中枢から抜くわけにはいかんの……。

じゃが原よ、これは名案だの。こうしよう、地方部隊で直接作業に関係ないところにいる佐官（少佐・中佐・大佐）を名目をくっ付けて発令するんじゃ、これなら七、八人の少佐、中佐はすぐ集まろう……」

「待て、病気には隊内と部外の診断書が要るし、留学には大学側の書類が必要だ。それに国内留学は技術畑の専用だろ。一般兵科でもできるのか」

「大丈夫。儂が課長の角川に言って地方の人事部を説得させる。中央人事じゃなく、地方隊発令にして目立たなくさせるのよ。……

角川と大月に言って、気心の知れた男を選ばせよう。一〇部隊から一人ずつでも一〇人だ。ナニ書類は儂が押さえてしまうから、上には分からん。語学研修なら三ヶ月以上は保つの。ただ給料の送金手配と移転料、それにこの近くにマンションか何かを借りてやらんといかんのお」

「そりゃ大助かりだ。経費のことは構わん。急いで業務隊附の発令と研修名目を工夫してくれ」

(八)　最初の失敗

六月九日(月)の午後、旭日新聞社の社会部秋山デスクの外線電話が鳴った。先日のタレコミに始まる一連の汚職報道で他社の後塵を拝することになった心の影響は、彼の心にまだ一抹の影を落としていた。

「ハイ、社会部、秋山です」

「アーモシモシ、ちょっと面白そうなブツがあるんだけどよう、買ってもらえないかい」

「我社(うち)はさういう話には乗らないことになっている。贋種(ガセネタ)が多いんでね」

と答えながら、電話に接続してあるテープレコーダーの入力ボタンを押した。

「ガセじゃないぞ、大事(だいじ)なもんだったんだ。大臣の家族やら妾の家とか横文字もあるぞ、ポリが何人とか書いてあるし、写真もある。まさか一文の値打ちもない代物(しろもの)じゃなかろうぜ」

この前のシスコのジョーと名乗った男とは明らかに違っていた。それに情報の内容も格段に低いようだ。だが、秋山には大臣の家族やポリの数、というのが何かひっかかった。彼は交渉して一〇〇〇〇円に値切ると、安藤記者をやって資料を取って来させた。

大型の茶封筒の資料にはＦＯＸ１(ワン)⑹と標題があり、大臣の住所、事務室、自宅、別宅・選挙事務所、家族、手伝、同居人、秘書の数・代表秘書の住所、氏名、年齢・大臣の年齢、生年月日、写真、自宅写真と門構えの見取図・警官の数と立哨(りつしょう)位置、交替時間、報告電話と話す時刻、各電話番号等々がワープロとボールペンで記入があり、メモには時間帯別に人の出入りを示す数字があった。

安藤記者ことフクちゃんが状況を説明した。

「その車は小型ですが、ピカピカの新車だったそうです。

二人の青壮年が車から降りたところを置き引きしたようで、二人とも白ワイシャツにネクタイ、髪は短か目に整髪してあり、陽(ひ)にやけていた。封筒の中にはカメラと七〇〇〇〇円も入っていたそうです。カメラと現金はネコババして、それだけ大事なものなら、と売りに来たのでしょう。車の番号はパトカーが見えたので、逃げるのに夢中で覚えていないそうです」

フナさんが意見を言った。

「デスク、これは誰かが大臣を正面から調査しているとしか考えられませんね。国税庁か検察でしょうか」

工藤代理が異議を申し立てた。

「いや、連中は七〇〇〇〇も封筒に置いておかないよ。ピカピカの新車というのもおかしいし、白ワイシャツにネクタイも頂けないな。赤軍派の連中か右翼の線もちょっとね……」

「たしかに……それにこれは何だか素人くさい感じがしますね」

「はっきり追跡できるメモでもあればなあ」

「この暑さだ、窓を少し開けていたんだな」

「FOX1(6)って何かな」

「とにかく、その6番が大臣ってことだろう」

「しかし、これだけじゃ記事にできませんよ」

「ただこれは本物ではあるな」

安藤記者は電話に取りついて、大臣の家の近くの警察・交番にカメラと七〇〇〇〇円の落とし物か盗難届けが出ていないか確認していたが、

「デスク、やっぱり届けは出ていませんよ」

と報告した。

秋山は結論を出した。

「誰か、……一応身分も金もある素人の奴が、大臣かまたは大臣たちの身辺調査をしている。何のために?……だが、これだけでは記事にはできん。

前のタレコミと違って今度は我社以外は知らんわけだから、じっくり調べよう。皆、気をつけて大臣周辺の噂や公安、国税、検察あたりの動勢にも注意していてくれ」

皆は散った。工藤代理が携帯を持って、何気なく部屋から出て行った。

その時、いったんは自分の机に戻っていたフクちゃんが、立って何となくちょっと迷ったような感じで秋山の机に寄ってきた。いつもより小声になっている。

「デスク、今の件でちょっと思い出したことがあるんですが……」

秋山は愛用のパイプを啣(くわ)えたまま、「ン？」と目顔で先を促した。安藤は傍の机から空いている椅子を持ってきて、逆向きに馬乗りに腰かけた。

「昨日、僕は休みで、或る女の子の家に遊びに行ってたんですが、……そこでちょっと気になることがありました。……

実はその女(ひと)の父親というのが陸上防衛隊の幹部なんです」

「防衛隊？……」と思わず聞き返した時、工藤代理が部屋に戻ってきた。瞬間、秋山は大きな声を出して立ち上がった。

「ヨーシ、仕方ない。他ならぬフクちゃんの恋愛相談だ。親身(しんみ)になって聞いてやるか。工藤さん、ちょっとコーヒー飲んできますから……」

二人は社内にある喫茶室の隅で向かいあった。店内は空いていた。

「その時、僕はちょうどトイレに入るところで、そこに父親が電話に出る声が聞こえたんです。別に聞くともなくぼんやり聞いていると、

『ナニ、盗まれた？　ヨシすぐ行く』

とそれだけで彼は慌(あわ)ただしく出て行き、僕は今までそのことをすっかり忘れていました」

秋山は目を上げて室内の飾り花を見たが、実は彼の目は何も見ていなかった。

安藤は考えごとをする時の癖で、眉を逆八文字に吊り上げてじっと秋山を見つめていた。秋山の頭には、最近の混乱する政治・社会情勢・国民の間に充満している不満感、……そしてその暗いモヤモヤした背景の中に、一つの図式が浮かび上がっていた。

これはひょっとすると……、

「それで彼女の父親の所属は？」

「ハア、それが、実は貴子さんから聞いてたんですが、あんまり身を入れて聞いていなかったもんですから……エー、たしか三谷の本隊の陸の防衛部長とか言いました。階級は少将、原次郎ですよ、何でも昔、防大のトップだったそうです」

「フーム、そりゃエリートだよ。……で、原少将は金持ちか」

「いえ、我々と同じですよ」

フム、金持ちではないのか、少しアテが外れた秋山は、コーヒーを一口のんで、また花を見た。

「お前さん、そのガールフレンドの父親を探るのは気が進まんか」

安藤は、手でちょっと眼鏡を持ち上げて答えた。

「たしかに、正直言って気は重いです。……が、事の善し悪しはまた別の問題でしょう」

「よく言った。……お前さん、明日から防衛隊を突っこんで取材してみろ。今度特集を組むからとか言って、実戦部隊も回ることを忘れるな。但し直接、原少将には会うな……。

今あそこの記者クラブには富永が行っている。明日、防衛隊の通門許可証を申請させるから、色々引き回してもらえ。今の仕事はフナに引き継げ。……それと今後の報告は直接、俺一人に言え。このことは誰にも言うな。富永はもちろん、工藤代理にもフナにも言うんじゃないぞ」

「分かりました。……でも、代理はこの件は分かっていますよ」

秋山はちょっと黙った。それとなく周りに目を配り、さらに声を低くした。

「これは内緒だから、人には言うな。……実はな、代理は革命党の隠れ党員だという情報がある……」

ソビエト連邦が崩壊して、マルクス・レーニン、金融資本論の理論や革命主義運動が光彩を失った今現在でも、金宝革命党は錆びついている教条と封建制そのままの、階級による「鉄の団結」の小さな世界に閉じこもり、満足して蠢いている。

宗教の盲信者が「仏法は王法に優る」と世の法律・習慣を軽視するように、彼らにとっては党本部こそが神様であり、せっせと働いては献金や耳よりな情報を、まるで忠実な犬のように本部に運んでいるのである。

秋山は持ってきていた資料の封筒をフクちゃんに渡した。

「これはお前さんが保管して鍵をかけとけ。それとこの件は誰かに鎌かけられたって、喋るんじゃないぞ」

二人が部屋に戻ると、代理が眼鏡越しにチラリと安藤の封筒を見た。

一方、センターの作業は順調に進行していた。FOX1の実地調査はすでに終わり、現在は行動パターンのフォローに入り、そちらの方は民間の（防衛隊の情報隊員が定年退職後に再就職しているところの）興信所に委託していた。

各地の部隊にもそれぞれセンター○○を開設したが規模は小さく、任務としては少しずつ、無理なく賛同者を増やすことと、FOX1が地元に帰った場合の対処だけであった。

先日FOXの実地調査中に資料が盗まれてヒヤリとさせられた事件も、その後マスコミに何の変化もなく、一同は安堵の胸を撫でおろしていた。

小分科会は次々に仮案を作っていた。例えばFOX毎の個別の制圧班、部隊の編成では駐屯地からの各目標までのルート選定、事故で通行不能となった場合の予備ルート、夜半頃の時間帯での所要時間、立哨警察官の位置、そこに接近制圧する者の服装と制圧方法、警備員との戦闘、FOX家屋への侵入、全員の制圧要領、通信切断、制圧後の警備、FOXの連行要領、部隊本部との通信系と報告時間、使用暗号と略号、警察が使用している通信系と通信略号及び定時報告時間、警察が通信系保護のため突然の暗号変更を行なっていないかの確認、制圧班に突発事故が起きた場合に（駐屯地から改めて駆けつけるのでは遠いので）直ちに代行制圧できる予備隊の待機場所の確認、展開した部隊の位置をリアルタイムで表示するGPS利用の大表示盤の作成、各部隊への給食（携行糧食数と以後の給食、水補給）、仮設トイレ利用可能場所、FOXに健康障害が起きた場合の近隣救急病院及び看護兵待機場所図等々があり、さらに全般的には、各級指揮官の制圧行動基準判断マニュアルの作成、燃料補給要領、FOX収容施設図作成、収容のための改造（テープ誘導）警備要領、施設停電の場合の応急照明、収容者被服寝具類、給食給水シャワー、衛生管理、FOX入院時の警備要領、戒厳令下の大都市警備要領、制圧時に一時中断させるラジオ・テレビ等放送局の制圧要領の研究、携帯電話及びインターネットの中断法研究、通信系各社の中央局・中継基地局の電力切断研究、通信妨害電波の発射と効果の研究ならびにそれが我が軍に与える影響、マスコミ発表要領と以後の広報組織、戒厳令解除要領、部隊撤収要領、警察との協力保持、各国大使館の取扱要領、軍事法廷の資料研究、同設置場所、法務官候補者リスト及び研修計画、等々があった。

これらの項目は次々に審査され、仮案の出た項目は全体会議にかけられ、結論の出たものは各作戦班・部隊毎に区分し、それぞれ必要な部数を印刷コピーして、大型ロッカーに格納施錠した。

それでも原たち自身もよく分からない軍事法廷、外国公館の扱い、警察との協力等々厖大な研究項目が残っていた。

原と広中、加藤は、これらの作業について話し合い、次の原則を決めていた。

審議基準

(1)、未熟な原たちに一〇〇パーセント完全無欠の策などはとうてい無理である。従って、方策は大体のところを押さえていればそれでよい。

行動していて不具合な点が発生したら、直ちに上級者に報告し、時を置かず即時改善する。

(2)、但し、FOX1（特に内閣中枢）の制圧だけは一〇〇パーセント完全に行なう。
(3)、必ず二重、三重の予備策を考えておく。

以上

原たちは隊内では電話連絡を一切行なわないこと、休日は交替で休んで家庭で過ごすこと、書類は一切センターから持ち出さないこと、メモ類は必ずシュレッダーで処分すること、センターへの電話はかけないこと（ベースA経由）、タクシーには必ず離れた地点から乗ることを繰り返し注意した。

また、各室・廊下に消火器を多数置いて失火に注意した。

原の家庭も穏やかで、妻の久子は土産の鮨に喜び、娘の貴子も女医の道を順調に進んでいるようで、いよいよ正式に旭日新聞の安藤記者と婚約し、彼は以前より足繁く官舎に遊びに来るようになった。

原は今度のことが一段落したら、お金を借りて二世帯住宅を建てて官舎を出よう、と心秘かに考え始めていた。

(九) 俺たちのクーデターだ

そんな或る夜遅く、作業に疲れて一〇人ほどが応接間で寛いでいた。広中は酒を、原は紅茶にウィスキーをたらし、加藤少将はビールを飲んでいた。

広中は先日、伊丹先輩から届けられた「軍政下での諸施策」の資料をパラパラと読み返して見ていたが、しみじみした口調で話しかけた。

「のお原よ。儂はこれを見るたびに思うんじゃが、……本当にこれで世の中が変わってくれるもんかのお。……大して変わり映（ば）えせんと思えてならんがの……」

言われて原も――（なる程、全く同感だ）――と思った。この男はいつも渦中（かちゅう）から一歩離れたところにいて、好いことを言ってくれる。

「そうか、お前に言われてはっきりしたんだが、実は俺も政治改革なんてこんなものかと漠然と感じていたんだ。……憲法も第九条の改正は分かるが、後は余りピンと来ん字句、表現の訂正ばかり……。俺たちも庁から省に昇格し、汚職禁止や政治資金規正も厳しくはなっているようだが、俺たち素人（しろうと）から見れば、それほど革命的とは思えんな」

続いて、連日の作業の疲労のためか、早くも酔いが顔に出てきた加藤が座り直して身をのり出した。

「そうだよ。たしかに議員数も減った。汚職も秘書にかぶせて逃げたり、職務に関係する役人に圧力をかけたり、国会質問もできなくなった。……、しかしだ、肝腎の法そのものが全くノンタッチなんだ。俺は一度頼まれて政治資金規正法の届出書類の閲覧に行ったことがあるが、実に好い加減の大福帳だよ。

いいか、まず受付で申し出ると、係員が小さな用紙を出して記入してくれ、と言う。住所、氏名、電話番号、それに閲覧したい相手先とあるだけで、別にこちらの身許確認もしない。

係員はすぐ引っ込んで、誰もいないすぐ横の小部屋に入って幾つもの棚から年度別・いろは順に並べてある綴りを勝手に出して見るわけだ。

用紙にはまず会計責任者の氏名とハンコがある。俺はついでに幾人もの報告書を見たが、一〇中九人までが女事務員の名前、……次の欄に前年度からの繰越金○○、次に昨年×億△千万円の入金がありました。明細として団体・個人名とそれぞれ金額が書いてあるだけで、団体・個人の住所、氏名、連絡電話も無いんだよ。……

次に支出は△億円ありました。明細としてはこれこれで幾ら幾ら。こちらには用途欄があって簡単に一行だけ。例えば○×道路緑化協会とか少年健全育成会とかでおしまい。

差引収支残高はこれこれ。次年度繰越金は△○円です、と以上。これで終わり。次の頁に何か添付してあるかとめくってみたが、もう次の人のもの。驚いて他の人たちのも見てみたが全部同じ。……すぐ担当係員に裏付けの補助帳簿、例えば相手先の住所、代表者名、電話番号、会の会則、活動の構成員と実績、支出金の使用明細、振込銀行の控え、先方の領収書、活動の精算報告書、等の綴りはどこにありますか、と尋ねたら、『それで全部ですよ』と言われたよ。

癪にさわったからカメラで撮ろうとしたら、写真・コピーは禁止されています、必要なら手書きで写して下さい、と吐かしおった。……あんな物なら後からの訂正、差し換えだって自由自在だよ。

いつも俺たちが概算予算要求で大蔵省に提出させられる裏付け資料や会計検査院に提出する書類の山と比べてみろよ。……それに俺たちには縁がないが、民間企業が税務署に提示する決算報告書だって、多分明細資料が要求されているはずだよ。……

つまり俺が腹がたつのはだなあ、主権在民の国民はいつも悪いことをするんだから厳重に審査する必要があるが、国会議員たる者は紳士でかつ憂国の士だから、悪いことなんかするわけがない、という態度なんだよ。……しかも本当はこういうことこそマスコミが騒ぐべきものだと思うんだが、何故か一言も言わん」

加藤はちょっと句切ってビールを一口飲むと、さらに続けた。

「この改正案では、行政改革で役人は五％減、特殊公団・財団の統廃合、地方交付税の漸減、公共工事の談合や汚職の禁止、暴力を許さない、我々も省昇格で予算も一般会計総額の一〇％枠一杯までＯＫ、等々たしかにお題目は色々書いてあるさ、だけど、俺が調べに行った政治資金の報告書については何もないよ。

　つまり、まだ『国民は下々の者共』という見方は変わっていないんだ。……それにだよ、こんな程度の改革なら多少時間がかかるにしたって、今の政治屋さん方だって出来るんじゃないか。……

　俺たちがこんなに真剣に死刑や懲戒免職、家族の安全までを賭けてやる値打ちのある代物なのかねえ……」

　広中が引き取った。

「原よ、加藤の言う通りじゃ。……ここは一番、褌を締め直して研究してみる必要があるの。……それでなくては、せっかく田地田畑を売って大金を工面してくれた伊丹先輩にも申し訳ない。……そうよ、この資料は全部金庫の中に入れて、新しく視点を変え、発想を変えて、一つずつ儂らで作るのよ」

「ウム、分かった。……さっそく明日からやり直そう。加藤、お前がヘッドで素案を作ってくれ」

「ヨシ、任せておけ」

　広中が配慮した。

「ああ、それからの、この件は伊丹さんには伏せておいた方がいいぞ、あの人が政治屋や四星との板挟みになってはお気の毒じゃ」

　頷いてから原は、気になっていた問題に話題を変えた。

「ところで太田、その後、近隣諸国の軍備に異状はないか」

　この事項は毎朝のオペレーションの会議でも、何か問題が起きれば報告されるのだが、原は念を入れて見ていたかったのである。

太田中佐は米空軍との間の連絡将校をしているので、特殊な情報や相手の軍の兆候が早く分かるのである。

「ハイ、今のところ米・ロ・中国軍とも動きはありません。ただ相変わらず南北占幸国とも国境に兵力を貼りつけています。それと北の核ミサイルに備えた対応訓練を時々、米軍がしていますが、こちらも今のところ緊張性はないようです」

「それは良い。特に南北が争っている限り、我が国は攻撃されないから平和だ」

と彼と同期の遠藤中佐が笑顔で言った。

金宝国の政治家や知識人・文化人と称する人たちの中には（何かの意図があるのだろうが）声高に半島に平和な統一国家を作ろう、それが金宝国の平和にもつながる、と信じて（?）言う人がいるが、現実の問題として半島には金宝国が大嫌いな民族がいて、（主張のように）もし或る日、統一が成功したと仮定すると、そこには突然一七〇万余の実戦兵力が生ずることになり、しかも新政府は経済格差の大差がある両国国民のそれぞれの目の前の不満を他に向ける必要が生ずるわけで、その時、すぐ眼前に豊かな国土をたった二四万の軍しか持たない甘美な国があって、そこに何らかの理由でトラブルが生じた場合にはどうなるのか。……人類三千年の歴史がはっきりと教えてくれている。

そして「何らかの理由」は現在でもまだ続いている竹島の武力による不法占領・漁業問題・過去の補償問題等々、ほとんど無数に作り出すことができるのである。

原はさらにクラスの加藤に尋ねた。

「前に話した、万一の場合の武器弾薬、特にミサイル類の繰り上げ発注の件はどうなった。うまくやれそうかい」

経理補給を専門業務とする彼は、現在三谷の需給統制隊の副長をしている。彼は任せておけとばかりに話しだした。

「大丈夫。今年度の陸幕発注予定分は全部発注した。ただ、調達物品の過半数が調本契約（調達実施本部で行なう契約のこと）で、ここでは事務を担当する職員はほとんど全員が一般の事務官だから、俺たちの勝手は通らん。連中も予算書を持って確認しているわけだから、帳面上の要求書は2/4（ニーヨン）（第二・四半期、七・八・九月をいう）だけで、3/4（サンヨン）・4/4（ヨンヨン）はまだ発注されていないことになっている」

　皆が一斉に何か不思議な物を見るような顔をした。加藤は少しニヤリとしたが、そのまま続けた。

「だから、今年度予算に計上されている武器弾薬は、ほとんど全量が九月末までには納入されるということさ」

「すみません、どうもよく分かりませんが……」

　と遠藤が質問した。広中も、

「予算配賦（はいふ）と契約はどうした」

　と念を入れた。そもそも予算の裏付けのない、規定にない契約行為は、懲戒免職は当然のこと、明確な犯罪行為である。

　加藤はゆっくりと説明を始めた。

「うん、ま、皆も知っている通り、予算は幕（ばく）の経理部長から毎四半期ごとに予算配賦の枠が中央の各部・課経由で各地方部隊に行き、地方部隊は自ら契約する地方調達分を除いて部隊ごとの必要品目と数量をとり纏め、中央調達要求書として予算枠をつけて幕の補給課に送付してくる。

　幕の補給課は、全部隊からの要求を品目別に一つにまとめ、仕様書（品質、寸法、重さ、形状、安全基準、性能、作り方等々を規定した書類のこと）を添えて、調達要求書として予算と共に需給統制隊に送り、原価計算を経（へ）て契約となるわけだ（ここまでは制服の作業）。しかし、武器弾薬、ミサイル類は調本契約だから、うち（加藤の需統）から調達実施本部（略称、調本）に送って、原価計算・

予算確認・指名業者指定・現場説明、そして入札となる。

調本は業者指名権と契約は担当するが、必要数量と仕様書にはタッチできない。

だから俺は、発注元の補給課の調達要求書には全国要求の2/4要求に東部方面の第一・三一・三二普連と第一空挺団の分だけ3/4・4/4も上乗(うわの)せするように工作して提出させた。それから幕の経理課長の中岡大佐に予算枠の目をつぶってもらい、補給課長は昔の俺の部下だった男だから黙って通してもらった。

ただ、各担当の一般事務官に対しては、俺が『今年は不況の事情もあり、工場の生産工程の都合上、2/4だけでなく3/4・4/4分も一緒に発注してくれないか、でないと大赤字になる』と泣きつかれてね、とか、――（赤字になれば当然値上げとなり、こちらも困ることになる）――、それに今年は教育訓練の射場の都合で早期に弾薬類を受領したいと各部隊が言ってきていてな、とニコヤカに、まことしやかな嘘をついた。

需統の方は俺が直接命令して、陸幕分も調本分も通した。ただうちの事務の係長が、予算計画と少し数字が違っています、と手続きの不備を言ったが、今年は有難いことに国会が揉めて予算執行が遅れていたし、予算計画が違うといっても予算書にはちゃんと記載してあるわけだから、『予算計画より現実の部隊の行動・訓練に支障のないことの方が優先するんだ。この分は特例にしろ』と押さえつけたよ」

何となく皆がニヤニヤした。この日ごろ温厚・冷静な加藤少将が、圧力をかけるところなど想像もできなかったのであろう。

広中がまた質問した。

「待て、じゃが需統発注の場合、大口は契約審査会を開いて許可されないと駄目なんじゃろ」

「ああ、もちろん開いたさ。それもちゃんと司令も出席した本物の奴をな。だが、正規の予算の裏付けもあるし、調達要求書も幕の補給課を通っている。それに需統は行動部隊の要求に口を出すことはまずない。

第一な、審査会の会議資料には七枚複写の『物品役務調達要求書』を添付するわけじゃないよ。会議用に別に『要表』を作るんだ。予算書との比較や、ハンコ洩れがあったとしても会議では分からない。それが表に出るのは部内監査・会計検査院の監査の時で、ずっと先の話だ。まあ事務処理に多々遺漏はあったが、とにかく納入は間に合うということだよ」

加藤はまたビールを口につけた。

「ご苦労さまです」と遠藤が言い、さらにちょっと言いにくそうに質問した。

「ですが、それだと小物は良いとして、大半のミサイル・火砲・戦車・弾薬類は調本ですから、一度に纏めて発注は無理ですね」

これは遠藤が蹶起後の、諸外国からの武力介入を心配していることから出た質問である。小火器用の武器弾薬は少しは多量に持てることが分かったが、敵国の介入となると大口径重火器分についても、少なくとも本年度分だけは一日でも早く全量保有しておきたいのである。

不思議なことに、ほとんどの者がクーデター後に各地方の実戦部隊が起って、自分たちを攻撃してくることの心配はしていなかった。二・二六とは違うのである。

ただ結束の強い遠藤たちと違って、原たちの階級になると出世競争から「気にいらん奴」も出てくる可能性もあるわけで、それに対する万一の配慮として原と広中は、諸外国の戦力バランスの変化を理由にして、作戦発動時に多くの戦力が首都圏に集まるように工夫していた。

加藤はまあ待て、というように遠藤を手でちょっと制し、つまみのアスパラガスに箸をのばした。

「遠藤は、どうしても俺様のウルトラCを聞きたいというわけだな。……いいか、調本は事務官たちの牙城だから、この俺でも手が出せん。しかしな、有難いことに服や食料なんかと違って火砲・

ミサイル類は特殊技術の集積だから、みんなそれぞれメーカーが決まっているんだ。

例えば八九式五・五六ミリ小銃は豊平工業、同上機銃は住朋産業、米国のスティンガーミサイルよりさらに高性能の九一式携帯地対空ミサイルは西芝、米軍も一驚した八八式対地艦ミサイルは四星重工、九一式戦車も四星重工という具合にだな、長い研究開発のノウハウとパテント、専用の治具工具の工夫等があるから、他社ではなかなか生産できない。

もう一つ有難いことには、これらの値段は調達開始の初年度に厳密な原価計算が行なわれているから、年度が変わったからといっても、余程大きな経済変動や設計変更がなければ、予定価額が変わることはまず有り得ないわけだ。

そこで俺は各メーカーに顧問として再就職している先輩たちに頭を下げ、各メーカーの社長・専務に会わせてもらった。俺はその時はわざと制服を着て、担当部長と副官を連れ、運転手付きの将官旗を立てた車で乗りこんだ。

名目理由としては、実は国会の事情で予算配賦に支障がありそうなこと、財務省からの指導で景気対策上予算の前倒し執行をすること、及びウラジオストックやナホトカの火薬庫大爆発の例もあって、我が軍でも耐用年数の古い弾薬は全部払い出して訓練で使用し、またそれを機に火薬庫も改装するから、したがって一時的に備蓄量が激減するので、まだ調本には調達要求書を回してはいないが、近いうちに必ず責任もって正式発注するから、非公式に、内密ですぐ3/4・4/4分も2/4と一緒に生産に入ってもらいたい、と頼みこんだ。

自分は一時的にせよ、国防の弱体化はあってはならん、という信念で動いているわけで、このお願いは幕僚長も需統の司令も承知の上ではあるが、公式には一切知らないことになっていて、つまり自分一人の一存での取り扱いなので、まことに申し訳ないが、調本や内局には一切内密にして頂きたいとお願いして回った。

各社とも快諾してくれて、みんな、自社の都合で一年分をすぐ生産に入ることになったから、2/4末から遅くとも3/4の前半には大部分がメーカーの倉庫に揃うはずだよ」

「さすがですね」「やるもんですね」と、遠藤や赤松が素直に感心した。

広中がちょっと念を押す感じで尋ねた。

「それは上出来じゃが、各メーカーには各幕の技術部から技術監督官が派遣勤務で貼りついていて、工数確認や生産状況報告書を技術部長宛に報告しているのがあるじゃろう、それはどうしたの」

「俺は監督官も一緒に呼んで同席させたのさ。彼らは技術出身の尉官か佐官だ。俺は技術部長にも内諾は得てある、報告書の日付は空欄にしておいて、後で俺から連絡するから、その指示通りに記入してから幕に報告せよ、と命令しておいた。つまり、国防上の空白は政治論議と違って一日も忽にできないのだ、というわけだ」

原も感心した。

「よくやったな。まあ物が特殊だから随契（随意契約）は間違いないところだが、材料費が半年近く寝て金利を損することになる。メーカーがよく承知したな」

「ナニ、各社とも政治情勢は分かっている。それに現職の俺と部長、顧問が頼むわけだ。皆、信用するさ。

第一な、本年度のミサイルの発注数量が、3/4・4/4に何発で、その予算金額が幾らかなんてのは族議員や顧問から情報が流れて先様はみな先刻ご承知済みだよ。

それにメーカー側の本当の心配は、予定価額じゃなくて一回の発注数量なんだ。値段の方は調本の原計（原価計算）の「マン・アワー・レート方式」、つまり各工場毎に、土地代・建物・機械設備・原材料・消耗品・仕掛品・車輌・燃料・電気水道ガス・熟練技術工・一般常傭工・事務人件費・一般管理費・賃金賞与、保健、労災・年金・各種保険・研究開発費・設計量・試作費・通信費・原価償却費等々、多くの項目データから原価計算をして算出した工員一人の時間当たりのレートがあって、製作工数にそれを掛ければ出るはずだし、すでに前年の納入実績価額があるから、急激な経済変化が無ければほとんど心配などはしていない。

ところが、発注数量の方は、我々の都合による予算執行状況で変化する。もともと我が軍の発注数量が少ないから、メーカーとしては一年分を仕入れても、原材料の大量仕入れによるメリットはない。

その上、少ない軍需品をアテにして工場を遊ばせておくわけにはいかないから、発注が途切れる時には生産工程を切り換えて民需品を作るわけだ。この生産工程の切り換え作業が馬鹿にならない人間と時間を食う。ところが、この分はレートには出てこないんだよ。どのメーカーも内心では半(なか)ば困っている。

そんな事情はこちらも百も承知だから、全量を一度にドンと発注したことで、メーカー側はかえって喜んでいたよ。

俺はその席でメーカーの社長宛に、司令からの発注依頼文書を一本出しといた。標題は『仮発注依頼念書』で、俺が自分でパソコンで打ってプリントし、文書課の文書発簡(はっかん)記録簿の一貫ナンバーを取り、そちらの保存用綴りには別に作った文書の控えを綴じさせた。本書のハンコは司令の公印を持ってこさせて俺が押印し、公印使用記録簿の方にも、別の文書の標題を記入しておいたよ」

「フーン、やるもんだな」

「当たり前だよ、詰まらんところでボロは出せん。しかしな、もしもバレたら、国の会計法違反、防衛隊会計規則違反、公文書偽造、詐欺、官名詐称、防衛隊服務規程違反、とまあいいように肩書きがくっ付くよ」

「アアハ」と皆が笑った。

原はホッとした。量としては少ないが、発注しておけばとにかく、一応の抗堪力が生ずることになる。……

加藤が少し真顔になって念を押した。

「ただな、物が出来て、それが続々と各部隊に納品される段階になると、直ぐバレて問題化するぞ。納入先としておいた武器補給処や各弾薬庫には正規の物品役務調達要求書の一部が回っているし、しかも納入検収官は一般事務官だから、俺の指示はとどかない。誰が勝手に予算発注をしたのか、と大騒ぎになって、その時にはもうとても俺一人の手には負えん。

しかも隊内で騒ぐだけならまだしも、事務官の中には革命党支持者もいるから、外部に洩れて大事になる。……オイ原よ、しかしその前には決着がついているはずだよな」

「大丈夫。それまでにはやる。貴様一人を犬死にはさせせん」

加藤は「ウム」と頷いてビールをぐっと呷った。彼は口では明るく話したが、彼の専門業務の経理補給の分野は、書類と規則・ハンコと数字の世界で、気の許せない制服以外の事務官が多く、その中を巧妙に泳ぎ回って無事に発注を終わるには、相当な気配りが必要であったろうし、またそれだけに彼の内心は不安で一杯なのであろう。

原は、昔から真面目で温順しかった加藤の肩を優しく一つ叩いた。

そして黙ってコップにビールを注いだ。加藤が一つこっくりをして飲むと、今度は広中が黙って注ぎたした。

「ボツボツ帰ろうか」と原は腰を上げた。

「皆、明日からは政策研究を本腰入れてやるぞ！　俺たちのクーデターだ。俺たちが納得できる政策を実行して何が悪い！」

と、ちょっと開き直った感じで宣言をした。

(十) 警戒警報

六月一六日(月)の夕方、ベースB(ブラボー)の松本中佐がひっそりとセンターに入ってきた。彼は原と広中たちに驚くべき情報を伝えた。

「公安が何か感づいたようです」

「公安?!……警視庁か、何を気づいた」

と思わず聞き返した。一瞬、その場にいた全員が凝固(ぎょうこ)した。

「いえ、公安といっても、警察ではなく公安調査庁の方です。正式の所属は法務省になっています。かねてから我々が作っておいた親派(しんぱ)(シンパサイザー)のルートから来た情報ですが、代々森の革命党本部の保安部が例の盗難資料の存在を知ったらしく、俄(にわ)かに防衛隊に潜(ひそ)んでいる隠(かく)れ党員たちに、最近防衛隊に何か変わった動きがないか大至急探れ、という指令を出したそうです。

それが公安から革命党に入っている秘密調査官の耳に入った、という経緯です。この情報の評価ですが、確度は高いと考えられます」

遠藤中佐が反射的に聞いた。

「そうか、盗難資料は革命党に落ちたのか、フーム、その隠れ党員は誰か分からんのか」

「本庁だけで四名いることは摑(つか)んでいる。しかしな遠藤、『情報の世界では、こちらが相手について、どこまで知っているか、を相手に知らせないこと』が重要だから、俺たちも分かってはいるが放置してある。連中は全員が事務官だから、人事異動で重要文書や機密を知り得るポストからは外しである。……

原部長、現時点では彼らと我々の接触は皆無ですから、余程我々が目立つミスをしない限り、結局、何も知り得ないでしょう」

ウム、と原は頷いたが、太田中佐は怒った。

「そんな奴は即刻辞めさせろよ」

しかし、松本は微笑しただけでそれには答えず、淡々として続けた。

「それで念のために各方面に当たったところ、内調（内閣情報調査室）に本隊から出向している部員が、最近代々森が騒いでいるらしいが、防衛隊に何か接触してきているような動きはありませんか、とやんわりチェックされたそうです」

「なるほど、ということは警察にも内局の調査課にも明日くらいには情報が流れるということか」

と原は腕を組んだ。

「ハイ、そうなると思います。陸幕関係は自分が大体分かりますが、防衛全体の統轄は内局の調査課ですから、自分に入らない情報もあります」

松本はさらに補足した。

「それからこれは確度が低いのですが、公安も内調もどうやら今のサラリーマン防衛隊にクーデターなど出来るはずがない、という意見が主流で、むしろ今一つの可能性、海外テロ組織と結びついた赤軍各派・右翼のテロの線を追うということでした」

と話した。それまで黙っていた広中が断定した。

「ウム、これは情報戦に突入したということじゃな」

原が続いて尋ねた。

「今、情報は何名いる？」

「ハイ、自分を入れて八名、うち五人が現役、三名が退職者です」

「それで情報戦に対処できるのか」

「無理です。……警察・公安・内調、その上に外国・FOXの所在把握・自隊警備となると、とうてい不可能です。

今後、公安等が狙ってくるとすれば、当面の作戦としては、まず隊内VIPの不審な行動の尾行・電話傍受・訪問者チェック・近隣駐屯部隊幹部との交流チェックなどでしょうから、これに対応して彼らの行動を監視するには、少なくとも九〇名くらいは必要です。しかし、この人数はとても集められません。

そこで今後の対策としては、特別警戒を要する場合は別として、センター及びベースの直接警備は一、二名に減員し、通常兵力による自隊警備に切り換えて頂きたいと思います。

同時に現役もさらに増員します。ただし、これは下手をすると、逆に情報を取られますのであまり期待できません。

多少希望が持てるのは退職者の採用です。彼らの多くは調査・情報の特殊技能を活かせない全く無関係の再就職をしている者も多く、不満を内蔵しています。声をかければ多分、大丈夫でしょう。

しかし問題が一つあって、頼んだ以上三～五年は給料を保障しなければなりません。二～三ヶ月でハイご苦労さまとは言えないでしょう。

それでこの方針で集めても、多分四〇～四五人くらいですから、不足の部分は良い興信所を下請けとして頼むしかありません。

「よし、分かった。……我が国情報のあるべき姿については、俺も考えていることがある。お前は安心して増員にかかってくれ。

それから、センターの直接警備は、空挺のレンジャー部隊から一ヶ分隊派遣してもらおう。

松本は、センター・ベースの外周(そとまわ)りだけ警戒して不審者をチェックしてくれればいい。逆にそちらが実力が必要な時には回してもよい。

……俺たち三人と遠藤・大内・赤松の六人には退庁時、センターまでの護衛をつけてくれ。不審者の尾行があった場合にも、何としてもセンターの所在だけは秘匿(ひとく)せねばならん。

隊内・自宅・携帯の電話傍受は、皆も留意しているから大丈夫だろう。不審者の訪問、部隊幹部の交流も現時点ではまだよかろう。

ＦＯＸ１(ワン)については、継続して所在確認が必要だが、その他は一応の資料は揃ったから下手に尾行などしないで、いったん全部中断して手を抜こう。なあ広中、それでいいか」

広中も頷いた。

「よかろう。少ない兵力じゃ、重点配備しかないの、ナニ、ＦＯＸ２(ツー)やその他は決行後に手配しても大勢に影響はなかろう」

「うん、松本、勝負はこの一、二ヶ月だ。お前の思う通りに存分にやってくれ」

「ハイ有難うございます。任せて下さい。……ただ、人が増え、公安・警察が相手となりますと、新しくベースＣ・Ｄ・Ｅ(チャーリイデルタエコー)の開設、相手のコンピューターへの侵入の専門技術者の新規採用とその独立したマンションの確保、尾行車輌とオートバイ約二〇台、遠距離会話集音装置と夜間望遠鏡、盗聴システムを装備した特殊車輌三輌、カメラ各種、盗聴器各種、相手の車等に装着する位置発・受信機・一時的に相手を無力化する超小型ガス発射器・ガスマスク・防弾衣・変装用具類等々……それと増員分の給料、諸手当、交際費、謝金、燃料費、駐車場代、消耗品代等々が必要となります」

「予算は大体、幾らくらい要るかな」

「ハイ計算してみないと分かりませんが、約二ヶ月として……」

と松本は、傍の机から小型計算器を取ってしきりに計算した。

「約三億五〇〇〇万前後、多くて四億くらいは要るかも知れません」

「エーッ、情報は金を喰うなあ」

と遠藤がぼやいた。赤松中佐も質問した。

「しかし松本、ずいぶん新型機材が入っているようだが、ガス弾とか特殊車輌とか我が軍でも持っていないだろう。調達できるのか」

松本はちょっとつかえた。彼が表情を変えるのは珍しい。

「実はこれはちょっと言い難いんだが……これは俺の個人ルートなんだ。……昔、俺がＣＩＡに留学していたことがあったろ。その時の親友が今、金宝の某基地に配属されて来ているんだ」

原は割って入り、結論を下した。

「よし分かった。経費や装備のことは安心してくれ。大四星がついている。……是が非でも戦争には勝たなきゃならん。松本、お前の思う通りにやって……、いいか、必ず勝ってくれ」

松本中佐は来た時同様、静かに帰って行った。原は広中・加藤と相談して、皆の気持を一段と引き締めることにし、警告文を応接間横の廊下に掲げた。

「警告！　作戦関係者各位
一、六月一六日、我々の動きが革命党・公安・警察・内局・内調に漏洩した。まだ我々に焦点が絞られている状況ではないが、各員いっそう言動に注意されたい。
一、緊急時を除き、日中、特に昼休み等にセンターに出入りしてはならない。
一、隊内電話及び隊内各所ならびに隊正門周辺・三谷会館の公衆電話は、内局により盗聴されている。隊内での相互連絡は原則として禁止する（除緊急の場合・但し暗号略号を使用すること）。

一、携帯電話、メールの使用を禁止する。センターに入る時は電源をオフにすること。
一、外線であっても必ず暗号略号を用い、一分以内に電話を終了すること。
一、センターへの直接電話は一切禁止する。必要な場合はベースA（アルファ）に連絡すること。
一、センター・各ベースの電話番号は暗記して手帳等から削除・抹消せよ。
一、一切の資料・メモ等をセンターから持ち出すことを厳禁する。
一、タクシー内・酒場内・喫茶店での会話には充分注意すること。特にタクシーは、不審を感じたら、いったん近くの駅で乗り捨て、駅構内に入った後、改めて別の車を拾うこと（社名・運転手名・ナンバーを必ず翌日報告すること）。
一、帰宅時、センター周辺で客待ちしているタクシーには絶対に乗らないこと（三谷駅まで歩いて乗車する）。
一、センター付近に駐車している不審者（人が乗ったまま、あるいは黒フィルムで中が見えない車）があった場合には、いったんそのまま通過してセンターから離れ、直ちにベースA（アルファ）にナンバー等を報告すること（直ちにベースB（ブラボー）がチェックしてベースA（アルファ）に報告するので、しばらく間を置いてベースA（アルファ）に確認する）。その上でセンターに入ること。
一、全員が疲労しているので深酒を慎むこと。もし飲んだ場合にはベースA（アルファ）に連絡してセンターに泊まるか、三谷会館等に宿泊すること。
一、その他不審を感ずる場合には必ず状況を報告すること。

以　上」

原は次の日、空挺団からの隊員派遣の工作を行なった。これは警察等の個別訪問調査・電気ガス水道の検針員や新聞保険・宗教勧誘員等を装（よそお）った調査官の調査及び彼らの（万一の場合の）突入強行逮捕に備えたもので、レンジャー隊員一ヶ分隊を二ヶ月だけ市街戦・テロ訓練研修の名目で派遣してもらうもので、マスコミ等に騒がれて問題化するのを防ぐため、空挺団内だけの処理となった。

遠藤は再び不動産屋を回り、センター近くのマンション三室を借りて隊員の宿泊所とした。これで二四時間、一〇〇人程度の警察官なら撃退でき、作戦決行の命令を下す時間を得ることができる。

三日後、中尉を長とする一ヶ分隊（特別編成で一二名）の兵が三、四人ずつそれぞれ大きなバッグを持ち、不揃いの私服で嬉しそうにやって来た。

彼らは特別任務に選抜されたことが嬉しく、さらにその場所が町中（まちなか）で制服ではなく、自由な服装とあるのがいっそう顔をニコヤカにさせるのである。

センターの玄関前には、新たにバン一台を置いて窓に黒フィルムを貼り、正門・通用門が開いている間は一名が車に、その他の時間は玄関横の書生部屋に一〜二名がそれぞれ武装してモニター画面で警戒することにした。

出入りする原たちは、正面横の通用門から入り、戸を締めた後、左手で敬礼するわけである。

また同日、原たち自身にも自衛用の武器が搬入された。大内大佐がベースB（ブラボー）の冷凍トラックを借りて持ちこんだもので、拳銃と自動小銃各二〇丁ずつであった。

「やはり兵器は身近（みぢか）にある方が緊張して好いね」

と、自動小銃を自分の専用として貰った遠藤中佐が、さっそく分解掃除をしながら言うと、

「そうさ、旧軍では各兵舎の内務班（ないむはん）にみんな置いてあったんだよ。今の内局は事故や盗難を恐がって置かせないから、益々サラリーマン化するのさ」

と、加藤少将が自分も拳銃を分解しながら答えた。

原は武器は一階と二階に分けて置くことにし、それぞれ管理責任者を決めた。

㈩ 第一号作戦発動

六月二三日㈪、松本中佐のアンテナには入らなかったが、別の情報が旭日新聞の安藤記者に入っていた。

室内の人影がまばらになるのを待って、彼は秋山の机の前に立った。椅子をひき寄せ逆向きに腰を下ろす。隣席の工藤代理は今日は代休である。

「デスク、僕は昨日、友人の結婚式でニュー大山ホテルに行ったんですが、そこでバッタリとファミリー党の渡辺代議士に出合ったんです。……」

秋山は例によって愛用のパイプをくわえ、足を机の端に乗せていたが、足をおろし普通に座り直すと目顔で先を促した。

「挨拶しかける僕を、『ちょっと、君』と横に引っぱって行き、『最近防衛隊に何か不穏な空気がある、と囁かれているが知っているか』と僕の目をのぞき込みました」

「…………」

「全く突然のことで、僕も一瞬動揺しましたが、『さあ、そんな噂は聞いてませんが、面白そうなネタですね。もう少し教えて頂けませんか』と答えました」

「…………」

「渡辺さんは僕の同郷・同大学の先輩なんです。彼は僕の動揺を読み取って、『ホウ、もう君の耳にも入ってるか、さすがにブンヤさんは早いもんだな。で、どう、どこまで知ってる?』と半分笑いながらも、目は真剣に聞いてきました。

『いや先輩、僕は本当に何も知りません。ぜひ教えてくださいよ』と逃げましたが、ちょうどその時、秘書が先生、こちらにどうぞ、と迎えに来ました。

渡辺さんは、『君、色々当たって何か分かったら、すぐ儂にだけ耳打ちしてくれ、必ず然るべきお返しはするよ』と言って行きました。以上です」

秋山はまだ黙ってフクちゃんを見ている。

「デスク、渡辺さんは大沢派の幹部です。大沢は深田・大曽根元総理とも親しく、共に防衛族議員です。……それに渡辺さんは、最初から『防衛隊に動きが……』と絞ってきています。……デスク、あの資料はやはり右翼や中核じゃありませんね」

やっと秋山が口を開いた。小声である。

「しかしお前さん、三谷(防衛隊)の方じゃ何も掴めていないんだろう」

安藤はちょっと頭をかいた。

「ハア、駄目でした。……あそこは内局だけじゃ駄目で、どうしても制服組の話が要ります。……ところがデスク、あの人達は我々マスコミを極端に毛嫌いしていて、何にも話しません。『こんな政界汚職をどう思いますか』と水を向けても、『さあ、自分には政治のことはよく分かりません』とだけ……。

そこで『○○さんはこう言って怒っておられましたよ』と鎌をかけてみても、『ハア、そうですか』と相手にしません。それでいて仲間同士の結束は固くて、話はたちまち御本人に入っていて、『君は何か、僕に含む所があるのかな』と逆襲される始末です。……

記者クラブの富永さんにしても、回れるところは大臣(防衛隊では長官のことを大臣と呼ぶ)、次官、官房長、内局の局長・課長と三軍の正・副幕僚長、統幕議長、それに各幕の広報担当、これだけですよ。……これじゃ手掛かりなんて、とても無理です」

「ウーン、それはな、仕方ない面もあるんだよ。……フクちゃんには分からんだろうが、俺たちマスコミは戦後一貫して防衛隊を貶し、無視し、悪いことや揚げ足ばかり取って、いいように叩いてきたんだ。……

こちらが叩いても叩き返して来ない相手は、安心して叩けるという事情もある。我々が嫌われるのも無理はないんだ。……さて、どうするか……」

秋山は片手の指先でトントンと机を叩いた。彼には独占スクープの未練があった。このネタにはもう少し裏付け資料が欲しいところだ……、だが渡辺代議士の耳に入ったとなると、他社に知れるのも時間の問題だろう……。

「ヨシ、お前さん、本社のKERA週刊誌のリポート欄かインショート欄にあの資料をのせろ。但し記事は大きく全面だ。写真は関係者を黒塗りして一枚出そう。……

いいか、思いきって派手に行け。書くことがなけりゃ二・二六を持ち出せ。但し断定はするなよ。すぐ打って（原稿を）持って来い。ああ、それから渡辺に電話して恩を売っておけ！」

「承知」と安藤はすっとんだ。

六月二五日(水)、朝九時から始まった定例オペレーション会議に出た原少将は、盗難資料がKERAにも渡ったことを知った。佐藤陸幕長は、

「防衛隊（陸軍）に不穏な動き！

クーデター準備か？

本誌極秘資料入手に成功！

（果たして二・二六前夜か？・）」

と書かれた大見出しを手に怒り狂った。

「そもそも火の無いところに煙はたたん。……国民に愛される防衛隊を目指してきた我々の努力を、一体、何と心得とるのか……。

『軍は政治に関与せず』『シビリアン・コントロール』の大原則を忘れたのか。……」と出席者全員を烈しく叱責した。

今から各部に帰ったら、直ちに部下を集め、不心得者がいないかチェックせよ。今日、直ちにそれらしき不審者がいたら申し出よ。今日申し出た者については、内局に話してその者だけは特別に穏便にはからってやるが、もし後からわかったらタダでは済まさん、懲戒免職はもちろん刑務所に送りこんでやる、……と息巻いた。

原は目を合わさぬようにしていたが、現在の社会情勢を考えれば、部下に対してその心情を酌んだ、もう少し違った言い方もあるだろうにと思った。さらにまるで部下を小学生の児童のように幼稚な脅迫をするものだと思い、自分の保身と内局に媚びへつらう者に限って部下というものが分かっていない、と嫌悪感を感じた。

そしてフッと娘の貴子が結婚する安藤記者も、KERAと同系列の旭日新聞だったな、と思った。

いつもより三〇分も長くなった会議が終わる頃には、マスコミが内局・官房長・統幕議長・各幕僚長らに殺到して、広報課長は目を回した。

驚いた内局は、取材陣が多数、無差別に動き回るのは、軍の秘密保持・業務の停滞、ひいては隊員の士気にかかわる、としてマスコミ休憩所として広報会見室の他に隣接する町ヶ谷会館内に第二会見場を設置し、同時に主要廊下、エレベーター、階段等に衛兵を配置して記者通門証のない者の通行を制限した。

たちまち多数の報道関係者たちは、一部の社だけに隊内記者クラブを許可して、なぜ我々に自由な取材の機会を与えないのか、こんな取材制限は明らかに憲法違反だ、と大声で迫り、再び隊内に氾濫した。

事務次官は各局長らを集めて怒り、内局は人事局長と教育訓練局長が担当して三軍の正・副幕僚長を呼びつけ、一体、平素から何を隊員に教育しているのか、即刻この馬鹿者どもを探し出せ、さもないと辞表を出してもらうぞ、と怒鳴りつけた。

原たちがとった予防警戒措置は賢明で、その日の昼前から隊内全域と近隣各部隊に対して電話の盗聴が開始され、内局調査課の監督下で、松本中佐らが神妙な顔付きで厖大な量の録音テープの山と格闘していた。

また、各級指揮官に対し、部下全員の勤務状況・交友関係・挙動不審・思想傾向・宗教信仰・金銭浪費等について文書で報告せよ、他の部・課に所属する者でも構わない、何か感じた場合には遠慮なく申し出よ、賞詞の対象として記録する、との厳命が出されたが、皆の反応は冷ややかで、誰一人申し出る者はなかった。

これは当然のことで、いざ戦闘となった時、自分の命を助けてくれる、一緒に戦う仲間をどうして裏切って密告することができるのかという気持ちと、また一歩譲って仮にそんな者がいたとしても、彼は彼の責任で止むにやまれず社会是正の道を進んだのであって、そんな社会に意見一つ言わずにいる内局も、責任を果たしてはいないのではないか、あの四矢研究の時の内局や陸幕首脳の責任逃れを見てみろ、自分の保身ばかり考えて、部下に全責任を押しつけたではないか……。

そんなに探したけりゃ、内局が自分で探しに来ればいいんだ。ただでさえ書類ばかりが多くて人が少ないのに、そんなことをやってられるか、という考えの者ばかりであった。

その夜のセンターの会議では、こんなに煩くなっては自由に仕事ができない、……かねて研究しておいた対策を発動しよう、という決定が為された。

第一号作戦は、主にマスコミ・内局に対するもので、隊内に蝟集している報道関係者たちを追い払い、併せて内局や陸幕長の関心を外らせ、ＫＥＲＡの追求を弱めることを目的としていた。

また第二号作戦は、主に公安・警察に対するもので、赤軍派あるいは右翼を装った大事件を起こすことで、その事件の捜査に振り回されることによって、物理的に原たちに対する追求人員が削減されることを狙ったもので、さらにあわよくば、ＫＥＲＡ報道が誤っていて盗難資料も赤軍派が作っていたものではないか、と疑わせることを目的としていた。


本州の六月下旬は梅雨の最中で鬱陶しいが、同じこの時期、北道はまことに快適で、土地の人々は一年で一番好い季節なのだと言う。

空は青く澄み、陽の光が一斉に萌え出た新緑に映えて眩しく、気温は概ね二〇度前後、雪に押さえつけられていた赤や黄の花々がパッと咲き始める。

人々はまるで檻から追い立てられた動物のように、魚釣り・バーベキュー・遠くの親類友人の訪問・成吉思汗鍋のキャンプ・山菜狩り等に出かける。

これは人々が六ヶ月以上もの長い間、灰色の空と積雪に閉じこめられていた反動で、生理的に飛び廻らないではいられなくなる心情から、無意識に身体を動かすことで歓びを表現しているのである。

そんな六月二七日㈮、午前一一時、北道万年空港から札原市に向かう途中にある豊庭演習場では、今日は珍しく空はどんよりと曇り、時々、霧雨が四周を湿らせていた。

陸上防衛隊・北部方面部隊・第七師団・第七一戦車連隊第二中隊長の内藤大尉は、朝から緊張して顔色が悪かった。

今日の実弾射撃訓練は、演習場内施設の修理工事の日程が急に繰り上がって施工されることになったのに伴い、こちらも予定訓練の消化のために急遽、繰り上げとなった演習であった。内容は煙幕展張下での中隊横陣突撃隊形での各個射撃である。

雪国では冬季にはセメントを使用する工事は、天幕と暖房乾燥をよほど充分にしておかないと、セメントの良い養生(ようじょう)ができない。そのため工事は春から夏の期間に集中する。

ところが、今年は国会の紛糾(ふんきゅう)で、予定していた工事の発注が遅れていたので、手の空いた業者側の希望と、防衛隊中央からの指示で、予算書に予定されている工事はなるべく前倒しして行なうように、と通達されたことを受けて繰り上げ工事となったので、したがって訓練の一部もこれに沿う形で行なうものである、と首席幕僚が訓練前のミーティングで経緯を説明した。

師団長の小津少将は、昨日から陸幕で開かれた綱紀粛正(こうきしゅくせい)の緊急会議に出席のため不在で、副師団長が決裁した。

射場には、すでに旗竿に高く真紅の国際法に定めるB(ブラボー)旗が掲げられ、近隣の市町村、農家にも連絡が終わり、また場内への不法立入者に対しての警告放送も終わっていた。観測班も定位置につき、煙幕展張の一五五ミリ自走砲二門も、後方から「用意よし」を報告していた。

定刻、未練気に腕時計を見た内藤大尉は、すがるような顔付きでもう一度四周を見廻し、バタンと戦車の天蓋(てんがい)を閉めた。

その時、一五五ミリ砲から発射された発煙弾がシュルシュルと唸りをあげて内藤の頭上をすっ飛んで標的付近で炸裂し、たちまち濃い白煙がうずくまり拡がった。それを確認した内藤は、部下の七四式戦車に突撃を命じた。

それぞれが凹んだ地形に身を潜め、象の鼻のように長いヴィッカース一〇五ミリ砲の砲身だけをのぞかせていたライオンたちは、一斉に底力のある唸り声を発して躍り出た。

「各車各個連続射撃、弾数五発、撃ち方はじめ！」

内藤は大声でマイクに叫んだ。

各車は一斉に敵の対戦車ミサイル防御の煙幕弾を投擲（とうてき）しながら、中速で不整地を上下しながら進む。白い煙幕の中に戦車の姿が隠れる。砲は戦車の動揺に関係なく、すでに目標を確保（ロックオン）している。

ズダン！　という重い発射音がヘッドセットを通して響き、鼓膜が震えた。パッと砲口からオレンジ色の炎と淡い黒煙が噴き出した。

発射と同時に砲身が駐退（ちゅうたい）を始め、それと共に砲の尾栓（びせん）が開き始める。同時に砲身から超高温の発射ガスと薬莢（やっきょう）がとび出し、カランと床に転がる（註、多くの戦車のタイプでは、砲塔が狭いため砲身が駐退しないで発射する方式が採用されている。その場合、戦車は停止して発砲し、衝撃は戦車全体で受け止める）。

発射と同時に砲塔内には一〇気圧の冷風がサアッと吹き流れて、高温ガスをシュウッと追い出す。身体全体が瞬間、グッと下に押さえつけられる感じがする。冷風は砲身の中も走って、砲口からシュウッと白煙を吹きだす。

装弾手は早くも次の弾を尾栓にはめこみ、ガチンと尾栓閉鎖のレバーを一杯に押し、

「次弾発射用意よし！」

と大声で叫ぶ。ツンと硝煙の嗅いがする。

曳航されて移動する標的はたちまち粉砕され、次々に飛来する砲弾で白煙の中に土煙の塊りが突っ立ち、またその中にピカッピカッと閃光がきらめいた。

ちょうどその時、演習場内を横断して走っている高速道路に、信じられない異変が起こった。

札原と万年を結ぶこの高速道路は、当時札原に開催が決まっていた冬季オリンピック大会の各国選手・役員・観光客を輸送するために建設されたもので、当初、防衛隊側は演習場を迂回して（暴発の）万一の危険を避けるコースを提案したのである。

これに対して建設省側とオリンピック側は、それでは輸送時間が大幅にかかる、として反対した。そこで防衛隊側は、地下深くであれば砲弾の影響も及ばないであろうとして、演習場内のトンネル通過を容認する提案を行なった。

ところが、建設省側はこれにも反対した。つまりトンネル工事は大金がかかる、だから深く掘りさげたところを通行すれば安全ではないか、と内局を押しきったのである。制服組はそれでは危険は大して変わらないではないか、と主張したが無駄で、反対する制服組との妥協案として横断する通路部分には、戦車等の重車輌が通れる頑丈な橋が架けられたのである。それで現在でも下の高速道路を走る車から、橋上を通過する自走砲や戦車を見られることがある。

その高速道路が、札原から空港に向かう、演習場の最後の橋を少し過ぎたところで、突然、大型トラックが一台フラフラと蛇行運転を始めた。

時速一三〇キロのスピードで走ってきた後続の乗用車・トラックたちは驚いて一斉に減速し、点滅灯をつけ、クラクソンを鳴らした。

一一時五分、大型トラックは道路を斜めに遮断する形で停車してしまった。後続車のクラクソンの大合唱にも全く動く気配はない。たまりかねた車から、次々に人が降りてトラックに駆け寄った。見ると、中年の運転手はハンドルに突っ伏している。ドアはロックされていた。早くドアを開けろ、救急車を呼べ、と騒ぎ始めた時、突然シュルシュルヒュー、という鋭い摩擦音が響いて、約一五〇メートルほど前方の崖の上部がムクリと盛り上がり爆発した。

ドカン！　と白熱光と赤っぽいオレンジの閃光がきらめき、黒煙と共に土砂がパアッと飛び散った。人々は一斉にその場にしゃがんで首をすくめた。対向車線側の車も一斉に急停車した。中には逆に急加速して脱出をはかる車もいたが、それらの車の屋根やボンネットにガツン、ザラザラと土砂が当たった。

二発、三発と、数発が鋭い音と共に飛来し、炸裂し地響きがした。そしてフッと静かになった。人々はパニックにおち入り大混乱となった。

「何だ何だ」「助けて」「どうしたの、何があったの」「過激派のテロだ」「馬鹿な、防衛隊の演習の誤射だ」「早く一一〇番しろ」「いや防衛隊の阿呆が先だ」「その車、邪魔だ、少し前に詰めろよ」「ナニよ、アンタこそ、もっとハンドルきればいいじゃないの」

早くもカメラや携帯電話を構える者もいた。弾着部の崖の上部は、深く大きく抉られて所々に薄い白煙が立ち昇っている。道路上には土砂の小山の堆積ができていた。

一五分後、上空には早くも北道新聞のヘリがパタパタとローターの音を響かせながら、低空をゆっくりと旋回し始めた。

サイレンの大合唱が近づき、警察と救急隊員がトラックの運転手を救急車に乗せて走り去った。パトカーが一ダース・防衛隊の車輌が一ダース、道路公団の車も半ダースやって来て、その後に新聞社・テレビ局などの車が続き、上空のヘリは防衛隊を含めて四機に増えていた。

空港に向かう大渋滞を解消するため、中央分離帯の柵を一部取り外して対向車線に誘導し、しばらくの区間だけ対面通行にした。

パチパチとフラッシュが煌めき、巻尺を持った警官や防衛隊員が崖をよじ登り、あるいは地面を歩いて白色のマークをつけ、損傷した中央分離帯や車の写真を記録にとり、興奮している人たちの目撃談を聞いて回っていた。公団職員もその輪に参加した。

テレビの取材記者たちは、黄色の立ち入り禁止テープの前に立ち、崩落部分を背景に実況放送を始めていた。時刻は一一時五〇分で、ちょうどお昼のニュースに間に合ったのである。

「それにしても皆さん、誤射とはいえ、国民に向かって砲撃するとは実に怪しからん、あってはならないことであります。

不幸中の幸いといいますか、たまたま事故トラックが道を塞いでいて、死傷者がでなかったからよいものの、万一死者が出ていたら、防衛隊は一体どう申し開きをするんでしょうか。……そもそもこんな高速道路のあるところに、実弾射撃場が威張って存在することに問題があるのではないでしょうか。

国民の税金で、高価な大砲の弾を消耗して、しかもあろうことか、それを国民に向かって射つとは、いやその意図はなかったにせよ、そういう危険性があるということを、この事件はまざまざと見せてくれたと思います。

防衛隊はこの犯人を必ず探し出して厳罰に処し、国民に謝罪し、二度とこういう馬鹿な事件が起こらないようにしてもらいたいものです」

と興奮して放送していた。

この放送は全国に中継されて大騒ぎになった。KERAの記事以来、三谷本庁に蝟集してうごめいていた報道陣は即日、大半の者が北道に移動して行った。

残った者たちは、今度はこの誤射問題で内局と陸幕長を痛めつけた。

その日の夕方までには多数のマスコミが現場と第七師団の入口面会所に押しかけて、演習場から帰ってくる戦車や営庭での兵の訓練などを撮影していた。マスコミにしてみれば、KERA記事で三谷に押しかけたものの、事務をとる制服姿しか撮れず、困っていたところに突発した事故で、こちらの方には事実の現場が存在し、目撃者もいる上に、隊内では動く戦車・自走砲・兵たちの一応迫力のある画がとれるのである。

陸幕に呼び出されていた第七師団長の小津少将は、全国から集合してきた部隊長たちと久闊を叙す暇もあればこそ、陸幕長に痛罵されて戦闘機を飛ばして三時半には師団本部に帰り着いた。

彼はすぐ部下から経緯を聞き、俺の留守中に何ということをやらかしてくれたんだ、と怒り、とりあえず部隊にはマスコミに対して箝口令を敷いてあります、という報告を聞くと、また怒った。

馬鹿者、こういうことはすぐやらんと、かえって大事になるもんだ、すぐ記者会見する。その用意をしろ、とマスコミ全員を隊内の大講堂に呼び入れさせた。

小津は演壇には登らずに、その前の床に事務用長机と一番粗末な折りたたみ椅子を置かせた。彼は作業服に着替え、副師団長と首席参謀を伴い、その団十郎と綽名される色白の整った顔を、やる方ない憤懣で紅潮させながら記者会見に臨んだ。

「私が第七師団長の小津であります。たまたま首都の会議に出席しておりましたが、急遽、帰って参りました。……

今回の事故は、まことに申し訳ございません。事故はすべて私どもの責任であり、責任者として心から……心から深くお詫び申し上げます」

三人は立ち上がって深々と頭を下げた。

「もちろん、今回の事故により御迷惑をお掛けいたしました車損・公団等につきましては、完全に修復・弁償させて頂く所存でございます。ただ、事故の詳細に関しましては、はっきりしたことは現在調査中でありますので、それが終了するまでは申し上げられません。

しかし、（ここで団十郎は一段と声を張り上げた）誓って申し上げますが、一部報道で伝えられましたような、……我々防衛隊が、国民の皆様に向けて銃を射つというようなことは、絶対に、……絶対にございません。

（団十郎はここでまた声を落とした）従いまして、只今考えられますことは、……これはあくまで現時点での推測でございますが、煙幕展張中での射撃で視界不良でありましたので、戦車の射撃指揮装置の方位盤に何らかの計器トラブルが発生したのか、あるいは同装置のコンピューターが誤作動したのではないか、ということでございます。

このような事故を防ぐため、砲手は別に目視による砲口監視鏡操作も行なうことになっておりますが、今日の訓練は戦車中隊一四輌の煙幕展張下での横陣突撃でありまして、本日は曇天・弱風のためかなり濃い煙幕となって視界が悪く、そのうえ不整地走行のため進行方向が左右し、勢い計器に頼ることが多くなり、偶然何らかの原因によりその計器表示が誤っていた、という可能性も考えられます。

しかしながら、これは現在調査中であります。私どもとしては、その結果が判明するまでは、同種の射撃指揮装置を装備する全戦車の実弾射撃訓練を中止致します。

その結果につきましては、分かり次第、皆さんに改めてご報告致します。もちろん、その結果により責任者は私を含めまして厳正なる懲戒処分に付す所存でございます。それに致しましても、国民の皆様にご迷惑をお掛けいたしましたことを、心からお詫び申し上げます」

続いての記者質問では、演習の方法そのものに誤りはなかったか、指揮官の命令にミスはなかったか、射撃指揮装置のメーカーはどこで、過去に同じようなミスは何回起きているのか、またその対策は、演習場の中を高速道路が走るような場所での実弾射撃には無理があると思うが、日頃から安全教育に配慮しているのか、……等々の、例によって針小棒大に言う揚足取りの質問と、わざと相手を侮辱に近い質問で立腹させ、本音をひき出そうというワンパターンの手法の質問の集中砲火を四〇分も浴びて、さすがにタフな団十郎も参ってしまった。

やっと会見場から逃れて自室に帰り着いた小津師団長は、副師団長、首席参謀と出頭してきた連隊長、中隊長を立たせたまま、隣りの副官室にまで筒抜けの大声で怒鳴りつけた。怒っているうちに、またあの屑記者どもが小馬鹿にしたことを思い出し、さらにまた、これで心秘かに狙っていた陸幕長の椅子が永久に来なくなったことを考えると怒りが再噴火して、机を叩いて怒鳴り続けた。

しかし、怒ったのは小津少将だけではなかった。陸幕長と同時に内局に呼びつけられた海幕長・

空幕長は、佐藤陸幕長を一応は庇(かば)って、誤射は洋の東西を問わず、致し方のない事故であり、艦隊でも航空機でも起こり得ます。今回は運が悪く、弾がとんだところが悪かっただけです。そもそも、あの高速道路は、オリンピックの政治圧力が我々の反対を押しきって作ったもので、危険だからせめてトンネルにしてほしい、と言うのまで無視するからこんなことになるんですよ、と同情したが、警察から出向してきているお目付役の内局教育訓練局長は、問題をすり替えるな、国民のための我が軍だ、与えられた条件下で最善を尽くすことが貴官たちの任務ではないか。人のことを言う前に、もっと各自の任務を考え給え。各幕ともサラリーマン化してきている。もっと隊員の規律・教育を引き締めよ、とネチネチ三〇分も怒った。

やっと解放されて帰る途中、海と空の幕僚長は、フム、先日のKERA事件と今度の事故で、佐藤陸幕長が次の統幕議長になれる目は消えたな、ヨシ、次は乃公(だいこう)こそ、とそれぞれ野心を燃やし、帰るとすぐ隷下(れいか)の全軍に対して、「事故防止」「綱紀粛正(こうきしゅうせい)」の厳重な通達を発した。

一方、運転中に意識を失い、高速道路をトラックで遮断する形になった運転手は、警察のその後の調査で、次の事情が判明した。

その原因は馬鹿のように単純なもので、彼が常用する胃薬と睡眠薬を間違えて服用したことにあった。

彼の所属する会社によれば、運転手は昨年、防衛隊を定年退職して入社したもので、勤務態度も真面目で、今まで交通事故など一回も起こしたことがない優良ドライバーでした、との好意的な評価で、地元警察も実損がなかったとして厳重注意ということで解放した。

さっそくテレビのワイドショーが、「幸運の女神、胃腸薬と睡眠薬を間違えさせて僅か一五〇メートルの差で人命を救う」と放送した。

それから二日後の六月二九日(日)の夜九時半、大勢の人々が行きかう首都・御宿・歌踊町一丁目、二丁目一帯が突然、停電した。

同地区一帯に送電している無人変電所に三人の男がドアロックを破壊して侵入し、変圧器に時限爆弾を仕掛けて逃走したのである。

爆薬はセット二分後に次々に爆発を起こして変圧器を破壊し、変圧器のオイルに引火して濛々(もうもう)たる黒煙を噴きあげた。

近所の人からの一一〇番通報で、覆面の変な三人組が何かしている、と通報を受けた歌踊町交番から「僅か一〇〇メートル、ヨシ捕まえるぞ」と走ってきた五人の警官は、危うく難を逃れた。爆発そのものはそれほど大きいものではなかったが、轟音(ごうおん)と黒煙に驚いて一斉に地面に伏せた。

色とりどりの鮮やかなネオンの看板と騒がしい音楽がフッと一斉に消えた。街路灯・パチンコ店・風俗店・飲食店等々の照明が全部消えた。

町全体にウォッーという数万人の人々が思わず発した驚きの声が、不気味な唸りとなって満ちた。映画館・病院・警察署等では担当者が慌てて非常用自家発電器を引っぱり出して埃を払い、エンジンをかけたが、そんな設備のない地下や階上の風俗店では裸の女たちが悲鳴をあげた。

不思議なことに、今夜九時半に大事件が起こる、ということが御宿・渋山・沼袋・三谷一帯のホームレスたちに噂として流れ、何かドエライことが起こる。宝石・食物・酒・若い裸の女・何でも早い者勝ちで手に入るぞ、警察は三〇分間は何もできない。小金を握って再出発できるチャンスだそうだという耳打ちが為され、半信半疑ながら彼らはゾロゾロと九時過ぎにはもう数百人が集まって来ていた。さすがに明るい通りを避け、小暗い蔭に固まって数十ヶの集団を作り、どこからか差し入れられた焼酎を回し飲みして待っていた。

大停電になっても、最初は彼らは黙って見ているだけだった。ところが、そこに幾組もの三人組の男たちが現われ、喊声をあげながら走り回り、ショーウィンドウのガラスを叩き割って陳列棚をひっくり返し、ただだぞ、貰っておけ、と叫ぶとやっとオズオズと動き出し、次第に勢いがついて手当たり次第に店を襲い、食物や衣類、酒瓶等を奪った。

怒ってバットを手に制止に出てきた店員は、三人組に叩きのめされた。風俗店から裸に上衣を羽織ってとび出してきた女たちは、たちまち突き倒され、ホームレスたちは暗いのを幸いに触りまくり、次第に昂奮して大胆になった。若い通行人やパチンコ店から出てきた男たちも、これを見て騒ぎに加わった。

女たちの悲鳴に暴力団のお兄さんたちがナイフや金属バットで制止しようとしたが、たちまち現われた三人組に撲り仆された。ピストルを抜いた男には、自動小銃の連射が浴びせられて仆れた。それを見た人たちはゴッタになって逃げ惑い、何とかこの町から逃げようとする人たちと、逆に騒ぎを聞きつけて外の町から乱入してくる野次馬の群集たちとで大混乱になり、暗闇が人々を野性に戻し、そこでも女の悲鳴と怒号が渦巻き、それがさらに人々の理性を失わせた。

歌踊町の交番に当直で詰めていた一五人の警官は、停電になるとすぐに巡回パトロールに出ようとした瞬間、いきなり暗がりからダダダと自動小銃の掃射を受けた。

弾は警官には当たらず、ガラス戸、窓、天井、壁に命中して派手な音をたて破片をまき散らした。外に駐車してあったパトカーもガラスを割られ、タイヤを射たれた。警官たちは床に伏せ、机を仆して楯としピストルで応戦しようとした。その時、交番内に数発の催涙弾が打ちこまれて白煙が充満した。一発は拾って外に投げ返したものの、応射どころではなくなり、交番の裏出口に脱出しようとし、電話で救援を求めた。

変電所の調査に向かっていた五人の警官たちは、近くの消火器を持ってきて消火に当たっていたが、銃声を聞き走って帰ってきたものの、暗さで白煙に気付くのが送れ、ガスを吸いこんでしまった。もうその時には銃声は止んでいた。

　同じ時刻、カム劇場前の広場では、青年数人が中核青と書いたヘルメットにサングラスと手拭いのマスクで顔をかくし、軍手をつけて携帯マイクで喚いていた。他の者は自動小銃を構えている。

「諸君！　我々ハー、中核青年革命同盟であるウー。只今アー、汚濁政治ノー、権力の手先の犬どもオー、襲撃したアー。警察ハー、我々に降伏しテー、一人も出てこられないイー」

　ここで一人が銃を空に向けてダダダと数発連射した。

「諸君！　この町ワー、権力の犬共にー、守られたー、虚栄・頽廃のー、町であるウー。我々ハー、この町をー、粉砕してエー、鉄槌を下したアー。諸君！　今こそー、我々と共にイー、戦おうー。中核青年革命同盟、バンザーイ」

　喚き終わると、彼らはサッと暗い横丁に消えた。しばらくして、やっと防弾チョッキにガスマスクの機動隊と警察、停電復旧の電力会社の車の群がサイレンを響かせ、救急車とマスコミの中継車を随えて到着した。

　その夜、一部の新聞・テレビ局には中核青の名で、声明文がファックスで送られていた。

「我々中核青年革命同盟は、今夜、金宝国第一の不夜城、堕落の町、歌踊町で権力の犬ども警察に鉄槌を下し、大勝利した。我々はこの大成功を踏まえ、近く一斉に革命に向け蜂起するであろう。中核青万歳」

　その後の警察の調査で、変電所を爆破した火薬は、略称「コンポジション4」と呼ばれる軍用品ではなく、綿火薬を主体とし、少量のエチルアルコール・ジエチルエーテル・ジニトロトルエン・硫酸カリウム・ジフェルアミン等を加えて練りあげたものを使用したらしいという分析結果が判明した。

　最近の中核派のロケット発射薬には同じ系統の材料が使用されており、この点でも彼らの犯行が連想された。

　また、先週の防衛隊捜査の際、陸幕調査課から聞きこんだ不確実断片情報があり（その時には単なる噂として捨てられていた情報ではあったが）、中核派は最近の勢力減衰を防ぐために軽信という革命夢想家を通してイスラム過激派と結び、国内の暴力団に麻薬ルートを紹介することによって新たに自動小銃や催涙ガス等を入手し、再び武力闘争路線に転換するかもしれない、というものがあった。

　この不確実情報は、出先がサウディアラビアに派遣されている駐在武官からの噂で、確度は低いという話であったが、実は案外正鵠を射ていたのではないか、ということになり、警察と公安は何も出て来ない防衛隊の探索人員を、しばらくの間だけ大幅に削減して、全力をあげて御宿事件の解明に当たることになった。

　また、官邸は、首都で堂々とこのような事件が起きるのはまさに由々しき事態であり、一日も早く馬鹿者どもを探し出せ、万一迷宮入りなどとなったら責任者は馘首だぞ、と申し渡した。

　マスコミは大喜びで、連日、御宿地区に入り、被害商店の取材、目撃者談話、浮浪者の聞き取り、交番取材、現場中継と水を得た魚のように動き回った。

　歌踊町のいたる所に「調査中立入禁止」のテープが張られ、この町に巣くう暴力団と不法滞在外国人は一斉に姿を消し、一挙に犯罪発生率はゼロの町となった。

　ＫＥＲＡ事件はもとより、戦車誤射事件までもが遠くに霞んでしまった。


　それから二日後の夜、南赤山一丁目にある深田邸を大沢代議士と四星重工の大江会長が訪れていた。家の中全体にエアコンが程よく機能している。

　大江会長の報告を受けた深田老は少し首をかしげた。

「ホウ、するとKERAでマスコミと公安が三谷に集まり、身動きのとれなくなった原たちが誤射事件と停電騒ぎを起こした、ということじゃな」

大沢が追従した。

「そうです。（連中も）なかなかやるもんですなあ。……さすが大江さんのルートで選んだだけのことはありますな」

「いやいや、それ程のことは……。ま、一応、今のところは火の粉は払えたらしい」

しかし、深田は目をギョロリとむいて大沢を見た。

「君はその男を一度呼んで、飯でも食って、人物をよく見極めておいた方が好え。……どうも防衛隊の兵隊にしては、少し出来すぎのようじゃの……。なかなか肝の据わったことをしよる」

大沢は了承し、食事には大江会長も同席して欲しい、と言った。老人は準備状況を質し、大江が答えた。

「今のところ順調のようでございます。FOXの調査も終わり、発動後の手順も終了、現在は必要な部隊指揮官の人事異動、制圧部隊の訓練、車輌等装備品の準備、それと発動後の各地方部隊幹部への根回しを行なっているそうです。彼らが求めておりました新政府の政策につきましても、すでに大沢先生から頂いて彼らに渡してありますし、発動後の米国政府への斡旋も、深田先生に申し上げた通りでございます。この分では多分九月を待たず、当初の七月一杯の線で行けるかも知れません」

大沢がちょっと口を挟んだ。

「カモフラージュ作戦は成功したようだが、僕にはどうもリークが気になるな。一昨日、渡辺議員に会った時にちょっとひっかかるものを感じた。実行は急がせた方が好いね」

深田も同調した。

「そうじゃ。それが好え。米政権中枢にはそれとなく、すでに手は打ってある。……それで万一、事が洩れて警察に捕まったりすれば、儂らも困ったことになる。……ナニ、頭さえ逃がさなきゃ、尻尾が網の外でも大したことは出来ん。……一〇〇%の完全準備など古今東西できた例はないわ。蹶起して頭さえ押さえれば、後は儂たちが手を打つ。早急にやらせてくれ。その日が決まったらすぐ教えてもらおう。色々やっておくことがある」

帰りの車の中で、二人はそれぞれ、老人が洩らした「色々やっておくこと」の意味を考えていた。

次の日、原は伊丹顧問経由で四星重工会長・大沢代議士連名で申し出のあった陣中見舞の会食を丁重に辞退したが、同時に伊丹が持ちこんだ酒・ビール・寿しの差し入れの方は有難く受け取った。伊丹は政・財界の巨頭からの折角の申し込みであり、また彼らに直接面識を得ておくことは、独り原のみに限らず皆の将来にとっても決して悪いことではない、と熱心に誘い、広中や遠藤も一晩くらいゆっくりしては、と勧めたが原は固辞した。

戦いはすでに開始されており、同志にも（第七師団では早くも）犠牲の戦傷者も出るはずであった。

そんな時にどうして自分一人が栄達のための将来の布石を打つことができようか。……またそのことは、とりも直さず原自身を今までの陸幕長などと同様に上に厚く下に厳しい、私利優先しか考えない人間に堕落せしめることであり、まして原にとっては「死刑」になるか、晴れて青史に名をのこすかの瀬戸際ではないか、と感じたのである。

今や準備状況は、一部を残して大半が終わっていた。発動後の政策についてはまだ検討が続いていたが、当日の制圧行動部隊の指揮官を同志と交替させる人事異動もすでに発令されていた。

また、地方部隊に万が一、原たちに対抗する勢力が生まれた場合に強敵となる可能性がある北道・南州などの重火器部隊と、Ｆ15などの戦闘機部隊については、当該兵力の一部移動及び関係各地区の弾火薬庫の保管数量を一時的に少なくしておく対策も講じていた。

これらの部隊移動については、ロシアの極東兵力の弱体化に伴い、北道から南州に移動させるという名目であり、弾薬はロシアのウラジボストックなどの弾火薬庫大爆発事故を奇貨として、技術部の担当者から施設部と補給部に根回しして、最優先工事として弾薬の静電気対策工事を申請させたものであった。事故を恐れる各地方部隊の長は、原が防衛部の予算を一部組み替えて回してもよい、というと、先を争って工事準備の尻を叩いてくれた。

一方、海幕防衛部の赤松は、原が正式に依頼した弾薬輸送用の補給艦の一時供与の申請について、陸海協力の緊密さを示すものだと上司に進言し、横佐湾の防衛艦隊司令部首席幕僚の大川大佐の快諾を得て、補給艦二隻ずつを北道・南州に緊急に回航させ、かつその護衛を兼ねて北道には第一護衛隊群六隻、南州には第二護衛隊群六隻がそれぞれ訓練しつつ横佐湾まで回航、弾薬庫の工事終了までそのまま補給整備で待機をする命令を出してくれた。

但し、補給艦の燃料費は陸から海に予算の付け替えをする約束で、陸の経理部長も了承していた。

原の部隊移動の計画は、第七師団の戦車一ヶ中隊と相牛の第一二戦車大隊の戦車一ヶ中隊を南州に編成替するもので、内局と陸幕長から許可を得ることができた。

最初、内局は南州への戦力配置替えは、南占幸国と中国を刺戟するのではないか、とビビッタが、原は伊丹経由で大沢議員らの族議員を動かし、詳細な戦力バランス説明と、中国・南占幸国の領空・領海侵犯例を実績表を提示して内局を黙らせた。

また、空の広中少将も防衛部長を説得し、陸の新配備に協力するとして、四沢のＦ15戦闘機三〇機を南州に移動させる案に許可を得た。

陸・海・空とも、その時期は夏休みを利用して家族移動が容易にできるように（子供の転校・本人の休暇)、七月中旬(日時は後令する)として準備作業にかかるように予令(よれい)された。

さらに深田・大沢たちも、原たちを側面支援するために手を打った。

一つはマスコミのあまりにも傍若無人(ぼうじゃくぶじん)の取材マナーを規制する「法律」とまでは言わないが、現行の各社自主規制のような甘いものではなく、強制力を伴う省令・規制の網をかぶせられないか、特に単なる推測で書きまくる週刊誌が怪(け)しからん、という運動で、これには汚職で散々(さんざん)痛めつけられたファミリー党議員が大賛成で、新しく有志市民の会事務局を作り、まず関東地区でマスコミから不当な取材を受けた被害者は連絡して下さい、というキャンペーンを始め、各新聞社・テレビ局・雑誌社に裏付け取材の徹底化を申し入れた。

今一つは警察・公安に対するもので、現場捜査員の交際費・旅費・交通費・食料費・消耗品費・燃料代・謝金などが国から認められている予算を勝手に流用して使用している、として捜査員全員が過去三ヶ月間に使用した明細を文書に書いて提出し、内部監査を受けよ、という面倒な命令で、さらにもう一つ、国家公安委員会からの命令で、最近の新型犯罪増加に伴い、捜査員全員のリフレッシュを行なって質の向上をはかれ、というものであった。

そのため全員が交替しながら警察学校に宿泊し、三日間の講習を受けねばならぬこととなり、現場からは「仕事が中断してしまう」「人間をひき抜かれて満足な仕事ができない」「全部、自腹の手弁当ではとても働けない」「一体、上の幹部は何を考えているんだ」などの怨嗟(えんさ)の大合唱が起こって機能は低下した。

原たちは政策研究についても勉強会を始めていた。大沢たちのくれた政策書は捨てていたが、いざ自分たちで研究するとなると、すればするほどよく分からなくなった。しかし、これでは間に合わない、として次の基本方針で進むことに決めた。

政策研究の基本方針

一、基本事項
(1)平和・自由・生活の向上・誇り・教育。
(2)侵略戦争を止めた我が国に領土の拡大は無い。
(3)世界的に人工は急増しつつある。
(4)世界的に食料は急増できない。
(5)世界的に原油・鉄・アルミ・レアメタル等の資源が急減する。
(6)世界的に軍事力の行使が行なわれている。
(7)世界的に大量生産・低加工技術は後進国に移行している。

一、軍政で発表する政策は、法体系のバランスのとれたものには捕われない。現在の我が国で少しでも不合理と思われる欠点があれば、事の大小を問わず、一局面だけを是正する案でも構わず政策として実行するものとする。

一、完全な法体系の作成は、制圧完了後、法律の専門家を集めて審議してもらい、総選挙後の新政権で決めて貰えばよい。

一、成案の発表は、軍政布告後（一回に発表せず）五月雨方式で順次発表する。

一、いったん政策として発表したものは必ず実行する。但し、実行したものに不具合が生起した場合には可及的速やかに対応修正する。

一、政策実行に当たっては、可能な限り現在の各省庁等の組織を利用する。この場合、先方から有益な良案が提示されたら直ちに前向きの対応をとる。

以　上

(十二)　底流の渦

毎年一月一日と七月一日は、制服組にとって期待と不安・興味が錯綜する、いわゆる「気になる日」である。この日には昇任と転勤の発令が行なわれるのだ。

一般の社会とは異なり、この昇任の持つ意味は相当に大きい。それにより「幹部名簿」の一貫番号が変わり、……そのことはすなわち戦闘時に於ける指揮権継承の順位が変わることを意味しているのである。

これをさらに平たく言えば、自分が中央でどう評価されているかの順位なのであり、幹部たちにとってはとうてい無関心ではいられない。

この順位は一般には先任・後任とも呼ばれ、戦闘で次々に士官が戦傷死する場合を想定して、世界中の軍隊で行なわれている制度である。

ところが、第二次大戦後の中国は、この階級制を廃止した。人はみな平等であり、階級で差をつけるのはおかしい。軍人も共産党指導の下に、一兵士まで革命思想を持って最善を尽くせばそれで良いはずで、これこそ世界一の理想的人民軍であると大々的に喧伝し誇った。

しかし数年後、隣国ベトナムに小規模侵略戦争をしかけて敗れると、その戦訓の一つとしてやはり指揮権・序列・階級制は重要であると反省して今度は声高に言うのではなく、ひっそりと静かに列国並みの制度に戻したという実例がある。

さて、七月一日にはさきの戦車暴発事件の発表も行なわれた。原因は射撃方位盤及びコンピューターの故障のため、と訳が分かったような分からないような記者会見であった。

しかし、戦車砲には標的を目視する装置も付いており、その確認義務を、いくら煙幕展張下とはいえ怠ったとして、内藤大尉は同日付で中隊長の職を追われ、業務隊付に発令され、さらに停職一ヶ月と減給六ヶ月十分の一の重い処分を受けた。また、小津師団長と副師団長は戒告、首席参謀は減給一ヶ月十分の一、連隊長は減給二ヶ月十分の一のこちらも相当厳しい処分となった。

小津少将は、俺はあ奴のために陸幕長への道を閉ざされた。俺の目の黒いうちは絶対に昇進させてやらん、と怒り、腐ってしまった。

原は同日付で大佐に昇進した遠藤と補給課の大木大佐を、戦車中隊移動の打ち合わせのために北部方面統監部及び第七師団司令部に出張させた。

二人はその夜、秘かに首席参謀と連隊長、内藤大尉を呼び、原の謝意を伝え、参謀と連隊長に各五〇〇万円ずつを、内藤には六〇〇万円の見舞金を渡し、今しばらくの辛抱だと軽挙妄動を戒め、将来の名誉恢復と希望配置への復職を約束した。

また、首席参謀には別に四〇〇万円をトラック運転手の元曹長に渡すように依頼し、本人が希望するなら、特務少尉待遇で事務官として希望配置で採用する旨を伝えてもらうように依頼した。

さて、毎年の例で、今回の発令にも相当数の人事異動が含まれていた。移動は佐官が多く、特に首都近くや機甲師団・戦闘機部隊・艦隊幕僚や艦長が目立った。

原たちは問題もなく無事発令があって、一応一山越えた、とホッとしたが、隊内にはハテ、と首をかしげる者もいた。

「あの男は真面目な奴だったが、一年もせず転出か、何かミスでも起こしたかな……」

と彼は心の奥で呟いて発令電報綴りを見ていたが、突然ハッとした顔になり、立ち上がって人事関係戸棚から、一年半前からの発令簿を数冊抜き出して調べ始め、メモをとった。

彼の机は庁舎C棟と呼ばれる建物内の内局にあった。内局でも彼の部屋は隔離されていて、その部屋のドアは二四時間施錠されている。入口には、

「調査一課・二課

これより内部には許可なき者の入室を禁じます。御用の方はこのインターホンで呼んで下さい」

と書いた貼り紙があり、壁に電話器がある。少し離れて部員専用の暗号番号押し器とカード確認器があり、監視カメラが見ている。

部屋に入るとズラリと机が並び、パソコンが置いてある。壁は資料書庫が占領し、見た目にはごく普通の事務室である。

彼は防衛隊大学の○期であったが、大佐時代に健康を害し、制服を辞めて文官になっていた。彼の博識・語学力・人柄の温厚さが惜しまれて、戦術・兵器・情報の担当班長（少将待遇）となったのである。

国会が開かれる時には政府委員の一人として大臣について行く場合もある。面長で優しい目を持つ。痩せて背は高い方。何となく象を連想させる、如何にも温厚篤実な人物であった。

情報を担当する彼のところにも、当然、隊内に不穏な動きをする危険分子がいるらしい、充分注意せよ、との連絡が回ってきていた。

新谷班長は各幕の人事課長に電話をかけ、メモした人間の名前を告げ、「ちょっと知ってる人なんで」と人事内容について洩らせないことはよく分かっていますが、と丁寧に断わった上で、今回の早い異動に何か特別な理由があったのか、と尋ねた。陸と海は何となく口が重かったが、空だけは人事部長が出て無沙汰の挨拶をした後、一人一人明確な理由を述べた。

F15の編隊長として勤めたが、軽いトラブルで歯を悪くしたので、しばらく陸上勤務につきたい、……単身赴任だが妻が病気になり幼児もいるので、しばらく面倒をみてやりたい……、来年CS（シーエス）コース（将官に出世するために不可欠の幹部学校の課程のことで、数日間に及ぶ難しい選抜試験がある）を受験したいので、勉強できる時間的余裕のあるポストに移りたい、などである。

新谷班長は成る程、と相槌を打ち、礼を言って電話を切った。

不穏な動き注意警報とは別に、彼のところには回覧資料として各幕の最近の訓練情況についての報告も来ていた。

それによると、KERA事件以来、精神教育を徹底せよとの通達を受け、各部隊とも精神訓話の時間が増え、また実弾射撃訓練を行なって緊張感向上に成果をあげている旨の報告もあった。また、最近のテロ警戒対策の一環として、小型車輌による市内走行訓練をなるべく市民の通行を邪魔しない時間帯に実施したとの報告もあった。これらの部隊は首都近辺の部隊に多く、しかも今回の人事異動の多かった部隊とピタリと一致した。

新谷班長はしばらく呆然としていたが、やがて頭を一つ振って空想を追い出すと、また何事もなかったように事務に戻った。

七月四日㈮、旭日（きょくじつ）新聞の秋山デスクは珍しく渋面（じゅうめん）でパイプをくわえていた。工藤代理は外出していない。

ギリシャ彫刻に似た広い、少し傾斜した額と高い鼻梁（びりょう）がちょっと金宝人ばなれしている。指には目立つ指輪、洒落（しゃれ）たネクタイと薄いカラーシャツ……このあたりがマダムキラーたる所以（ゆえん）か、と思いながら、フクちゃんこと安藤茂記者は、原稿の修正を待ちながら眺めている。

「お前さんに黙っていて悪かったがね……」

と、秋山は原稿を持ったまま座り直して低い声で、相変わらずヨソを見ながら話しだした。

「実は一向に変化が見えないんで、友達の興信所の社長に、原少将の尾行を依頼したんだよ。……結果は見事大失敗。いや尾行そのものは易しかったそうだ。

第一日目は朝、官舎を出て真っ直ぐ隊内。帰りも次の朝も同じ。ところが、二日目の夕方は送迎車でなく徒歩で隊内を出たそうだ。別に後ろを警戒するでもなく歩いて行く。間もなくスイと横路に折れたので、尾行者は仲間の車に合図して、自分も小走りに車道を渡って横路に入ろうとすると、角に、

『この道は通り抜けできません。迂回して下さい』

と書いた案内板があって、傍にエプロン姿の、買物にでも出かける恰好の若い主婦が人待ち顔に立っていた、というんだ。ジロジロ不審気に見られて声をかけられた。

『すみません。今何時でしょう。お友達を待ってるんですけど……』

時計を見て時刻を答えると、

『まあ、そんな、遅いわねえ』

すでに原少将の姿はない。思わずキョロキョロすると、

『どなたかお探しですか』と宣う。

『いや、ちょっと。……実は今ここを通って行った人が友達に似ていたので声をかけようと追って来たんですが、どの家に入ったか御存知ありませんか』と問うと、

『ああ、あの方。……あまりお見かけしない方でしたけれど、私見てなかったので……』

頭にきた調査員は、少し離れて待っていた尾行車に戻り、念のためにその場所の戸別表示地図を調べた。結果は特に不審な家もなく、もちろん通り抜けできることも分かった。

二人はすぐに車で侵入したが何と、通り抜け不可の立札も、女の姿も、そして少し先に道半分を

ふさいで駐車していた赤い乗用車も消えていた。もちろん、あたり一帯を走り回ったが、何も見つけられなかったそうだ」

「ハハア、まるで小説か映画ですね」

と安藤はニヤニヤした。秋山はジロリと一瞥をくれた。

「ニヤつくな。お前さん、まだ続きがある。……そこで調査員たちは事務所に帰ったんだが、どうも逆に尾行されたらしい、と社長に報告したそうだ。

帰る途中、一台の赤い車がついて来たので、念のためちょっと振り切るように走ると消えたそうだ。

それで帰ってきて事務所前の駐車場に車を入れ、建物に入ろうとした時、例の赤い車がゆっくりと通過して行ったというんだな。飛び出した調査員が車の番号を記憶して問い合わせたんだが、その番号は現在は廃車で使われていないということが分かった。

さらにもう一つ、明日は確実に捕まえようと打ち合わせして帰ろうと社長が車に乗ったら何と、パンクしていた。

他の車は、と調べてみると、三台ともやられていたそうだ。しかも後から分かったんだが、二、三人の男女が近所で興信所の人数や評判を聞いて行ったという。その上にだ、次の日の朝、無言電話が一〇回もあった」

「…………」

「社長は、『秋山さん、これは明らかに警告です。悪いが中止させて頂きます』と逃げたよ」

秋山は目顔でどう思うか、と尋ねた。

「臭いますね。やはり黒幕はあの人ですか」

と答えながら安藤は、近い将来、自分の義父になるはずの、威厳のある、鋭いがきれいに澄んだ目を持つ男を思った。

秋山は冷静に、

「少なくとも、その一人ではあるな」

と訂正した。安藤が質問した。

「それで黙って止めさせたんですか」

「そう、中止した。相手が防衛隊のプロ情報員じゃ、生半(なまなか)の興信所じゃ歯がたたん。……下手に強行すれば、今度は交通事故か事務所焼き打ちをされるかもしれん。主婦の浮気調査とは訳が違う」

「デスク、僕の方も駄目ですよ。あの人は忙しい、ということ以外、何も分かりません。この間、珍しく家にいたんで、食事の時ビールをすすめてKERAや戦車暴発を持ち出して当たってみたんですが、まるで駄目。我々軍人は政治に関与せず、黙々と訓練に励むことが肝要(かんよう)なんだよと、公式論しか出てきません。

奥さんも、安藤さん、宅は昔から忙しい、忙しいの連続で、下手に家でゴロゴロされると困ってしまいますわ。それに時々お土産を持って帰るから、忙しい方が気楽で好いわ、という始末です」

「原少将は、銀座あたりに出ることはないのか」

「いえ、全然。メーカーとのお交際(つきあい)に出るくらいです」

「フーン、詰まらない男だな」と酒を好む秋山はケチをつけた。

「お馬さんやカードはどうかね（競馬やギャンブルの意）」

「それも全然。賭けごとはもちろん、麻雀もやりません。碁を少々と自分で汗を流すスポーツは好きなようですが……」

「さあ、この堅物(かたぶつ)、どう料理するかだな」

秋山は視線を安藤に戻し、パイプに葉を詰めて火をつけた。甘い、紫の感じがする香りがうっすらと拡がる。

「デスク、さっきの興信所の話を、名前を伏せて面白おかしく流してみたらどうですか。何か防衛隊が反応して動くかも知れません」

「お前さん」とほんの少し秋山は凄んだ。

「私の友人の社長と言ったろ。……逆に尾行されてこちらの身許は全部、先様に知れてるんだぞ。事務所にまだ人がいるのに、気づかれないように音もたてないでタイヤの空気を抜いて行く連中だ。発表なんかしてみろ。報復されて興信所は全滅。下手をすれば依頼者の名も吐かされる。俺は一生、社長に恨まれて、俺の私生活の有ること無いことリークされるし、あるいは俺が突然、電車に飛びこまされるかも知れんわ」

「………」

安藤は心の中で微苦笑を浮かべた。

やがて秋山はポツリと言った。

「それでお前さん、どうなんだ。……その娘さんと結婚するのか」

「ハイ、正式に婚約しました。一応、今年の秋には結婚と思っています」

言いながらフクちゃんは、胸のポケットから定期入れを取り出した。二つに開いて内側に入れてある許嫁の写真を見せる。

「首都大学医学部の卒業で今、大手病院に勤めています。頭も良いし英語も充分、意外に淑やかで健康。その上に生活態度も派手じゃありません。別に父親と結婚するんじゃないですからねえ。……僕は原少将のことは割りきって考えています」

「フム」と秋山は頷いて定期入れを返した。

「仲々好い娘だ、大事にやれよ。……だがな、お前さんには悪いが、思いきって公安にでも流してみるか……。『噂として囁かれている人物』……というわけだ。……それで興信所のことは伏せて……いいか誰にも言うんじゃないぞ。取材源は秘密だ。

担当は公安詰めの間島にやらせよう。お前さんは顔が利くまい。それで交換条件として、この間の大停電の中核派の情報をもらってこい。間島にくっ付いて、よく相手の顔色を見てるんだぞ」

と尻を叩いた。安藤が戻ってきて報告した。

「間島さんは今日は都合が悪いそうで、明日一一時に行きます」

安藤は心の中で思った。俺はあの人の父親を売ってるんだが、貴子さんは理解してくれるだろうか、と。

しかし一方では、スクープを予感した功名心も燃えてきていた。だが、やはり何となく後ろめたい気がして、とても晴々として立ち向かう、というわけにはいかなかった。仕方ない、このことは一生の秘密として墓場まで持って行こう、その分あの人を大事にして上げればいいんだ……。

一方、この興信所の尾行の件は、原の側にも報告されていた。松本大佐（彼も一日付で昇任していた）は、状況から見て警察・公安ではなく、警告を与えておいたから再び来ることはないと思うが、尾行依頼者の背景が分からないし、なぜ部長をマークしたのかが不明なので、しばらく目立った動きは控えた方がよい、と進言した。

原は広中と相談して、町ヶ谷会館を借り上げる大規模図上演習をキャンセルして、四日五日と二日間、センターで小規模なものを分科会的に行なった。当然、細かい点で多くの齟齬が生じたが仕方なかった。

伊丹は最近、センターへの出入りを止めていた。これは原の要望で決まったことで、連絡は電話かFAX、または遠藤大佐が四星重工クラブ等に出向いて話すという形になっていた。また、原は少し前から遠藤を詰め切り作業終了と称して隊内勤務に戻し、広中も大月少佐を戻した。

ある日、伊丹は遠藤の大佐昇進祝いを兼ねて食事を共にした。遠藤は、ちょっと照れ気味に「お陰様で」とニッコリしたが、話が準備状況は？　政策はあれで良かったが、という話になると、ハイ九〇％は終わりました、と答えながらも、無意識にその視線を外らしたのである。伊丹は不審を感じた。

「九〇％というと、作戦の後の手順や政策も終わったわけですね」

「ハイ、部長も政策が来た、と喜んでおられましたから。……ただ、自分はその担当ではないのでよく分かりませんが……、多少は何かつけ加えられるのかも知れません」

洋の東西を問わず、一般的に「軍人は嘘が吐けない」。民間会社や普通の官僚の間・一般のサラリーマンは色々と配慮し、慎重に相手の発言の裏を読んでから自分の意見を言うが、軍人（除将官及び情報部）は、「ああそうですか」と簡単なものである。

中には「軍人は単細胞で愚か」と笑う人もいるが、これは敵と射ち合い、生命の危険を賭けて戦友たちと協力するために自然に生まれてきた軍人特有の性格で、必須特性の一つなのである。

第一、国民を守るために生命まで省みずに闘う軍人に対して、その国民が嘘を言って騙すはずがないではないか、というわけである。

伊丹から見れば、遠藤はまだ若い。自分の意に染まぬ答えを口にせざるを得なくなった時に、彼は無意識に少し硬くなり、目をそらせたのであろう。

伊丹はそれ以上の追及をするのを止めた。問題点が政策の変更に関係することと、準備状況が九〇％まで完了したことが分かった以上、今日のところは充分で、変更についてはまた、次の機会に別の方向から探ればよい。……それに変更といっても政治・経済・法律に疎い軍人に、こちらが大騒ぎするほどの大修正ができるはずがないではないか、と伊丹は踏んだ。

しかし、これは彼の誤りであった。彼が原たちのとり得るあらゆる可能性と能力についてこれを適正に評価せず、単に自分の持つ経験のそれにひき較べて、彼らのとり得る可能行動の範囲を自分の枠内に限定するという作戦上の基本的ミスを犯したのである。

七月四日㊎、伊丹顧問は大江会長の昼食後にまた伺候して、準備状況と政策の一部に多少の変更があるとの報告を行なった。

「分かりました。今の時点で九〇%の進捗なら充分ですよ。それに政策に多少の修正・追加があるのは当然ですよ。それでまだX日は決まっていないわけですね」

「ハイ、近いうちとは思いますが、X日まではちょっと。……」

「分かりました。今夜にでもさっそく、大沢先生に報告しておきましょう。……ところで、ちょっと教えてほしいんですが、最近米軍の再編成・再配備ということが言われていますが、これはロシアが弱体化してEU駐在兵力が不要になったことやイラク・アフガニスタン、それから中国を睨んだ布石ということですか」

伊丹は会長の思わぬ質問に緊張した。米軍再編の話は先日、伊丹が訪問したロックウェル大将から耳打ちされた話で、金宝国ではまだ誰も知っている者はいないと思っていたのである。

伊丹は会長が真面目に彼の見解を求めているのだということを感じた。彼の心に野心が湧いた。よし、この得難いチャンスを逃してはならない。腰を据えて我輩の戦略論を会長に披露し、新政権での国防大臣のポストを確実にしてやろう……。伊丹は舌を湿らせた。

「ハイ会長、この再編問題は一般にはまだ知られておりませんが、事実でございます。その理由も、今会長の仰言った二つの理由が根本にあると思われます。……

ただ私は、この問題には三つの要素があると考えております。

第一は、この再編は決して我が国やアジア中東諸国のためなどではなく、あくまでもアメリカ自身のためであります。太平洋を自国の自由水域と考える米国は、金宝国―美国島―フィリピン―インド洋に至る列島線を米国防衛の第一線と考えており、この戦略思想に変化はございません。

第二は、戦術思想の変化に伴う戦略の修正であります。第二次大戦後、世界に続いてきました戦術思想は、まず制空権の確保、次に制海権を確保してから空爆により敵の主要戦力を叩き、最後に海兵隊・陸軍が侵攻占領するというパターンでありました。

ところが、先の湾岸戦争で見られましたように、戦いの様相が大きく変化しました。イラク軍は従来の戦術……これはロシアの軍事顧問団の指示によるものでしょうが……第一線に戦車・火砲を配備して米軍を迎えました。ところが、新戦術思想に基づく米軍は、厖大な数のミサイルを放って敵の首都・戦略拠点を叩いて軍の戦意を失わせ、ほとんど兵を損することなくクウェートを恢復しました。

今回の再編もこの新戦術に則ったもので、兵の損耗を重視する米軍は、近い将来はロボット化、人口頭脳化まで進めるでありましょう。

つまり現在世界に配備してある陸上・空軍兵力も高価な駐留経費を払い、真っ先に攻撃される危険を侵して駐留させる必要性がなくなったということで、グアム島アプラ軍港に原子力ミサイル潜水艦数隻を配し、横佐湾に空母・イージス艦隊を置けば、北占幸国・中国に対しては充分で、現在駐留している海兵隊やヘリ部隊・陸軍部隊も住民の反対感情等を考えれば撤退させてもよいと考えているのでしょう。

現にグアムには緊急時に人間さえ急派すれば、直ちに所要の装備が揃うモスポールされた補給艦が配備されてあります。

第三は、この再編に対する我が国の戦略をどう考えるかでございます。

一番目はこの機会に沖縄その他から海兵隊・陸軍基地・ヘリ部隊の撤退を求めることでしょう。緊急時に再配備できる方策さえ残しておけば、両国にとってメリットになります。

二番目は現在の我が軍の改編であります。ご承知の如く現時点での我が軍は、戦略的にはミサイル攻撃・防御・原爆・侵攻は米国に任せ、自国防衛も米軍と協力して補助的地位を守るということで、戦術的にはほとんど進歩しておりません。

我が国もミサイル防衛及び攻撃（反撃）システムを持ち、太洋を航行し得る護送船団用の小型空母を持ち、敵基地を偵察し叩ける航空勢力を保有することが必要で、おそらく常備兵力は四〇万から四五万、予算は毎年一〇兆から一二兆くらいは必要となるかもしれません。

もちろん、この再編をどう考えるかは軍事政権ではなく、総選挙で選ばれる新民主政権のお決めになることでございます」

「フーン」と会長は溜息をついた。だが彼は、

「なる程、さすがに専門家の見方は違うものだね」

と言っただけで、伊丹の戦略論には口を挟まず、時計を見て、「では、これで」と彼を去らせた。

顧問室で伊丹は、大江会長がどう評価したのかしばらく思い悩んだ。

その夜、四星重工の大江会長から話を聞いた大沢代議士は修正を是（ぜ）とした。

「分かりました。好いでしょう。あの人たちにも当然やりたいことがあるでしょう。多少の修正・追加は当たり前ですよ。それではまだX（エックス）日は決まっていない、ということですね」

さらに大沢からの電話報告を受けた深田老は、次の月曜日から保有している株を二、三万株ずつ小出しに売り始め、その代金や手持ちの現金・預金をUSドルに交換を始めた。

一方、深田老からの報告を聞いたカーライルは、直ちに暗号で組織のファナード長官に私信を緊

急メールで送信した。同時に彼は今までの経過資料を持ってダグラスと共に、横山基地からファナードCIA長官が手配した便で深夜、渡米して行った。当然のことながら、金宝国の出入国管理部はこのことを全く知らなかった。

大沢代議士も独自に株の処分を始めた。証券会社の顧客係が「先生、何か良い情報があるんですか。ぜひ私にも教えて下さいよ」とねだったが、ナニ選挙資金だよ、と躱された。深田老から耳打ちされた四井物産・笹山・沼田も、それぞれの工夫で財産保全を始め、もちろん大江会長も会社ぐるみの操作を始めていた。

また、海外からはモルガン証券が、それまでの買い方資金を引き揚げ、保有株の売りと金宝円売りUSドル買いを始めた。

七月八日㈫、在金宝アメリカ大使館から一通のFAX暗号電報が、ワシントン・ラングレーのCIA東アジア分析室に電送された。

この通信は、「不確実の未確認情報ではあるが」金宝国の公安関係者から得られた情報として、同国陸軍にクーデターを意図すると疑われる不穏な空気があり、近く本格的な事実確認の調査が開始される、と報告していた。

この電報は、即日CIAのファナード長官自身によってホワイトハウスの大統領に報告された（長官は先日カーライルがもたらした情報については、組織のリチャード会長に話しただけで、大統領には黙っていたのである）。

大統領は四時間後に、

国家安全保障会議議長

首席大統領補佐官

国務長官
極東問題外交委員カールソン下院議員
CIA長官
ロックウェル陸軍参謀総長
を召集して、この問題を討議した。その要点は次の通りであった。

一、状況分析

(1)、公安情報によると、金宝国陸軍主導によるクーデターが近く発生する可能性があるが、警察などもまだ確実な事実は持っていない。

(2)、現在金宝陸軍・空軍は極東ロシア軍の戦力減少に伴い、戦力バランスとして一部の第一線兵力を南州に移動する予定がある。その他の陸・海・空三軍の部隊行動に異状は認められない。

(3)、周辺諸国には特に動きはない。

(4)、公安・警察ともに正式に事実確認に着手する予定なので、近日中に結果が判明するであろう。

一、判断（考察）

(1)、陸軍の目的は政界浄化を意図（いと）するものと考えられる。他のアジア諸国の軍隊に比して、彼らは清潔（クリーン）であり、また彼らの緻密（ちみつ）さからすれば、もし事実だとすれば、クーデターが成功する確率は極めて高い。

(2)、軍事政権が出現した場合、米国にとって以下の利害が生ずるであろう。

(a)、現金宝軍は極めて親米的であるので、在金宝米軍・米国人に敵対行動をとることは考えにくい。従って我が国防衛の再編計画にも支障はないであろう（場合によっては外務省・政治家の介入がなくなるので、かえって良い結果となる）。

(b)、現在国軍と親しい政治家は、元首相の深田・大曽根及び防衛族議員の長である大沢であるが、彼らはいずれも親米派である。

(c)、現在我が国との間で問題になっている輸入規制・官僚規制・農業改革・国連軍参加等の障壁は解決できるであろう。

(d)、クーデターは我が国の国是（こくぜ）である自由・民主主義・人権擁護（ようご）に反するので、我が国はいつでも必要な時に介入できる名目を有している。

(e)、金宝国人の温順な性格からすれば、政治浄化を謂（い）う軍に対し、内乱的反対をする勢力は出ないであろう。また軍も三軍とも同じ士官学校で育っており、陸主導としても海空も反対しないであろう。

(f)、純軍事的見地からすれば万一、金宝軍が我が軍に敵対した場合にも、横佐湾在泊中の第七艦隊が制圧されなければ、三ヶ月程度で撃破が可能であるが、我が軍にも相当の被害を生ずるであろう。

(g)、軍事政権が周辺諸国の侵略に向かうことと及び原爆を持つことは考えにくいが、もし政権が長期化し、軍が自立型国防軍に成長した場合には充分あり得ることとなり、我が国にとっては必ずしも好ましいものではない。

(h)、中国・南北占幸国にとっては軍事政権の誕生は、不法占領島嶼（とうしょ）・ODAなどの削減などに関して極めて好ましからざる政権となるであろう。

(i)、経済活動分野は国内農業を除けば大きな変化はないであろう。

一、対策案

(1)、金宝国の憲法改正・不公正貿易是正・中国へのODA廃止及び高度技術の移転禁止等のためには、我々が介入してクーデターを未然に防止することは好ましくない。

但し軍政が長期化し、軍の独立・技術の振興・燃料・食料・資源の自給自足化等が為されることは我が国の国益にはならない。

従って一旦クーデターを成功させて目前の諸問題を解決させ、その上で親米政治家を支援して（軍政が長期化しないように）総選挙を経て民政に移管させるべきである。

この場合、我が国は最初から正面には出ないで、先に中国・南占幸国に批判・反対をさせ、それに従う形で介入した方が国際関係上は望ましいであろう。

(2)、直ちにラクロス人工衛星の一つを首都上空に移動させて、軍の行動を監視する。

(3)、直ちに第七艦隊を出港させ、美国島とグアム・アプラ軍港の中間点付近で洋上待機させる。また、在金宝各基地の主力航空機は、必要なものを除き沖縄基地に集結待機させる。各基地司令官には、本人だけに内密に「警報D」を発令して自隊警備の心の準備をさせる。

(4)、状況に応じ、中国・南占幸国と経済封鎖及び在外資産の凍結の検討を行ない、軍事政権が強大化するのを防ぐ。

以上

この決定の翌日、CIAの副長官とカールソン下院議員はCIAの特別機でハワイに到着、太平洋軍最高司令官と秘密会議を行ない、さらに足をのばして金宝国横山基地に到着し、金宝国の入国審査を受けることなく、窓を隠した車で米国大使館に入り、大使と極秘協議を行ない、次の日、二人は夜の特別機でワシントンに帰った。この間カールソン議員だけは、とんぼ帰りしていたカーライルの案内で「親友」の深田邸を訪れていた。

金宝国の外務省は、この二人の要人の出入国を全く知らなかった。

少し時間が戻るが、六月以降、防衛隊の実戦部隊では「精神教育」の時間が増加していた。各師団が提出する毎月の教育訓練実施報告書には、陸幕長の通達に従い、「防衛官としての心得・政治不介入の原則・時局講話等」について討論形式で隊員の自覚を促した、などと通達を着実に実施していることが書いてあった。

毎週二回から三回、小隊単位で討論会が行なわれ、時には中央からエライ人が来ることもあった。小隊長も先任下士官も熱心で、祖国を守る意味、単に金宝国の領土・人・主権を守るだけではなく、民族の文化や伝統を守ることも重要な任務であること、さらに拝金主義や政治家の汚職について、またシビリアン・コントロールと軍人の政治に関与せずの原則についても皆で考えよう、と指導した。

下士官や兵の中には我々軍人は社会批判はすべきではない、あくまで軍人は政治や内局の命令に従えばよい、と主張する者がいたが、そういう者は六月下旬頃までに色々な理由をつけて第一線部隊から他に転属させられた。

また、今までは年に二度しかなかった部隊全員の懇親会が、何かと理由をつけて月に三度も行なわれた。

そんな時は、きまって晴天の夕方で、まず午後二時頃、広い営庭に駆虫剤散布車が現われ、エンジン音を響かせながら薬液を噴霧して走り回る。目ざとい兵はそれを見て喜んだ。

「アレッ、ひょっとすると今夜、何かあるのかな」

「いやだなあ、俺はもう酒なんか飲みたくないのにさ……」

「アハハ、こ奴め。命令だから仕方なく飲んでやるってかい。だったら無理していなくていいから、サッサと先任下士に外出希望を届けてこいよ」

「いや、今夜はちょっと気分が乗らん。武士は食わねど高楊枝で、あの娘に会うのは我慢しておこう」

「この嘘吐き奴！」

兵たちは何でもないことで燥ぐ。

四時半には課業止め、外出員外出用意となる。だが希望者は普段の四分の一もいない。やがて、

「本日の夕食は野外食。各班給食作業員は烹炊所に集合」

と号令がかかり、いつもは指名されなければ集まらない作業員が、「ハイ、自分が行きます」と手を上げて、ニコニコして出かけて行った。食堂での給食は各人ごとのプレートで行なわれるが、この時はアルミ製の「バッカン」と呼ばれる四角い大型容器に入れられ、中隊・小隊・分隊ナンバーが書かれたものを手で下げてくる。

五時過ぎには各小隊ごとに三〇～四〇人くらいずつが車座になって腰を下ろし、小隊長の乾盃で飲み始める。酒は冷やのままで、ビールは冷却が間に合わないので大バケツの氷を砕いて各自の紙コップに入れ、冷やしながら飲んだ。

料理は通常の一人一枚のプレートに加えて、紙の皿に鶏肉の唐揚げ、小エビの天麩羅、レバーのタレ焼き、茄子とピーマンと肉の味噌味油炒め、卵焼き、キャベツの千切り、トマト、肉ジャガ等を好みでとることができる。酒よりも食い気の若い兵は喜んだ。

「我隊の補給長はエライ。こんな旨い料理や酒まで工夫して出してくれる」

と兵が嬉しそうに言うと、先任曹長が、

「馬鹿、いくら補給長や烹炊員長の腕が良くても、ケチな大蔵省や頭の固い内局のお仕着せで、こんなことができるか。……いいか、これは連隊長殿が、ご自分の自腹をきってお前たちのために寄附されたんだぞ。心して食べろ」

と内幕を明かした。別の下士官がひきとって、

「いや、こんなことは普通では仲々できんことだよ。……連隊長殿は、お前たちを自分の子供のように思って下さる。戦闘訓練でも見てみろ。いつもお前たちと一緒に陣頭指揮をされる。俺たちは良い連隊長殿の下にあって幸せだぞ」と諭した。

小隊長がひきとって、

「みんな、連隊長殿に乾盃！」

とコップをあげ全員が和した。次いで先任曹長が、

「名誉ある我が第〇小隊と小隊長殿に乾盃！」

と叫んでまた飲んだ。酒が回り、日常訓練の辛い話、イヤ昔はもっと苦しかったという懐旧談、失敗談、町の飲食店の女の子の話等々が弾むなか、必ず一度は時事問題や、今の政治家たちは汚職がひどい、金宝国のことなど全然考えていない、困ったものだ、という話題がさり気なく小隊長と先任曹長の間で論じられ、皆も聞き入った。

時が過ぎ、余興や歌が出ると、最後に連隊長が朝礼台に立って音頭をとった。

全連隊が小隊ごとに立って肩を組み、「貴様と俺とは、同期の桜……」「海行かば……」を大合唱した。何か物哀しい悲壮感、本当の戦友同士という強い連帯感が、みんなの心に自然に湧き出していた。

また、夜間の非常呼集訓練も最近多くなった。外出制限日などで夜一〇時「消灯」で寝たと思うと、一一時半頃、寝入り端を叩き起こされ、完全武装で約一時間行進したり、最近多数納入された一〇人乗りの高機動車や七三式小型トラックで深夜の首都を走り回ったりした（但し、この場合には作業服であった）。

もう一つ多くなったものに、実弾射撃訓練があった。近頃は各分隊の内務班に銃が格納してあり（弾薬は火薬庫）、射撃後の銃掃除が忙しくなった。

今までは一人一年一回～二回各一〇発くらいしか射たせてもらえなかったのに、六月だけでももう三回もあり、しかも一回に三〇～五〇発と自分の得心がいくまで射つことができて皆喜んだ。帰りのトラックの中では、銃床が当たって凝った肩を揉みながら、まだ耳がガンガンしているので大声で得点を話し合ったり、銃掃除が大変だとボヤいたりした。

さらに体験射撃として自動小銃・機関銃・バズーカ砲・迫撃砲の射ち方操法の実習、毒ガスマスク装着訓練、夜間暗視眼鏡による射撃訓練があった。

特に皆が喜んだのは自動小銃で、腰だめにして連射すると標的近くの砂がパッパッパッパッと、まるで映画のシーンのようにとび散り、自分がヒーローになった気分になった。古参兵が、

「引鉄をガク引きするな。自分の足を射った奴がいるぞ」

「引鉄は闇夜に霜が降る如く、だぞ（静かに引鉄を絞りこめ、の意）」

「自動小銃の掃射の時は、的の少し左側から射ち始めよ。発射の反動で自然に腰が回って弾丸の散布界に的が入ってくる。同様に縦射の時は少し下からだ」

「拳銃はガク引きし易い。自信のない者は、最初から銃把を両手で握って射て」

「射つ時は残弾何発と数えておけ、でないと、いいか、敵に殺されるぞ。もしそれが分からなくなった時は、自分は『アガっている』と思って、何とか落ち着きを取り戻せ」

と状況を見ながら言い聞かせた。

内務班に戻り、さっそく銃を分解し、スピンドル油で掃除しながら一人が質問した。

「小隊長殿、もし中核派が銃を盗みに来たら射ってもいいんでありますか」

小隊長は即座に答えた。

「構わない。いくら同じ金宝人といっても、悪い奴はいる。また、いくら生まれた時から金宝国に住んでいる在金宝といっても、彼らはそれぞれの国の兵役訓練を受けてきている兵士だ。これはど

う仕様もないことなんだ。……

昔は、あくまで射つな、と言われてきたが、それは間違っている。いいか、不審者が近づいて来たら、まず相手を『誰か！』と誰何する。……名前も何も答えないで、さらに近寄ってきたら、『止まれ！　射つぞ！』と警告して銃を構えろ。もちろん、この間に時間があれば上官に報告しなければいいかん。

それでもまだ来るなら、まず足許に一発射て！　まだ来るなら足か肩か腕を狙って射て！……ただしだ、敵も武器を構えた時には遠慮なく射て、敵が射ってきて自分が殺されるまで待っていることはない」と答えた。

先任曹長が補足した。

「いいか、みんな。……俺たちは軍人であって警官じゃないんだぞ。……警官は『射つぞ』と言っても、なかなか射たない。しかし、俺たちは違うぞ。俺たちが射つ、と言ったら本当に射つ。ここが違うんだ」

小隊長がさらにつけ加えた。

「言うまでもないが、近寄ってくる者が女・子供なら、まず止めさせて両手を上に上げさせる。何も持っていないことを確認してから用件を尋ねる。出来れば射ってはいかん。格闘でやれるだろう。……

要するに、軍人は常にそれだけの覚悟を肚に持っておけ、ということだよ」

分隊編成にも多少の変更があった。現在の一班九名の通常編成に加え、通信兵がさらに一名加わり、ジープ一両、高機動車一両が配られて「テロ対策編成」と呼ばれた。全部の車輌に首都の道路地図と戸別区分図が備えられ、ジープにはカーナビが装着されて、一つの班には、必ず一名以上の首都出身者または首都居住者が配員された。

第三部

(十三) 警報・決断

七月九日(水)、内局調査課の新谷班長は、陸の原少将と空の広中少将に隊内電話をかけ、ご足労だが桜花会の幹事から連合のクラス会の提案がきているので話したいが昼食は如何ですか、と誘った。制服組にとっては内局からの提案は絶対命令に近い。二人とも即座に快諾し、午後の予定を修正した。文官の新谷に合わせて私服に着替え、正門外で待ち合わせて三谷駅近くの料理店に入った。この店は安全な店で、店内には程よいBGMが流れ、少し高級な感じなので一般のサラリーマンは少ない。

防衛隊の高級幹部には、平素からスパイについて警告されていることがある。Aの店に万一行った場合には盗聴されているから注意せよ、またBの店は某国のスパイが常連で、各種の方法で接触してくる可能性があるから注意せよ、という次第である。これらの情報は架空のものではなく実在のものである。

例えば、防衛隊が現在の新庁舎に移転する前の五本木には色々な人たちがいた。幹部が行くと昼時で店が混雑していても、別室や奥まった予約席に案内してくれる中華飯店、五本木の交差点側にあって隊内を見下ろす位置にある某高層マンションの一室には、旧ソ連の商人が高い家賃を物ともせず入室して、二〇センチの大型望遠鏡で隊を訪問する外国要人や司令官の交替等の写真や事務所内を撮っていた、という話（これに対抗して近くの事務室では、二四時間ブラインドを下ろしていた。この男はソ連崩壊で退去した。階級はKGBの大佐であったという）。

また、旧防衛隊本部に内局と通信情報センターを建て直した時、毎日、乃木坂よりのビルの非常階段から望遠カメラで写真を撮っている男がいた。調べてみると英国の商人で、先の大戦中はインドネシアのゲリラと共に旧日本軍の動勢を送信していて発見され、射たれて負傷した人物であることが分かった。彼は戦後、首都でオリンピックが開催された時には組織委員会の渉外部の通訳に採用され、東欧諸国の選手団・役員の間をとび回っていた。

写真は毎日の作業から建物の規模・部屋割り・電子器具搬入メーカー・梱包箱等々から情報能力をチェックしていたのであろう。彼も一〇年ほど前に帰国した。彼は年に一度、必ずロンドンに公称鼻炎の治療のため帰国していた。

国別としては米・英・仏・露・中・半島・イスラエル・台湾とまことに多彩である。

このような状況下でも、政治家は平和国家に秘密など存在しないと広言し、大蔵省は情報予算を削り、未だに各省庁がバラバラですぐ目の前の小情報を追っているのが実情である。

三人で食べ始めると、新谷班長はちょっと改まった。BGMで会話は他の席には聞こえない。

「食べながら聞いて下さい」

と、新谷は低い声で穏やかに話し始めた。

「原君、今日公安のルートから君の名前が上がってきました。もちろん、公安は僕の担当ではないので、僕のところに来たわけではありません。……

今朝、僕は偶然、関係班長に用があって行ったところ、彼は席空き（せきあ）で、傍の部員が『すぐ戻ります』というので、そのまま待っていました。その時、彼の机の上に他の書類で半分隠した紙があり、そこに君の名前がありました」

ガンと頭を撲られたように、原も広中も食事の手が止まり、目を見開いて新谷の目を見つめた。咄嗟のことで言葉も出ない。――（「何だって?!」「俺の名がどうして?」「新谷は何故こんな話を?」「敵なのか?」）――。瞬間、色々な感情が原の頭に閃いた。……

「僕はさり気なく用件を話し、それから君たちに連絡しました。……最初、七月一日の時点では、僕は広中君が中心だと思っていました。……この人事異動には三軍とも不自然さがあります。着任してすぐ異動というのは余り例がありません。……

理由が一番用意されていたのは広中君のところで、しかも首都周辺と地方の実戦部隊が目立ちました。君たちが仲が良いことは、同じ防大の先輩として存じています。……

もちろん、このことは内局の誰にも話していないし、今後も話すつもりは全くありません」

文官の中で暮らす新谷の物言いは優しかったが、淡々と語られる内容に二人とも圧倒されていた。広中はフム、と腕を組んでしまい、原は考えを纏めようと俯向いてしまった。

「原君、君には今日から公安と隊の二重の監視が付くと思います。……それで内局の手法としては、たとえ何の確証が得られなくても、数日のうちに、多分地方の閑職にとばされる可能性が大きいと思います。その後、何か一つでも証拠が上がれば、四矢事件のようになるでしょう。……

冷たい言い方かもしれないが、僕は今後一切、君たちには連絡しません。……

ただ僕は同じ防大出身の先輩として、君たちを信じます。たとえ君たちが何を考え、何を計画しているにせよ、その行動が私利私欲から出たものではなく、国を憂うる愛国心から発したものである、と。……そしてそのことを為すことが防大出身者として恥じるものではないこと、我々は皆その誇りを持った仲間である、ということを固く信じています。……

今日はこのことを言いたかったものですから……。細心の心配りをして、迅速に事を処して下さい。ア、君たちはゆっくりして下さい。勝手に喋ってすみませんでした」

原は新谷の目をヒタと見つめて、低いが思いをこめた声で答えた。

「先輩！　心から……心から有難うございました」

広中も「先輩！」とだけ言って頭を下げた。いやいやと小さく手を振って、新谷が立ち上がった。

広中が慌てて「ア、勘定は私が……」と請求書をとりかけたが、新谷のほうが早かった。

「いいですよ。僕が誘ったんです。ぜひ近いうちにクラス会を開きましょう」

とそこだけ少し大きい声で笑顔で出て行った。二人も店を出て御宿の方向に向かって歩いた。広中が時々、鋭い目付きで見廻したが、尾行してくる人も車もなかった。

原は俯向いて歩いていた。初夏の新緑が家々と美しく調和している風景も、目には映っているのに全く見えず、思考力が低下していた。

――（なぜ俺のことが漏れたんだ。誰かが裏切ったのか。いやそんなことはあり得ない。同じ防大の仲間が洩らすわけがない。もし不満があったとしても、蔭でコソコソ密告などしないで、堂々と面と向かって言ってくる連中だ。ウム、政治家の周辺か、あるいはこの間の興信所の線が何か動いているのか……。いずれにせよ、公安が指名してきた以上、いよいよ俺は逮捕されて死刑か……馬鹿な！　まだ決まったわけじゃないぞ。……

そうか、俺一人ということはだ、敵さんもまだ手探りの状態だということじゃないか！……新谷先輩の警告は危ういところで間に合ったんだ。ヨシ、それならまだ充分対策は取れる。指揮官たる俺が徒に右顧左眄してどうするか！　冷静に判断して準備状況はどうなんだ、……一〇〇％とはいかんだろうが、政策以外は出来ているではないか、ヨシ！）――

やっと原の目に、新緑の色彩と爽やかな微風が戻ってきた。

広中はのっしのっしと歩いていたが、原が昂然と頭をあげたのを見て話しかけた。

「新谷先輩は有難かったの……よく危ないところを教えてくれたわ。……いずれにせよ、お前がマークされたということはじゃ、儂も遠藤も時間の問題ということよ。……お互いに今が尾行のつかん最後の散歩というわけじゃ。それで今夜のセンターはどうするか」

原は松本大佐と電話で打ち合わせ、センターへの入り方を研究、さらに木・金と休暇をとってセンターに籠ることにした。二人は別れて別々に隊に帰った。

その日の夕方、まず六時に広中が公用車で御宿駅前に向かった。次いで六時半には原が出発した。二人ともそれぞれ西口地下タクシー乗場の手前で下車、車を帰して交番の裏を駅方向に歩き、ちょっと電話をかけた。広中の時には何も起きなかったが、原の場合には違った。

原は公衆電話で話しながら、何気なく交番の横を見た。白の開襟シャツに紺の背広、黒の肩かけ兼用のズックカバンを持った男が、カバンを持ちかえてちょっと中をのぞいた。原はそれを見ると髪に手をやり、別の方向を向いてさらに五秒ほど話した。終わってカードを抜くと、落ち着いた足どりで改札口の方向に向かい、約一三メートルくらい先にある地下への階段を下りた。ゆっくり原の頭が階段の壁に沈んで行く。……と、その瞬間、原は猛ダッシュで一気に階段を走り降り、左側の奥にあるデパートの食品売り場に走り込み、混雑の中をかき分け、小走りに三〇メートル向こうの上りのエスカレーターで地上に出てタクシーに飛び乗り、三谷駅まで、と命じた。

原が階段に消えると、行き交う群衆の中から屈強な二人の男たちが湧き出し、小走りに階段に近づき、原の姿が見えないので慌ててかけ降りようとしたが、途中には大型トランクを持った二人の若い娘がヨイショヨイショと登って来ていて階段をふさいでいた。止むなく男たちは数秒間、立ち止まらざるを得なかった。さらに男たちの後ろから先ほどの中高年が続いて降りて行き、娘たちは上に登って消えた。

階段の下は右手にロッカールーム、左には喫茶店と食堂が隣接し、さらに進むと右側にトイレと地下駐車場への入口が、左側にはデパートの食品売り場がある。

二人はかけ下りるとサッと右、左に分かれ、走って原の姿を探した。最後に二人はデパートの入口で夕方の混雑を見て立ち止まった。一方、中年男の方は何を食べようか、と品定めするかのように食堂のショーウインドウを眺めていた。二人の男はその後ろを通りながら携帯で、

「やられた！　見失いました」

と報告して階段を登って行き、中年男はそれを目の隅で追い、身を翻して階段に走り寄り、二人の後を追った。

男たちは交番の前を通り、ロータリーに沿って待たせてあった乗用車に乗りこんだ。

一方、中高年は交番横のバス切符売り場の傍に立っていた男四人、女二人に合図し、小走りにロータリーの手前に駐車していた三台の車に乗りこみ、男たちの車を追った。さらに途中から赤い乗用車が加わり、四台の車が前後を交替しながら尾行して行った。

原はタクシーを三谷駅手前の商店街で止め、裏路地伝いにセンターに入った。

約二時間後、松本大佐が静かに入ってきた。

「広中部長には尾行はついていません。あの後二人は部長の官舎に回り、一人は警察庁に帰りました。これはだいぶ煩くなる可能性があります」

「すると、センターへの出入りは大変だな」

「ハイ、今日は車一台と二人でしたが、明日は多分五、六人、車三台くらいで追って来るでしょう。尾行間隔も今日は一五メートルくらいでしたが、明日はもっと近づいてきます。となると、実力妨害しか方法はありません」

遠藤が腑に落ちない、という感じで聞いた。

「どうして部長一人がマークされたのかな。それに洩れたとしても、大した情報は渡っていないだろうに、その程度でそんなに大がかりにやるもんかね」

松本は少し微笑した。

「警察は俺たちをライバル視しているのさ。連中はあのM少将や海のK少佐のスパイ事件の時も、我々の目の前でこれみよがしにやったんだよ。今度も全く我々を嘗めている。……だが、今日の失敗で小馬鹿にされたわけだから、その分、反動は大きいと言える。……

それと原部長、何とも言えませんが、当然、遠藤大佐も明日か明後日くらいからは危ないんじゃないでしょうか」

遠藤がおどけながらも、ちょっと心配そうに聞いた。

「ホウ、俺もいよいよ有名人か。それでお前、警察相手に情報戦で勝てるのか」

松本大佐に、再び不敵な微笑が戻った。彼は自信をもって断言した。

「大丈夫だ。尾行・尾行妨害・センターの所在秘匿・警察情報員の武力排除・警察通信の傍受・偽瞞情報の漏洩……どれを取っても俺たちは負けはせん。……ただ時間がたつと、警察は内局に手を回して俺たちの行動を制約してくるから苦しくなるがな……」

松本は原と広中に向かって言った。

「情報戦も今の人数では限界があります。また部長と遠藤大佐の地方転勤もあり得ます」

広中がウム、と頷き、少し重々しく言った。

「なるほど程。……となると、原！」

そのまま黙ってじっと原を見つめた。原には彼の心が分かっていた。

「遠藤、全員を集めてくれ」

遠藤が各室へのマイクに集合を呼びかけた。今夜はあらかじめ暗号で手配しておいたので参加者はいつもより多く、約四〇人近くがいた。大広間に集まった者は皆、緊張して私語する者もいない。

「遠藤大佐、作戦行動を時間を追って説明してくれ」

原は今までの準備をもう一度整理してみたかった。同時にそれは交替で作業してきた者には参考になるはずである。

原は全員に必要な個所は暗号でメモするように指示した。一時間半の間、誰もお茶一杯飲む者はなかった。

説明が終わると原は立ち上がり、重々しく言った。

「皆、承知のように警察と内局の監視が俺に付いた。全員に拡がる可能性もある。幸い現在FOX1は全員在京中である。……どうだ!!」

と原は、最後の言葉に気合いをこめた。打てば響くように広中が、

「異議なし!!」

と昂然と吼えた。全員が「賛成」「異議なし」「やりましょう」と口々に叫んだ。原は手を上げて皆を制した。

「よし、みんな有難う」……

少し句切って、重々しく宣言した。

「七月一一日㈮、午前零時から八咫烏作戦第一号を発動！　第二号を七月一三日㈰、午前零時から発動する！　以上」

「乾盃しよう」と広中が言って、遠藤に「アレを出せ」と指示した。遠藤は一瞬、「ハア?」という目付きをしたが、すぐ横に走って金庫を開け、宮様の酒器をとり出した。他の数人も酒・ビールとコップを配り、一しきりざわついた。

杯が一回りすると原は、「皆、肩を組め」と言い、立って滅多に歌ったことがない彼が、「防大の校歌」、続けて「貴様と俺とは同期の桜」「海行かば水漬く屍……」を歌い、全員がそれに和した。原の目に涙が浮かんだ。遠藤が自分も涙声になって叫んだ。

「よし！　俺は戦うぞ！　警察や内局が何だ！　俺は祖国のために死ぬんだ！」

「俺もやるぞ！」

「平清維新だ！　大義に殉ずるに悔なし！」

「新生金宝のために戦おう！」

原はまた皆を抑えた。そして遠藤と大川・松本に命じて全員に一人一〇〇万円ずつを配らせ、その間に命令した。

「皆、今日は全員自宅に帰れ。一一日からは当分帰れなくなるぞ。……

それから俺は今夜から休暇をとったから、いつもここにいる。センターの電話はまだ安全だから、明日からは緊急の場合には直接ここに連絡しても良い。

遠藤は明日と明後日はセンターに寄らず真っ直ぐ家に帰れ。俺が不在となると、お前が尾行されるかもしれん。センターには一二日に入れ。もう一つ、制圧部隊の者は、明日、私服の武装護衛をつけて、それぞれの行動要領書の包みを取りに来てくれ。

FOX1の所在については、制圧の二時間前までに最終連絡をこちらからする。また、発動後の緊急事態の処理は、戦闘も含めて皆に一任する。但し絶対に負けてはならん。以上、解散」

数人ずつ目立たぬように帰って行く中で、広中は松本を呼び止めた。

「原の休暇策はどうかの」

「ハイ、自分は大変良いと思います。二、三日は内局も警察も何もできないでしょう。但し、遠藤大佐は第一課長ですから、内局調査課から事情聴取があるかも知れません」

遠藤が平然として答えた。

「俺なら大丈夫だ。原部長はお世話になった方が亡くなられたとかで、急遽、佐藤幕僚長に休暇を申請された。詳しいことは聞いていない。留守中の業務の方は、自分が代行して処理している。プライベートは何もしらん、と言うよ」

「念のために、今持っている手帳などは、ここに置いて行った方がいいな」

と松本が注意し、遠藤は素直に受けた。

「部長、仰言る通り、自分は木・金とセンターには来ません。一二日には松本に連絡して戻りますが、もし夕方七時までにセンターに入らなかった場合には自分は拘束されている、と判断して作戦を発動して下さい。ナニ、大したことはありませんよ」

松本が受けて言った。

「遠藤の件は大丈夫です。……自分の方は明日からセンター防衛とFOX1（ワン）の所在確認に全力をあげます。センターに無理な接近をする者があれば、武力制圧で各個撃破します」

原は松本らと一緒にセンターを出て、離れた公衆電話から、当然盗聴されているはずの自宅に電話をかけた。昔の大恩人が亡くなったので、急に出かけることにしたから今夜は帰れない。一三日の朝には帰るから、と言い、終わりに愛してるよ、と珍しく付け加えると、久子はオホホと笑った。


七月一一日㈮、かねて予令されていた各部隊の異動を含む作戦命令が発令され、以下の諸作業が命令された。
一、各地の主要部隊にそれぞれ一名が出張または休暇を取って八咫烏作戦の発動を伝え、協同行動をとるように同志に伝えるために出発した。
一、桐の宮殿下の水丸執事を訪問するため、遠藤大佐は松本大佐の手配で極秘に昼間、隊を抜け出し、口頭で打ち合わせを行なった（但し発動日は近日中とだけ伝え、今後一〇日間の殿下の首都不在の日を聞いた）。
一、センター警備員を、玄関前の車に二名、玄関横管理室に三名と増員し、全員の休養を取り消した。また、ベースA（アルファ）に調理員一名を増員し、センターへの給食を担当させた（市中の配食センターも利用）。
一、首都各普連・第一空挺団に五万食の携行糧食の納入を指示した（契約手続きは六月に完了済）。
一、資金一億円を現金化してセンター大金庫に保管。
一、第一空挺団のレンジャー隊員九名を即日追加派遣させてベースB（ブラボー）の松本大佐の指揮下に編入した。
一、第七師団の戦車連隊から一ヶ中隊を南州の西部方面第八師団に編成替え、一一日午前出発、一二日夕刻、練牛駐屯地着、一四日出発、同日夜、目的地着の予定を発動。
一、第一二師団の相牛原戦車大隊から一ヶ中隊を第八師団に編入。一二日午前出発、同日夕刻練牛着、一四日午前出発、同日夜、目的地着の予定を発動。
一、四沢の第三航空団からF15戦闘機三〇機及び第六高射砲群から対空ミサイル一ヶ中隊を南州築木原基地に編成替え、一二日午前出発、同日、入間原基地に到着、一四日出発、同日夜到着の予定を発動。
一、松本大佐はFOX1（ワン）の所在を正確に把握すること。
一、現在横佐湾に入港中の第一・第二護衛隊群艦艇は一四日の出港まで整備作業。

以上

七月一〇日㈭、前日の原少将の尾行に失敗した警察公安は、今夜こそ、と車五台、人員一二名を投入して挽回（ばんかい）を期していた。ところが、それは空振り（からふ）りに終わった。肝腎の原が隊から出て来ないのである。

そこで原の所在を、一一日の昼に防衛隊内局調査課に問い合わせて始めて原の休暇が判明した。

しかも内局側の担当者は、休暇情報は九日夕方に陸幕から連絡があり、翌一〇日の午前に各省庁間の文書交換システムにのせて貴庁に送りましたが、と怪訝な顔をした。

また、原の官舎の盗聴が実施されたのは九日の深夜、つまり一〇日の午前零時からで、原の電話は際どいところで盗聴を免れていたのである。警察公安の担当課長は怒った。

彼らは過去にM少将、K少佐のスパイ事件で防衛隊を出し抜いて逮捕した成功例を持つだけに、原少将への尾行失敗、所在不明には出端を挫かれ、班長・課長は面目を失った。

しかし、彼らはすぐ立ち直った。原少将を甘く見てなめてかかり、最初は班の中の一チームだけにやらせたことを反省し、一一日の午後には正式の捜査会議を開いた。席上、次の諸点が問題となった。

一、何故一〇日の午前に文書交換システムにのせて送った文書が消えたのか（発送記録はあった）。

一、原が消えたのは、警察が内局に仁義を通した、まさにその夜から所在不明になったわけで、ここに何か関連があるのか。

一、原が御宿駅で消えた方法は、一軍人がとり得る方法なのか否か。また階段の途中にいた娘二人は無関係か否か。

一、原情報を密報してきた旭日新聞がその後伝えてきた事実によると、新聞関係の興信所員が騙された横路の一件及び逆に尾行されてパンクで脅された件があるが、今回の事件に関係があるのか否か。

一、防衛隊内局によると、KERA問題以来、隊内電話の調査を実施しているが、まだ一件も該当する不審情報はないとのことであるが、これをどう考えるのか。

一、六月二九日の御宿事件も捜査は継続しているが、未だに確証が出てこない。かえって革命系左派にその力なしとする印象が強くなってくるが、これも本件と関係があるのか。

等々であった。

たちまち、全捜査員の意見は一致した。

まだ防衛隊内局は気づいていないが、これはMやKのような単純な単独犯ではあり得ない。おそらく、防衛隊の情報部も参加している政府転覆の一大陰謀ではないのか、……これは大事件だぞ、という重苦しい緊張した空気が拡がった。

今後の捜査方針として、以下の重点項目が決定された。
一、課長は警備局長に進言して、局長を長とする公安一・二・三課連合の秘密捜査本部を設置する。なお所轄の三谷署には（理由は秘して）随時必要のつど、最優先で協力させる。
一、防衛隊への情報流出を阻止する。
一、防衛隊内局の教育訓練局長に指示して（警察からの出向者）、各部隊に不穏な動きはないか、また原部長の経歴書、写真、家族友人、先輩後輩、主要部下、宗教、政治信条、女性関係、私生活、財産、趣味等々について大至急調査させ、分かった事項からでよいから報告させる。
　また、内局及び陸・海・空の首都関係の情報調査員の全氏名・写真と主要幹部の経歴書を提出させること。
一、謎の横路を含む周辺一帯をローラー作戦で精査し、原少将及び関係者のアジトを洗い出す。
一、今度原少将を発見したら、本人及び周囲にいた全員を任意出頭の名目で即時身柄確保の上、家屋は強制捜査を実施すること。
以　上
これを受けて警備局長は車輌四〇台、スワップ隊員四〇人を含む人員一七〇名の大捜査部隊を編成した。

配備は一一日夕刻から実施され、原少将・遠藤大佐の顔写真を持った捜査員たちが二名一組となって防衛隊の各出入門、及び周辺一帯の町内の要所要所と官舎周辺に張りこんだ。

一二日朝九時からは、地元交番の警官一名に捜査員二名を付けた八グループの戸別訪問チームを編成し、一軒ずつ巡回訪問をさせた。

また別働隊として、電気器具の保安確認、水道とガスの検針員（平常実施している検針員）に捜査員一名が同行、新聞・保険の勧誘・ヤクルト、物見の塔、商品のとびこみセールス等々への配員を行ない、一斉にローラー作戦を行なった。

その結果について、夕刻から右門町の三谷署で秘密報告会が行なわれた。

一、一一日、夜間の張りこみでは、両名の確認はできなかった。あるいは変装していたかも知れない。

一、一二日㈯の戸別調査の結果

留守で確認できなかった家六軒・マンション一三戸・会社事務所四三戸。居留守を使った家二軒・会社寮一軒・マンション五戸（施錠され、応答もなかったが、電力・水道メーターなどの流量計が動いていた）。

一、以上の不審家屋で、相当数の人間が潜（ひそ）むことができると考えられる家は、一戸建て二軒・寮一軒であろう。

会議は、次の方針を決定して解散した。

一、今晩も要所要所への張り込みを継続する。変装が疑われる者に対しては職務質問を行ない、少しでも疑わしい者は直ちに任意で署に連行すること。

一、一三日朝九時から不審家屋の強制捜索を行なう。令状は今夜中に本庁で用意する。執行時には総ての出入口に充分な配員を行ない、念のためスワップ隊員三〇名が同行する。

捜索順位は①会社寮、②民家の順とする。

局長は全員への訓示として、手強い相手ではあるが、所詮彼らは国法を破らんとしている犯罪容疑者にしか過ぎない。遠慮することはない、ビシビシ追求せよ。証拠などは後から精査すれば必ず発見できる、と発破をかけた。解散した後、局長・課長・班長はそのまま残って、内局に情報を流すと洩れるわけだから、逆にこれを利用して隠れている原少将を釣り上げる方法も有効ではないのか、と研究を始めていた。

一方、同じく一二日夕方、練牛等に到着した部隊は、外泊が禁止され、二二時までの制限外出となった。また練牛滞在中の指揮権は、第三二普連の大内大佐の指揮下に入ること、と示達された（空は入間原基地隊司令）。

こうして運命の七月一二日の夜は静かに更けていった。

㈤　蜂起

七月一二日㈯、二三時、第一師団の第一・三一・三二、各普連、第一空挺団及び到着していた各戦車中隊に非常呼集が下令された。日頃の訓練が物を言い、八分後には全員が武装して営庭に整列していた。次々に番号の声が響き、「第○分隊、定員□名、現在員△名、欠員×名、欠員は病欠」等が報告された。

終わると、点呼をとっていた当直将校の報告を受けた大内大佐が朝令台に立ち演説を始めた。まず彼は「休め」を令し、冷静に話しかけた。

日頃から諸子（しょし）も感じているように、遂に我が国の政治は正常に機能しなくなった。今や政治の自浄能力は失われて行政もまた汚職にまみれた。それを正すべき司法すら混乱している。三権分立の根本が失われたのである。今や祖国金宝のこの危機を救い、自由と民主主義を守れるのは、我々防衛隊だけになってしまった。……諸君は入隊時に「我が国の平和と国民の生命財産・文化を守る」と誓約している。我々にはその義務がある。……

今、我々の祖国、金宝を滅亡へと追いやっているのは外国ではなく、国内の政治屋たちである。畏（おそ）れ多いことではあるが、……「全員気をつけ！」……宮中におかせられても、我々を頼りにしている旨の御言葉を、今回桐の宮殿下を通じて下されたのである。……「休め」……

不肖（ふしょう）大内は、この殿下の御心（みこころ）を案んじ奉るために、命をなげうつ覚悟を決めた。陸幕本部の防衛部長の原少将・空の人事部長の広中少将・海の護衛艦隊司令部の中川少将、その他有志も只今、この時に、国内の敵、政治屋どもの一掃に向け立ち上がった！……

すでに我々以外にも第一空挺団・第一普連・第三二普連・第七師団・第六師団・第四・第八師団、防衛艦隊第一・第二護衛隊群・ならびに万年・四沢・入間原各基地のＦ15・Ｆ４Ｅ・Ｆ２などの戦闘機、対地攻撃部隊も所定の行動を開始したとの連絡が入った。

本職も諸君の中の有志と共に只今から出撃、この歴史的大作戦に参加する。……しかし、くれぐれも言っておくが、みんな、これはあくまでも強制ではない。反対の者は来なくてもよい。総（すべ）ての、全責任は俺が取る。……

本職は、殿下の御心に応え、祖国金宝を守るために、全国の同志と共に只今から出発する。……

「諸君（みんな）はどうする!!」と叫んだ。

中隊長・小隊長・先任曹長らが真っ先に、

「やります！　自分も参加します！」

と手をあげ、銃を揚げて呼応した。

大内が叫んだ。

「皆(みんな)！　この俺と一緒に行動してくれるか！」

「オー」

「他の連隊の者に負けるな！」

「オー」

「ヨシ！　みんな、有難う。只今から各小隊ごとに命令書を渡す。小隊長以上集合！　その間に各小隊先任曹長は、テロ第二編成として弾薬・携行糧食・野営装備を受領し、各自の車輛に搭載、待機せよ。かかれーッ！」

たちまちざわめき、号令の声が響き、到着していた戦車はカバーが外され、厳重な固縛(こばく)ロープが外されて、とりあえず一車あたり一〇発の戦車砲弾と機銃弾の弾薬筺(きょう)（箱の意）が二箱ずつ積まれた（砲弾・機銃弾の残弾は携行しないように指示された）。

数台の戦車はトレーラーから降ろされたが、他の戦車はそのまま待機となった。


一三日(日)、午前零時、三二普連から制服を脱ぎ私服に着替えた一隊が、諸方に分かれて公安委員会の委員六名、警察庁長官、警視総監、警察庁次長、警務局長の官舎・自宅を襲撃した。

彼らは高機動車を少し離れた場所に停(と)め、ジープ一台が門前に立哨中の警官の前まで近づき、三名がとび降りてピストルと銃をつきつけ、警官の拳銃とマイク・携帯電話を奪った。警官の待機バスが門の近くに待機しているところでは、立哨警官を制圧したのと同時に五名がバスの施錠していないドアから進入して、自動小銃を構えて両手を頭の後ろに組ませた。五名は一人ずつ順番に拳銃・マイク・携帯電話を奪い、そのままバスに残った。

一方、玄関を破って侵入した兵たちは、着替えと洗面具・常用薬の携行を命じ、電話器のコードを抜き、家族全員を一室に集め、全員の携帯電話をとり上げた。門の立哨警官も同室に入れ、四名の兵が残って丁重に監視した。

鉄道と同じように、警察にも業務連絡用に暗号略号が作られている。

また、夜間の立哨中は一時間ごとに定時報告の連絡がある。その時には警官に「異常なし」と報告させて、傍で兵が暗号略号集をひろげて確認していた。

八咫烏作戦の実施にあたって原たちが最も配慮したのは、秘密保持と対警察作戦であった。警察は全国に二五万六千人、防衛隊の二四万人を超える大勢力を有し、一万二千の地方警察署と、その下部組織六千の派出所と一万ヶ所の駐在所を有し、まさに網の目のように全国に展開しているのである。

この厖大な組織を敵に回すことは（情報戦で争うことは止むを得ないとしても）、何としても避けたい、……避けねばならぬことであった。

もちろん、武装としては微々たるもので防衛隊とは比較にならないが、もし原たちが警察を正面きって敵に回した場合、国内の治安は乱れ、国民の不安感は激増し、さらに万一、ＦＯＸが彼らと結んで反政府活動などの工作を始めたら収拾のつかない一大トラブルの因となりかねないのである。

しかも、悪いことに、昔から警察と軍とは仲が好くない。

古くはかの明和維新の頃でも官軍側では、長国藩が陸軍、南州藩が海軍でそれぞれ多くの人材が主要ポストを占めたのに対し、敗軍側は警察官になる者が多かった。この因縁が後の西郷反政府武力陳情の折の熊本城（鎮台）の戦いで（歌にまでなった）田原坂の血みどろの激戦に至るのである。

昭平の世に入っても、大坂の交差点で、交通信号を無視した陸軍の公用使の兵を警官が制止したところから口論が始まり、遂に裁判にまで拡大してしまった実例がある。

警察側は陛下の法の施行者として当然の行動である、と主張し、軍側は公用使は大元帥陛下の御命令によるものであり、一警官がこれを制止するのは統帥権に対する不当な侵犯である、として争ったのである。

さすがに戦時中は挙国一致で軍が警察を圧倒したが、逆に戦後は完全に警察側の威勢が好い。

現在の防衛隊が創設された時でも、最初は「警察予備隊」として警察の勢力下に置かれたのである（海軍は旧海軍関係の現役が外地からの引揚業務と機雷掃海のために航路啓開隊として存続していた）。

その後も警察と旧軍の勢力争いは続いたが、国防は警察力とは違うという世界常識が認められて「警備隊」「自国防衛隊」と変化することができた。しかし、現在でもその争いは続いていて、防衛隊から警察に出向いている幹部はただの一人もいないが、逆に警察は防衛隊の頭脳である内局に、しかも教育訓練を司る重要な配置に「局長」のポスト一つを常に確保し、三軍を監視しているのである。

この強大な警察組織を協力させるため、……少なくとも反対させないために原たちが到達した結論は、警察トップの公安委員と首脳を作戦開始の直前に拘束して説得し、「作戦行動に反対するな」「進んで協力はしないが、頼まれて出来ることならやってやれ」という趣旨の通達を全警察に流してもらう案であった。

しかし、もしこの案が失敗するならば、その時には悲惨な銃による制圧となる。

ただ原も広中も、何とか説得は可能だと思っていた。たとえ拒否されても、金宝人同士が射ち合って流血の惨事になることを考えれば、三顧の礼を四顧とし、七重の膝を八重に折ってでも協力を取りつけねばならないと心に覚悟を決めていた。

また、その根拠理由も幾らかはあった。

金宝国全警察官二五万六千人の中で、国家公務員の上級職試験に合格して入庁したエリートは全国で僅か四六〇人しかいない。しかも防衛隊の将官に相当する警視監は、たったの四〇名である。そしてこのスーパーエリートたち、少人数が全警察官の人事権、予算、活動方針、その他を九九%完全に掌握し、二五万余の警官は一糸みだれず、その命令に従っているのである。

警察の場合には、毎年入るエリート同期生は僅か十数人で、配属される現場では最初から課長・署長と奉られ、部下と一緒に走り回って汗を流すこともなく、もちろん生命の危険などもほとんどなく、次々と転勤してその度に栄進して行く。つまり、まずよほどの大ミスをしない限り、将来は首脳に昇進することが約束されている「お坊ちゃま」なのである。

多数の警官は頭から、……最初から「あの人たちは自分たちとは別格の、雲の上の存在だ」と無意識の中に自分を抑えて服従する職場環境と、少々の理論上の不合理も「組織を守るためだ」と強圧されて盲目的に従う慣習が出来ていて、その結果、警察下部組織の反抗や独断はほとんどないのである。

原と広中はこの特性を利用して幹部を説得しようと考えたのであった。

零時一〇分、センター周辺の要所に展開して不審者を見張っていた張り込みの車のうち、部隊の隊門前からセンターまでのルートにいた車だけが突然、自動小銃とピストルを突きつけられて制圧された。四台の車と八人の張り込み刑事は、そのままベースAに連行されて監禁された。

一方、次々とセンターに連行された警察幹部たちは、丁重に扱われ、行き会った者は皆きちんと敬礼した。応接室では茶菓が接待され、かすかにクラシックのBGMが流れていた。全員が到着すると、広中が入室して説得を始めた。

彼はまず自分の所属・官・姓名を名乗り、今夜の非礼を一言釈明した。次いで政界・財界及び国民有志の要望により今回の行動に到った経緯を簡単に述べた。

ここでいったん句切った彼は、今から約四〇分後には制圧部隊数百名が戦車を伴って警察庁・警視庁の武力制圧に向かう予定であること、また我々の行動についてはすでに宮中から（ここで広中は威儀を正した）、蹶起の要望と激励の御言葉を賜わっていることも述べた。

広中がちょっと合図すると、二名の兵がそれぞれ三方を捧げてきた。一つには原に下賜された菊の御紋章入りの酒器がのり、もう一つの方には遠藤が水丸執事から借り受けてきた御紋章入りの短刀があった。

さらに広中は、我々は決して長期の軍政を望んでいるのではなく、必要な政治改革さえ実行すれば三ヶ月から遅くとも六ヶ月以内に総選挙を行ない、民政に返還する予定であることを述べ、選挙には我々は立候補はしません、と述べた。

以上のとおりで、我々は皆さんに連名で全警察官に対して「抵抗するな」という通達文さえ頂ければそれでよいのです、それ以上警察に対しては何の干渉も致しません、と話した。広中は時計を見て、後三〇分しかありません。もし署名が頂けないとなると、我が軍は発砲してでも制圧しますので、貴方たちの部下が大勢死ぬことになります、と説明した。

最初は右顧左眄してなかなか意見を言わなかった首脳たちは、遂には全員、そんな暴力に屈することはできん、と公式論で拒否した。一番年長の公安委員は、

「私は今まで戦時中の軍部の横暴にも負けず誇り高き生涯を送ってきた。今さらこんな無法にひれ伏すくらいなら、儂はむしろ死を選ぶ」

と身を顫わせて抵抗した。広中はじっと老人の顔を見つめていたが、

「もう一度言います。署名して頂けませんかのう」

と尋ねた。老人の答は断乎拒否だった。広中はドアの兵に合図した。四名の兵が入ってきて手荒く銃口で押しながら、老人を部屋から連れ出した。

「何するか！」という老人の怒った声が聞こえた。次いで隣の部屋で「射て！」という大声が聞こえ、乱射する銃声が響き、ドタリと何か仆(たお)れた音がした。長官が及び腰になって、

「野本さんをどうしたんだ！　何てことを！……君たちは同じ金宝人ではないか！」

と顔色を変えて詰(なじ)った。隣室からドヤドヤと三人の兵が入ってきて、広中の横に立った。銃口から硝煙の臭いが部屋に広がった。

広中は冷然として言い放った。

「皆さん、我々は陛下の意を体(たい)し、我が国の政治の汚濁を正すために戦いを始めたのです。決して私利私欲ではありません。……しかし、皆さんが今の方(かた)と同じく、死を賭(と)して反対なさるのなら、それはそれで結構です。……儂らも断乎反対者を排除して進むだけじゃ。我々としては治安を守ってくれている警察官とは戦いたくはない。しかし抵抗する者は射つ！」

広中は時計を見て続けた。

「後二三分。皆さん、もう一度だけ、お願いする。この文書に署名して下され。……この通りじゃ」

と広中は頭を下げた。委員・首脳たちは囁(ささや)き合った。「暴力に屈するのではない、朝命(ちょうめい)には背(そむ)けん」「みすみす部下に血を流させるわけにはいかん」という声が聞こえた。長官が代表として承諾した。

「止むを得ん。君たちの暴力的方法によって署名させられるのは甚(はなは)だ不本意(ふほんい)ではあるが、朝命もだし難く、また部下たちを見殺しにするに忍びない。署名に応じよう」

長官はワープロの文書の文言を少し修正の書き込みをした上で署名し、全員が続いた。広中は修正を黙認し、攻撃部隊に「攻撃しばらく待て、そのまま待機」を連絡した。

零時三〇分、三谷の三二普連、練牛の三一普連からKTT・KDDなどの電話を一時不通にする部隊がそれぞれ本局・支局・中継基地局の電源停止・地下中継ケーブルの遮断・発受信アンテナ停電等のため出動して行った。携帯電話の爆発的増加とハム人口増加により、完全な通信封鎖はとうてい望み得ないが、それでもFOX1（ワン）制圧には効果があると考えられたからである。

〇一一〇（午前一時一〇分）、彼らは一斉に各施設・マンホール等に突入し、ガードマンと当直員・夜間作業員たちを携帯電話をとり上げた上で一室に拘束した。直ちに動力室・非常用電源室・電池室・配電盤・中継制御コンピューター等が遮断された。

〇一一五（午前一時一五分）、センターから警察庁長官、警視総監、警務局長の三人と文書を持った大谷大佐を乗せた二台の乗用車と、それを護衛する兵四〇名を乗せたジープ一輌・トラック三輌が、前後を守って桜堀門に向かった（ジープとトラックは〇〇五〇に三谷本庁を出てセンター附近路上に静かに駐車していた）。

一方、練牛駐屯地を先発していた一二輌の大型トラックと四輌の大型トレーラーは〇一三〇（午前一時三〇分）、皇居前広場に到着し、直ちに兵は十数ヶ所の門及び要所地点に展開して皇宮警察官を制圧して武装と携帯電話を押収し、そのまま皇宮警察官と一緒に立哨（りっしょう）し、一切の出入りを禁止した。

また、トレーラーから降ろされた戦車四輌は、二輌が広場に残り、二輌はガチャガチャキイッとキャタピラの音を軋（きし）ませながら警視庁の正門前交差点の中央に進み、一輌は停止、他の一輌はそのまま霞ヶ岡に進み、警察庁・警視庁の裏側になる位置で停止、いずれも砲に仰角（ぎょうかく）をかけて警察庁を狙って威嚇（いかく）した。

戦車に随伴して進んできた兵は、建物の全周を包囲して建物に銃口を向けた。

周辺には立往生する車が溢れ、警視庁からは一旦はワラワラと警官がとび出してきたが、兵の展開を見るや一斉に駆け戻って防楯を並べ、敵わぬまでもまず一戦、の気概を示した。

ちょうどその時、大川大佐の一行が到着した。警察首脳はその夜の当直警視を呼び出し、警官の武装を解除させ、クーデター部隊に反抗してはならない。言われた通りにしてやれ、と命令した。

大川大佐は即刻、兵を指揮して警察庁・警視庁内の、緊急電話を含む一切の無線・有線・携帯電話の使用を停止させた。一二〇名の兵は、武器弾薬庫・各階の武器小出庫・通信管制室・交通管制室・屋上ヘリポート・発電機室等を制圧し、各階のエレベーター・階段・廊下などが見渡せる要所に数名ずつ配員監視した。

警官たちは不満を顔や態度に見せていたが、正面から抵抗する者はいなかった。机の蔭などで兵には見えないようにして携帯電話をかけまくったが、どうしたことか、大部分の電話は不通であった。

制圧が終わると、裏門側の戦車一輌は、ジープ一輌、トラック一輌と共に国会議事堂傍の首相官邸に向かう坂を登って行った。

さらに〇二〇〇(午前二時)、顔を軍用マスクでかくした三〇名の武器を持たない兵と将校が両庁の警備局に入り、局長室・警備企画室・公安各課を捜索した。キャビネット・金庫は施錠されていたが簡単に開けられ、防衛隊関係のファイルは全部持ち去られた。さらに全部のコンピューターが操作され、防衛隊関係のデータは全部消去され、またマザーコンピューター、資料コンピューターは本体ごと持ち去られた。彼らは朝五時頃、ひっそりと消えて行った。

同じ頃、内緒の携帯電話による連絡を受けた三谷署長は、直ちに町内の張り込みを解除し、署内全警官に非常事態を伝え、それぞれの所属部課に立ち帰って防衛隊と争うな、と命令した。

〇一三〇、FOX1・2（ワン・ツー）制圧の各部隊は、一斉に目標附近の待機場所から発進、各目標に突進した。特にFOX1（ワン）については、前日からの所在は完全に把握されていた。

首相官邸には、警備陣が正面ゲートを閉門し、パトカー二輛と四人の警官を配置、道路に長い鉄骨材で組んだ車輛の防止具を置き、門の内側には頑丈な自動制御の太い鎖を張ってあった。

また門内玄関に二名、裏庭にある二ヶ所の哨所に各一名、さらに二時間ごとに官邸外周をパトカー一台と二名が巡回し、邸内当直室には一名が官邸周辺監視カメラ・赤外線及びピアノ線警報器の管制盤とモニター画面を監視し、一名がすぐ横の仮眠ベッドで休み、さらに隣の部屋では当直のSPが三名仮眠していた。

門外の道路上には、中型の待機バスが二輛駐車して三〇名ほどの警官が仮眠していた。

官邸の隣りの議長公邸にも、ほぼ同数の警官がいた。

〇一三一（午前一時三一分）、カメラを注視していた当直警官は、防衛隊のトラックの車列が突然現われ急停車したかと思うと、中から続々と兵がとび降り、待機バスの警官とパトカーや立哨警官に銃を突きつけるのを見て、大声で仮眠中の同僚を起こし、彼は急いで隣室のSPを起こしてモニター画面を見せた。次いで一人は邸内各所の入口の防護壁シャッターを作動させ、入口を閉鎖した。同時に一名は電話器にとびつき、本庁に危険通報を入れた。だが、何度呼んでも応答がない。彼は「故障！」と叫んで、他の一般電話・携帯電話で一一〇番を呼んだ。結果は同じだった。

カメラにはゲートを突破した兵たちが散開しながら、建物の包囲を始めているのが写っていた。二人は無言で防弾衣とヘルメットを装着し、拳銃の弾を確認してスチールの机を倒して遮蔽物とし、その蔭にかくれてピストルを突き出した。

SP三名は一瞬にはね起き、走ってモニター画面を確認すると、防弾衣と拳銃の予備弾箱をひっ摑み、宿直の首相秘書官を起こして首相を安全に脱出させるために一人が秘密通路ドアの確認に走り、二名が通路に机を出して防壁を作った。

門内に進入してきた兵たちは立ち止まった。大声で玄関外を守って拳銃を構える二人の警官に、

「ロケットを射つ！　横に逃げろ！」

と大声で怒鳴った。

兵が折敷（おりしき）をして八九ミリロケット発射筒M20改4型を構えた。さすがにこれを見て警官は、横っとびに数メートル走り地面に伏せた。

轟音（ごうおん）と焔の炸裂が消えると、すでに玄関・遮蔽扉はなく、小さな火焔と白煙の向こうに二人の警官が仆れていた。「救急車！」と叫びながら突入した兵は、地下室・一階・二階・屋上とそれぞれ分かれて走りこんだ。

地下トンネルから脱出しようと急いできた首相たちと兵が廊下で鉢合わせした。SP三名がたて続けに発射し、二人の兵がのけぞって仆れた。瞬間、兵たちが射ち返した斉射で二人のSPが仆れ、一名が腹を押さえてうずくまり、首相を庇（かば）ってその前に立った秘書官も腕を押さえた。秘書はそれでも大声で「止めろ！　射つな！」と叫んで、片腕を高く揚げた。兵が近づいてきてSPたちの拳銃を遠くへ蹴りとばした。「救急車！」と命じながら一名が進み出た。中尉の階級章を付けている。

「総理！　自分は東部方面・第一空挺団の清原中尉であります。……まことに恐縮ではありますが、命（めい）により自分と一緒に来て頂きます。……必要な物があれば後から届けさせます。すぐ着替えなさって下さい」

秘書官が片腕を押さえたまま、少し嗄（しゃが）れた声で必死に話しかけた。

「君たち……清原君、今自分が何をしているのか分かっているのか……これは国家に対する反逆罪で死刑になるんだよ。……いい、いい、君たちは上から命令されたから仕方なくやってるんだろう。それは僕にもよく分かっている。だがね昔の二（にー）・二六（にーろく）も結局は失敗した。ナ、悪いことは言わん。

今ならまだ間に合う。君たちの上司、防衛隊長官も陸上幕僚長の佐藤大将もよく知っている。皆、僕の友達だよ。ナ、だから今止めてくれれば男の約束だ。君たちの不満もきちんと聞くし、君たちのことも決して悪いようにはしない。な、部隊に帰りなさい」

　しかし、中尉は拳銃を向けたまま冷然と言い放った。

「総理、お早く着替えをお願いします」

　と促した。秘書は中尉の態度から説得を諦（あきら）め、今度は脱出をはかった。

「分かった。もう何も言わん。君たちの言う通りにしよう。総理は着替えをされるから、執務室の奥の更衣室まで行かせてくれないか」

　清原中尉は微苦笑を浮かべた。

「総理、ここで着替えをお願い致します。地下道から脱出などは決してお考えにならないで下さい。我々は抵抗する者、命令を無視して逃げる者は射て、と命令されております」

「分かった、君の言う通りにしよう」

　と首相は着替えにかかった。その瞬間、腹を押さえて苦しんでいたSPがズボンの裾にかくしていた小型ピストルをとり出すや否や、中尉に向けて連射した。中尉とすぐ横の兵が、ウッと呻（うめ）いて前にのめった。だが、次の瞬間、数十発の弾丸がSPに突き刺さりズタズタになった。総理が「何てことを……」呟き、兵が「看護兵早く！」と呼び、一人が無線で、

「こちら第一空挺、A11（アルファワンワン）、只今FOX1（ワン）、ナンバー1（ワン）確保・当方被害、清原中尉ほか一名重傷、二名戦死、大至急救急車を回されたし」

　と叫んだ。看護兵が駆けつけ、中尉と兵の服を切り止血し、モルヒネを打ち、ペニシリンを傷口にふりかけるのを横に見ながら、下士官が激情を押し殺した声で言った。

「総理、早くして下さい。自分は今、射ちたくて仕方ないのであります」

やっとこの時、大きなキャタピラの音を響かせながら戦車が官邸前に到着した。

またちょうどこの頃、センターで待たされている公安委員たちのところに、ひょっこりと銃殺されたはずの野本委員が戻されてきた。彼の威勢の良さはすっかり消えていた。

一方、同じ頃、一隊の兵が東方御所をめぐる四周約四キロの石垣沿いに展開して出入りを禁止したが、御所内には立ち入らず、ただ立哨の皇宮警官と待機所を無力化しただけであった。

また同時刻、一部隊は渋山のKHK局を襲撃していた。トラックの列は局の直前で三方向に別れ、一隊は原家側正面ゲート、一隊は公会堂側職員・業者用ゲート、他の一隊は坂を下って裏門側ゲートと横にある二つの小ドアをそれぞれ封鎖した。

当直室で起きて出入りを監視していた二人のガードマンに窓越しに銃が向けられ、「手をあげよ」と命令され、他の兵たちは警備員室に侵入した。少尉が進み出て宣言をした。

「自分は東部方面、第一普連、小野少尉であります。我々は命により只今からしばらくの間、本局を封鎖します。もし命令を拒否すれば射ちます。他の警備員は奥の仮眠室ですか」

「そうです」

「よろしい。局内の鍵箱から地下の動力室・非常電源室・配電盤・放送室・屋上通路の鍵を持って案内して下さい。テープ室・製作室等はいりません」

と命じ、警備員の監視と（携帯電話の取り上げの後）出入口の封鎖のため六人の兵を残し、他の兵と地下に向かった。

地下では当直中の技術員に全電源を切らせ、それを確認した後施錠し、各要所にそれぞれ三～四名を残し、技術員はガードマンと一緒に仮眠室に閉じこめられた。

深夜放送は何の前触（まえぶれ）もなく突然、中断してしまった。さらに兵三名は屋上に出て無人を確認した後、出入ドアを施錠した。

二四時間ガードマンがいるテープ室は放置されていたが、停電の上、連絡がつかないことに不審を感じ、守衛室に確かめに来たところを制圧され、仮眠室に入れられた。

暗い中で兵たちは夜間暗視鏡と必要な場合、赤色の懐中電灯を併用していた。

各ゲートでは出入りしようとする人たちと何回もの小競合い（こぜりあい）が起きた。ゲートの外には数台のタクシーが客待ちしていて、最初はドッキリ・カメラの撮影か何かだろう、という顔をして眺めていたが、何回も外に出ようとする人たちを兵が押し戻すのを見て、一人の運転手がタクシーから下りて、肩をゆすり、バンドに手をかけて寄ってきた。

「オイオイ兵隊さんよ。中の人たちが出たがってるじゃねえか。通してやれよ。大体、お前たち一体、何様（なにさま）だよ」

「出入りはしばらく禁止されています。貴方は車に戻って下さい」

運転手は毒づいた。

「何だと、エラそうに。……お前さん方（がた）は、すぐ向こうに建っている二・二六の記念碑のような真似事（まねごと）でもしようってのか……エーオイ、そうか、田舎から出てきてそれも分からんのか。

オイ、このお方たちはお忙しいんだ。お前たちみたいに税金で飼われている役立（やくだ）たずとは違うんだよ。サ、その物騒（ぶっそう）なもんをのけんかい」

ちょうどその時、一台の巡回中のパトカーがやって来た。

「お巡りさーん。こ奴（いつ）ら捕まえて下さーい。不当監禁ですよー！」

運転手が大声で叫ぶなか、バラバラとパトカーに走り寄った三人の兵が銃を突きつけ、二人の警官のピストルと携帯電話を取り上げ、車外に立たせ、パトカーのキイを抜いた。それを見た運転手は怒った。

「何だ何だ、この野郎！　黙って見てりゃ好い気になりやがって」

と言ったかと思うと突然、兵の銃をはね上げ、パンチを一発放って蹌踉(よろめ)く兵から銃を取り上げようとした。傍にいた兵が銃の台尻(だいじり)でガツンと運転手の頭を撲(なぐ)りつけた。彼はウォッと呻(うめ)いて気絶して仆れた。パンチを喰(く)った兵がとび起きて、思わず仆れている男の頭に銃口を向けたが、辛うじて射つのをこらえた。

それを見ていたタクシーたちは一斉に急発進して逃げ出し、異変を各会社に無線報告した。これを見ていた玄関の人たちも、今までの居丈高(いたけだか)な態度をひっこめ、一斉にそれぞれの部屋に暗い中を手探りで逃げて帰った。

窓が極端に少ないこのビルの中は真っ暗で、僅かに廊下に青白く小さな避難誘導灯が光っていた。クーラーも止まった局内は次第に熱気がこもって、女たちは半泣きになった。

やっと各所で懐中電灯の光がチラチラし、人々はその明るさに驚いていた。電話や携帯電話を何度もかけたが応答はなく、こうなってはもう朝を待つ以外方法はなかった。他の数局のテレビ・ラジオ局も、同じように放送を中断されていた。

○二二〇（午前二時二〇分）にはFOX1(ワン)の全員及びFOX2(ツー)の大半の拘束が完了した。

彼らは全員（センターの公安委員等も含めて）、先楽園ドームに収容され、その周囲には四輛の戦車と九一式携帯地対空ミサイル八門を備えた一コ中隊の兵が配置された。

ドーム内の芝生の中央部に各八〇メートル四方のロープが張られ、片隅にはマットレス・毛布・シーツ・枕が山積みされ、トイレ・洗面所に行く通路にもロープが張られ、許可なくロープの外に出た者は、警告無しで射ちます、と注意された。

携帯電話、筆記具は取り上げられ、代わりに箸・洗面具・図書目録が支給された。

ドーム内の四周には監視兵・狙撃兵が配置され、外には野外烹炊車が二輛、臨時診療所、仮設風呂が配備された。図書は一人三日に一冊の割り当てで申しこめば、翌日配本される仕組である。

〇二三〇（午前二時三〇分）、広中少将と遠藤大佐は護衛兵を随伴して東方御所の桐の宮殿下を訪問し、作戦の成功を報告し、殿下の御支度の調うのを待って〇三四〇（午前三時四〇分）、宮様と共に皇居に向かった。

〇三〇〇（午前三時）、原は一部の留守番を残し、司令部をセンターから本庁舎のA棟に移した。本庁で当直していた内局の部員は全員拘束して先楽園に送った。

またセンターを出発する時、原は少尉一名に護衛兵三名を付けて伊丹顧問の自宅に公用使として派遣し、作戦の成功と司令部の本庁舎への移転を報告させた。またベースAに拘束していた刑事八人はそのまま解放した。

同じく〇二三〇、原は全国の陸・海・空の主要実戦部隊の同志に無線で作戦の大成功を伝えると共に、〇三〇〇以降の司令部所在地は本庁舎A棟になることを連絡した。


皇居前広場にはFOX制圧を終わった部隊・空挺団なども加わり、戦車も八輌に増え、兵も三四〇名となって待機し、その他の兵力はそれぞれの原隊に戻って行った。

大型天幕が並び、簡易ヘリポート、給食車・給水車・仮設トイレ・洗面シャワー車、救急車・仮設病院等の車やテントの列が広場一杯に並んでいた。

そんなワサワサしている混雑の中に、桐の宮と広中たちが到着した。広報を担当する平入大佐と伊藤少佐が下士官三名、兵四名と共に待ち受けていた。

広中たちはいったん下車し、三重橋を遠景に入れ、戦車をバックにして宮様から、

「只今から参内して政権掌握のご報告を申し上げます」

という簡単なお言葉を頂き、ビデオに収録した。

三人はそのまま車で御門の内に消え、カメラは敬礼をする兵たちとその状況を追った。

三人はしかし、エンペラーに拝謁(はいえつ)することはできなかった。侍従によれば深夜でもあり、また御(ご)不例(ふれい)でもある、とのことであった。

これは当然予想されていたことなので、広中は侍従に、

「謹んで申し上げます。深夜お騒がせして申し訳ありませんが、本日陸上防衛隊原次郎少将隷下(れいか)部隊が現政権を打破、無血で軍暫定政権を樹立致しました。以上ご報告申し上げます」

と告げ、宮様を残して退出した。

広中と遠藤は、再び平入大佐のカメラの前に立った。

「桐の宮殿下は、まだ御懇談中であります。……畏(かしこ)きあたりからは（ここで広中と遠藤は不動の姿勢をとった）金宝国の、より良き発展のために、互に相和(あいわ)して努力せよ、との御内意を賜わりました。……私は粉骨砕身(ふんこつさいしん)、新生金宝建設のため尽力(じんりょく)致します旨奏上(そうじょう)申し上げました」

と話した。うっすらと明るくなってきた四周の風景、そして戦車と多数の軍用車輌、天幕、多くの兵、御門に兵と並んで立哨する皇宮警察官の姿、さらに近くの警視庁の入口前に停止している戦車と入口を警戒する警官と兵たちの姿も撮影された。

防衛隊の首脳たちも拘束された。だが、その他の将官たちは放置されていた。

ＦＯＸ・警察の制圧が概(おおむ)ね完了し、地方部隊にも目立った動きが報告されなかったので、〇五三〇（午前五時三〇分）には警察・ＫＴＴ・ＫＤＤ・テレビ・ラジオ局等の制圧部隊に撤収、原隊復帰が命令された。

但し、新聞各社・ＫＨＫを除く全テレビ・ラジオ局には、別に許可するまでの間の出版・放送の禁止とヘリ飛行・取材の禁止が命令された。もしこの命令に違反した者及び社は、即時営業諸免許

の取り消し、代表者の拘束・実行者及びその上司は軍法会議に付し、また行動する航空機は撃墜、車輛人員は射つ、という厳しいものであった。

一三日〇六〇〇(日)、KHK(除衛星放送)テレビだけがニュースを放送した。他局は全部沈黙を守っていた。

アナウンサーが、緊張した暗い面持ちで、

「本日未明、重大な事件がありました。……只今から金宝国軍の発表があります」

と短い紹介をした後、平入大佐が胸を張って、淡々と原稿を読み上げた。

「国民の皆さん、只今から重大発表を行ないます。

本一三日未明、我が国軍は、国体を護持し、国民の生命・財産・自由・民主主義・我が国の文化・領土を守るため、汚職にまみれ、徒らに私利私欲のみを追求して国政を歪めている現政権を廃し、新生金宝国を創るために蹶起し、政権を平穏裡に掌握しました。

すでに首相・閣僚主要議員らの全員は、我が国軍が拘束、収容しました。また今回の作戦に関しましては、警察からも全面的な協力を頂いております。

さらに今回の行動につきましては、畏きあたりからも桐の宮殿下を通じて御言葉を賜わりました。

今後、軍は可及的速やかに総選挙を行ない、民政に移管する予定でありますが、それまでの間は、只今から現行憲法等の法律を停止し、戒厳令を実施します。

戒厳令の詳細については、この後ひき続いて説明を致しますが、違反者は軍法会議により処断され、また場合によってはその場で射たれる危険がありますから、充分ご注意下さい。

なお、今回の国軍指導者は、陸軍少将、原次郎・本官は陸軍大佐・平入治であります」

画面から大佐が消えて場面が変わった。桐の宮殿下が広中少将と遠藤大佐を従えて、

「只今から参内して、政権掌握の御報告を申し上げます」

と言って三人で車に乗りこみ、皇宮警察と兵が並んで立哨する御門内に消えると、カメラは広場に移って、まだ暗い空や風景の中に多数の戦車・兵員・天幕・車輌等のまだ慌しい情景を移した。

続いて今度は薄明るく明けてきた三重橋を背景に、広中少将と遠藤大佐が談話の発表を行なった。

画面は再び広場や警視庁前・首相官邸前・国会議事堂前に移り、警備の戦車や兵・車輌の姿を写しだした。

この形式で映像を流すことにしたのは、次の理由からであった。

一般にクーデターは開始から六時間以内に成功させることが望ましい。一二時間以上経過してなお帰趨が明瞭でないものはほとんど失敗する。人にいわゆる「迷い」が出て、人心が保守的に傾き易く、私利を考えて行動するからである。

一挙に雪崩現象を起こすためには、求心力を鮮明にして出来るだけ対抗勢力を弱め、素早く行動することが重要なのである。

続いて伊藤少佐が、眼鏡をちょっと押さえてから、平入大佐の代わりに戒厳令の注意事項を読み上げ、画面の下に同文の文章を流した。

戒厳令下の禁止事項

一、殺人・傷害・脅迫・威嚇・暴行・詐欺・盗み・ストーカー・流言蜚語・盗聴・盗撮・不良インターネット・不良メール送信・不良客引・その他軍及び警察が公序良俗に反すると認める行為は行なってはならない。

一、本日以降当分の間、何人も夜二四時以降、明朝五時までの間外出してはならない。但し、急病・火災・災害等止むを得ざる事由のある者を除く。

一、当分の間、国内外を問わず・軍政についての批判・反対演説・與論調査・出版・印刷物・インターネット表示・通信・通話・放送・政治的行動等を行なうことを禁止する。

一、当分の間、許可証なき船舶・航空機の海外への運航を禁止する（含旅行）。

一、許可なき武器類の携帯・保持を禁止する。また当分の間、随時身体検査・持物検査・車輌検査・通信の検閲等を行なう。

一、当分の間、株式市場・先物市場・円・金等の売買を禁止する。また経済の混乱を惹起せしめるような行為を意図・実施してはならない。

一、当分の間、生活諸物価は七月一二日正午時点の価額・税金を以て凍結し、それ以上高価にすることを禁止する。止むを得ず価額を変更する場合には事前に軍の許可を得ることを要する。また正当な理由なく物資を隠匿してはならない。

一、本日只今から当分の間、憲法等現行の法律を停止する。この間の争い事は軍法会議により裁定するか、または民政に復帰するまで凍結する。

一、その他前各号に定めのない事態が発生した場合には、直ちに最寄りの軍または警察に通報その指示に従うこと。

以上の各項及びその規制の目的・精神に反する行為をなさんとし、または為したと目される者は、確実な物証がなくとも、状況証拠により直ちに拘束または逮捕されるか、あるいは射たれる。

以上

終わると再び平入大佐が出て、これは戒厳令の主要骨子であり、詳細文書は只今から総理府・総務庁・軍・及び警察を通じて全国の各行政機関に配賦されますと述べた。

最後にアナウンサーが現われ、この後の放送は七時から行なわれます、と予告し、再び画面には何も写らなくなった。他のチャンネルを回しても、またラジオまでが沈黙していた。

僅かに米軍の極東ラジオ放送(ファーイーストレディオネットワーク)だけが今朝の事件を報じ、政府首脳が拘束されたこと、米軍は直ちに臨戦態勢に入ったこと、金宝国のテレビラジオはＫＨＫだけが放送していて次の放送は七時の予定であること、在金宝アメリカ大使館は、現在のところ米軍・アメリカ人には危害が加えられてはいないが、無用のトラブルを避けるために本日の外出は控えた方がよい、と言っていると伝えていた。

今までの生活が極端な情報過剰に包まれていただけに、人々、特に若者は精神不安に陥(おちい)った。やっと復活していた電話・携帯電話・インターネットは大混雑となり、機器は能力オーバーでダウンしてしまい、それは一日中続いていた。

学校は三日間の臨時休校が指示された。交通輸送、商店・企業・食品市場・ゴミ回収等の日常生活は、通常通りの営業活動が指示された。また、行政組織も通常通りの活動を指示された。人々はスーパーで備蓄食糧・応急薬・それと何故かトイレットペーパーなどを購入し、またガソリンスタンドでは満タンにする車の列ができた。

一〇代の若者たちは落ちつかなくなり、繁華街に出てきて、近くの駅前広場や公園、スーパーの店の前などに座りこんで話していると、巡回してきたジープと幌付きトラックの兵に解散を命じられ、中で飲酒・喫煙していた者は随伴してきた大型バスに収容された。走って逃げようとした者は近くの地面を掃射され、驚愕(きょうがく)して突っ立ち収容された。

彼らはいったん近くの警察署または軍の施設に収容され、説諭の上、親か身元引受人が引き取りに来た者から順に、再犯は軍法会議で懲役刑になると脅されて帰された。

原たちの心配の一つであった各地の部隊は概(がい)して平静であった。中には司令官が部隊を掌握していて怪しからん、と息巻くところもあったが、情報が判明するにつれ、部下の幹部たちからすでに宮中の御意志も示され、また全国の主要機甲師団も同調しているのでは我々は逆臣となり犬死にになります、と行動を拒否された。

その日一杯、原以下全員が手分けしてクラスの縁を辿り、全部隊に説明電話をかけ続けた。

一三日の昼、各新聞社・各放送局・出版社等に対して業務再開の許可が出され、占拠部隊は一斉に引き揚げた。

同時に今後の軍からの発表については、三谷の本隊に隣接する町ヶ谷会館内大広間で随時発表される、と通告された。また当分の間、本庁舎内の記者クラブは閉鎖し、隊内取材は禁止された。

朝四時から諸外国大公使館等に逃走する金宝人を遮断すべく展開していた各部隊も、夕方には続々と原隊に引き揚げ、後は平常の警察警備に任された。

引揚部隊は一休みした後、再編成されてその夜の二四時からの外出禁止監視の準備に入った。

二四時、一斉にサイレンの音が響き、各市町村の公共マイクが外出禁止を放送した。ほとんどの市民はこれに従ったが、大都市周辺の一部道路にはバイクや改造車の集団が湧き出して、これ見よがしに暴走を始めた。

しかし、警察の取り締まりと違って、要所の検問所では、兵の一人がマイクで直ちに暴走を止め家に帰れ、と一回警告しただけで、銃を斉射すると驚いて逃げ散り、二度と暴走する者は現われなくなった。

射撃は地上低くを狙って行なわれたが、それでもタイヤやエンジンを射たれて擱座・転倒するもの、足を射たれて泣きわめき、転げ回る者が出て大変な騒ぎとなった。現場に急行した救急車・ブルドーザーには、それぞれジープが付いて護衛した。

逮捕者は入院者を除いて警察署に留置され、翌日、引取人が来た者から、今回は特別に許すが、次回からは軍法会議で懲役刑だぞ、と脅されて解放された。

一四日(月)、新聞各社はクーデターについて薄い、遅い朝刊を出した。まだ各社とも手探り(てさぐ)の状況で、いずれも批判・反対の論評はなく、事実と戒厳令。特集読物だけで紙面を作っていた。

旭日(きょくじつ)新聞では、秋山デスクをかこんで船木や安藤たちが話し合っていた。革新党の隠れ党員との噂がある工藤代理は急病で休んでいる。

船さんが昂奮冷(さ)めやらぬ口調(くちょう)で、

「やりましたねえ。……あの資料はやっぱり防衛隊だったんですね」

と話を始め、他の者が心配した。

「記事をＫＥＲＡにのせて一頃(ひところ)騒ぎになったわけですが、我社(うち)は仇をとられることはないでしょうね」

秋山が手の内を明かした。

「お前さん方(がた)には言ってなかったがね、公安に原少将が臭いと密告したのは、この俺だからな、いずれは何か言ってくるかもしれんさ」

フクちゃんが複雑な表情で言った。

「原少将はそんなケチな男には見えませんがねえ。……しかし、僕の婚約者の父親とはね……」

「それでお前さん、どうするんだ。状況がちょっとこみ入ってきたな」

「昨夜(ゆうべ)も彼女と話したんですが、僕たちは僕たちで二人の道を行こうと言ってくれました。父親に関係はありません。ただ、僕としては、今度のような悪いことは悪いとして、堂々と向き合って行きたいんです」

「だがな、フクちゃん、今は憲法も凍結されているんだよ。何が悪で何が正か、その基準が消えているわけだし、軍が政治を正して案外クリーンな政治ができるように変わるかも知れん。……ただ今度のクーデターは五・一五や二・二六とは全く異質の感じがするな。……まあ、もう二、三日は様子見でお手並み拝見か。

それとアメリカ・中国・ロシアがどう出てくるかだな。みんなも外電には注意していてくれな」

「ハイ」「了解」

（十五） 国政会議

一四日朝七時、平入大佐は軍政府の第一号の政策を発表した。……実はこの軍政下での「政策」については、原たちには全く分からない分野のことで、最初はどう仕様もなく大沢議員からの政策案をそのままと考えていたのである。

「どうして政治家と官僚は汚職をするのかな」

「それは自分が選挙に当選するためと、議員になってからは派閥を作り、政策に自分の意見を反映させるために巨額の交際費が要るからだよ。官僚の方は甘い汁が吸いたいだけだろう」

「ならば、国民がそんな程度の人間を選ばなきゃいいんだ」

「アハハ、それは小学生の考えだよ。現実はそうはいかん。いいか、選挙は数だから組織票が物を言う。企業、例えば建設関係や農民は自分の仕事・票田を組織し、特定の候補者を応援し、それで当選した政治家はお返しに大蔵省から予算を分捕り、また都合の好い法律を作って特定の組織、例えば農協や建設会社・銀行につくすわけだよ」

「じゃ、内閣が妙な予算を配分しなきゃいいんじゃないか。国の将来の方向と経済・外交・国防を考えて配分すれば是正できるんじゃないか」

「いやいや、それがだ、政府の主任務の一つは会議で法案を通すことだが、法案は官僚に、立法は議員に依存している。官僚はその人事権を政府に握られているとはいえ、その力は強い。だが、官僚にしても所属の各省庁の関係法案は、政治家に根回ししなきゃ議会で通らない。その上に将来、自分が停年退職となって財団法人にでも天下りするとなると、関係法令や配分金で政治家のお世話になるから、所詮(しょせん)、国益優先の予算配分なんて到底(とうてい)できやしないのさ」

「待て待て。それじゃ毎年末、俺たちが大騒ぎして準備する予算要求なんて意味がないじゃないか」

「そうだよ。あんなものは政治屋や大蔵省の茶番劇さ。最初から予算の配分枠はほとんど決まっていて最後の一、二%をまず「事務次官」が復活折衝に行ってこれこれ、次に「大臣」が行って「大臣の、とか総理の御意向で」と、いかにも分捕ったかのように、大蔵から貰うんだよ。

その証拠に国会審議でのあの「予算委員会」なんか見てみろよ。細かい概算要求の数字や用途なんかについての質問、去年の会計検査院の指摘事項でここに無駄があったとされているが、この予算書では云々(うんぬん)、というような討議など聞いたことがない。

たまにあったと思うと、マッチ・ポンプ(自分で問題点を質問して大騒ぎを起こさせ、相手側が国会対策費という交際費を出すと、たちまち自分から有耶無耶(うやむや)にして事を治める手法)だったり、党利党略・私利私欲だったりするんだよ」

別の一人が横から口を挟んだ。

「予算も駄目かもしれんが、議員はもっと駄目だよ。国政選挙でもキャッチフレーズが、

『私を当選させて頂けますれば、必ず△△工事や地方交付税・農業・商工予算一〇〇〇億円を分捕って参ります』

というのがあったな。また、国会を放ったらかして、国中の建設協会に支援を頼みに全国行脚していた者もいたね。このどう仕様もない議員たちを何とかしなくちゃ、とても国の未来の政策なんて決まらないと思うよ」

「本当だ、じゃ一体どうすりゃいいんだ。……いっそ選挙なんかなくして、明和の頃のように少人数で国政を運営したらどうだ」

「アハハ、そりゃ一〇〇年の逆行だよ。第一そのやり方は、国民自体が『無知蒙昧』という前提条件があるんだし、ファシズムや為政者の独裁を生じやすい。だから革新党が『一人の英雄の政治よりも一〇〇人の衆愚の政治』を主張するのさ」

「しかし、政治屋さんも国家発展の大方針も、外交・国防まで全部アメリカさん任せで、熱心なのは汚職と自分の選挙だけというのは、これは絶対許せないね」

「おい、この討論は堂々巡りで結論が出ないよ」

「分かった！……本当に必要な経済・外交・国防政策と予算配分は、選挙に無関係の偉い人を何人か集めて、その人たちで国の基本を固める。それで基本の枠内で、選挙が大事な政治家たちが犇き合えば好いじゃないか。……」

そうすれば、偉い人は選挙から解放されるから、安心して国の大方針が決められる。大体な、一〇年間で一〇人の総理大臣ていうのは馬鹿げているよ」

「うん、悪くないな、しかし、問題は誰を選ぶかということと暴走しないような歯止めが必要だな」

一四日の朝、平入大佐は重大な方針を淡々と読み上げた。

「七月一四日〇七〇〇発表。

金宝国の政治制度を次の通りに改め、準備でき次第実施する。なお軍政はその時点で、総選挙を経て円滑に民政に移管される。

㈤ 国政会議

一、現行の諸政治制度及び国会議員の資格・権利等を只今から廃止・停止する。
一、金宝国の主権実施機構の最高機関として「**国政会議**」(仮称)を新設する。
一、国政会議は原則として必要のつど召集するものとする(召集権者は別途)。
一、国政会議の議員は、国政議員の多数決により、本人の希望を確認した上で選任される。但し、初代の議員・議長は軍政府が指名する。
一、国政会議の議員は、選挙の懸念なく国事に専念しなければならない。
一、国政会議は次の諸業務を行なう。
(1)、金宝国の進むべき未来像の作成とその実現のための政策方針の決定及び修正。
(2)、憲法の作成及び修正。
(3)、経済戦略の策定及び修正(この方針に基づき具体的戦術及び実施は内閣が担当する)。
(4)、外交戦略の策定及び修正(この方針に基づき具体的戦術及び実施は内閣が担当する)。
(5)、国家予算(収入・支出)の基本方針の決定及び各省庁に対する予算配賦(はいふ)の大枠または比率の決定。
(6)、開戦の可否の決定及び海外派兵の可否の決定。
(7)、国連協力及びODA等についての基本方針の決定(例えば国連分担金の拠出率一九%を五%に減額するとか、中国へのODA廃止等)。
(8)、国防戦略の策定。予算を含む軍の規模の決定。軍の動員の決定・国防に関する諸法制の策定及び修正。

(9)、教育基本政策の方針策定及び倫理指導の復活の決定。
(10)、高度科学技術の育成政策の策定。
(11)、官・民を問わず高度技術の海外輸出・移転・流出等の規制及び申請の受付・許認可の決定（国政会議事務局に担当部を設置する）。
(12)、金宝文化の保護等の決定。
(13)、その他国政に関する重要事項の基本方針の策定・実施・修正等の決定。

一、国政会議は、毎年一〇月末までに次年度の予算編成基本方針及び各省庁別の予算大枠（おおわく）の数値または比率を内閣総理大臣に示達する。総理大臣はこの総額の一％を総額以外に専管調整費として加算保有し、所要の政策に基づいて関係省庁の予算に加算することができる。
総理大臣は上記の数値を大蔵大臣を通じて各省庁の大臣等に示達する。

各省庁はそれに基づき予算の執行計画書を作成し、大蔵省を経由して国会に提出、承認を得る。

予算は厳格な単年度主義ではなく、内容によっては継続主義との併用を認める。

但し、その場合には毎年九月末日までに各省庁が大蔵省と会計検査院に当該予算の継続理由と執行状況を申請し、その同意を得た上で総理大臣の承認を得るものとする。

総理大臣は毎年第3四半期末及び第4四半期末ならびに四月三〇日に、予算の執行状況を国政会議に報告し、その承認を得なければならない。
一、国の特別会計予算については原則として廃止する。郵便年金・貯金・保険・国債等の会計は大蔵省が管理し、特別会計に含まれる農林・建設等の予算は一般会計に計上するものとする。
但し、総理大臣が必要と認めた場合には、その事項に関する前年度までの予算の執行状況を会計検査院が監査し、必要と認めた場合、そのつど総理大臣から国政会議に申請して承認を得なければならない。但しこの場合、特に緊急性が高いものについては大蔵大臣が総理大臣に申請し、その承認を得て執行した後、所定の手続きをとることができる。

一、会計検査院を内閣から分離して国政会議の直轄とする。また、その業務を単に会計のみならず国家公務員・地方公務員及び国等から補助金・借入金を供与されている企業・財団・団体等の業務についても監査するものとする。この場合、法務省・公安調査庁・公安委員会・警察庁等及び関係省庁はその指示に全面的に協力しなければならない。同検査院の長は国政会議によって任免される。

一、国政会議の決定に対し、総理大臣が反対の場合には、その根拠理由を書面にして異議を申し立てるものとする。

国政会議の長は直ちに、速やかに国政議員の五分の四以上の出席者と総理大臣により審議を行ない、その可否を多数決により決定しなければならない。賛否同数の場合には議長の裁断による。総理大臣はこの再決定には従わなければならない。

一、内閣の解散権は総理大臣にあり国政会議は関与しない。

一、国政議員の定数は、最低一五名以上二五名以下とし、二〇名前後を基準とする。

議長は議員の互選により、また副議長は議長の指名により任命される。議長の任期は三年とし、連続三選はできない。

国政議員は、総理大臣経験者・学識経験者等から議員の多数決を以て選任する。

なお、不変の議員定数枠として皇室関係者一名及び軍出身者（退官者で軍の推薦による）一名を含むものとする。

一、国政会議は議員定数の五分の四以上の出席者の過半数の決議により、総理大臣・国政議員・

国会議員・各省庁官僚・公務関係者等を罷免することができる。

一、国政議員及び秘書を含め、特に指定する者は一切の兼業を行なってはならない。議員はその就任時に会計検査院に資産を報告し、以後の副収入も毎年報告しなければならない。

一、国政議員は議長・副議長の承認を得ないで文章・写真・テレビ・ラジオ・出版関係者等の取材に応じること及び如何なる発表または情報の提供も行なってはならない。また、それらの行為を為すことを目的に議員等に近付くものは厳しい処分を受けるものとする。

一、国政議員の年俸は、内閣総理大臣の五倍とし、議長・副議長は六倍を支給する。議員には官舎・公用車一輛・秘書三名・護衛（二四時間）・官舎清掃員・調理士・議員事務所員二名を公費で負担する。その者たちの人選及び給与等は国政会議事務局が担当する。

一、国政議員には（議長・副議長を含め）、機密費・交際費的な経費は一切支給しない。

一、総理大臣の機密費交際費一六億円は五億円に減額する。

一、国政会議には「事務局」「会計検査院」「法令審議局」「情報局」「科学・産業技術局」を置く。各局には専門職員のほか、各省庁から転出した官僚及び民間学識経験者を以て構成し、随時専門小委員会を設置することができる。

関係者には副業の禁止と守秘義務が課せられる。

一、国政議員は下記に該当した場合、直ちにその資格を失う。

(1)、死亡または六〇日以上の長期療養を必要とする場合。
(2)、満九〇歳を超えた場合。
(3)、公務以外の理由により連続または連続的に六〇日を越えて会議に出席できない場合。
(4)、本人（関係者・親族等を含む）の言動が国益に反すると国政会議が認めた場合。
(5)、議員就任後に、一党一派に編したり（含宗教）、汚職・兼職・情報漏洩等々の非違行為が発生した場合。

この場合、明日な事実が証明されなくとも、相当の状況証拠があり、かつ五分の四以上の出席議員の多数決で罷免（ひめん）が承認された場合を含む。

(6)、その他国政会議議員として身体的な不備を含む不適当な事由が生起した場合。

一、国政議員はその資格を失ってから一〇年間は他の職業についたり、マスコミの取材に応じたり、文章・意見・その他を発表してはならない。違反した場合には（新設する）秘密保護法により罰せられる。この場合、取材しようとした者も同じ。

一、国政議員には退職後、充分な終身年金と必要のつど公用車一輌と護衛を差し向ける。

一、国政会議事務局に一般国民・その他からの「御意見箱」を設置し、文章・メール・FAX等を受理、検討委員会を常設して検討、上申する。

一、現行の衆・参二院制度を廃止し、衆議院のみとする。

(1)、衆議院議員は選挙により選出される。

(2)、衆議院議員の定数は二三〇名以下とする。

(3)、新選挙の区割りは（将来実施される州地方制も含めて）総理府が所管し、人事院及び国政議員が承認した学識経験者を加えた特別委員会を設置し、成案を国政会議が決定する。

(4)、現行の選挙制度（比例制、小選挙区制）の方法については、軍政から移管された新国政会議が決定する。

(5)、選挙の有権者の一票の格差は、常に一対二以下に保（たも）たれなければならない。有権者の算定は人事院による直近、最新の人口調査（五年毎に行なわれる）によるものとし、格差が二を超える場合には、その修正が終わるまで選挙を延期するものとする。人事院はその計算を三ヶ月以内に終了せねばならない。

(6)、衆議院の運営等諸基準は、新国政会議が定めるものとする。
(7)、現在の両院議員会館は撤去し新しく建て直す。一棟は国政会議及び関係事務局、一棟は衆議院議員用とし、一人当たりの事務所面積を三倍に増大しIT化に配慮する。
(8)、衆議院議員の立法提案は、現行の方法以外にも議員一〇名以上の同意を得れば提案できるものとする。議会事務局には立法顧問室を新設し、議員の立法に便宜をはかる。
一、その他必要な事項は、そのつどこれを定める。

以上」

この発表から一時間後、広中少将と遠藤大佐は、私服で大曽根元首相邸を訪問した。FOXの拘束からは同氏と深田、大沢議員は外(はず)されていたのである。

会談は三時間に及び、いったん隊に戻って原たちと昼食をとりながら打ち合わせを行なった。

午後、広中と遠藤は、首都庁知事の岩原邸を訪問した。岩原はクーデターそのものは明確に否定したが、国政会議の副議長構想には関心を示した。

さらに二人は夜、大沢議員邸を訪れた。大沢の御機嫌はよくなかった。国政会議案には真正面から反対はしなかったが、諸外国の憲政の歴史の例をひき、予想される不具合点を述べたりした。

やっと話が国政会議の議員に就任して金宝国のために御尽力(ごじんりょく)頂きたい、という本論に入っても、議長は大曽根さんではなく深田さんの方が座りが好いのでは、と言ったり有耶無耶(うやむや)に答えをのばし、遠藤がたたみかけると、相談したい人がいるから、と答えを保留した。時刻はすでに深夜になっていたが、コーヒーしか出されなかった。

広中が岩原邸を訪問している時に、原は加藤少将と制服で桐の宮を訪問して短刀を返納し、感謝の言葉と国政会議議員への就任を打診した。殿下は宮中のご意向を伝え、議員としてお国のために努力することは欣快(きんかい)であると述べられ、返納の短刀は改めて下賜された。

㈤ 国政会議

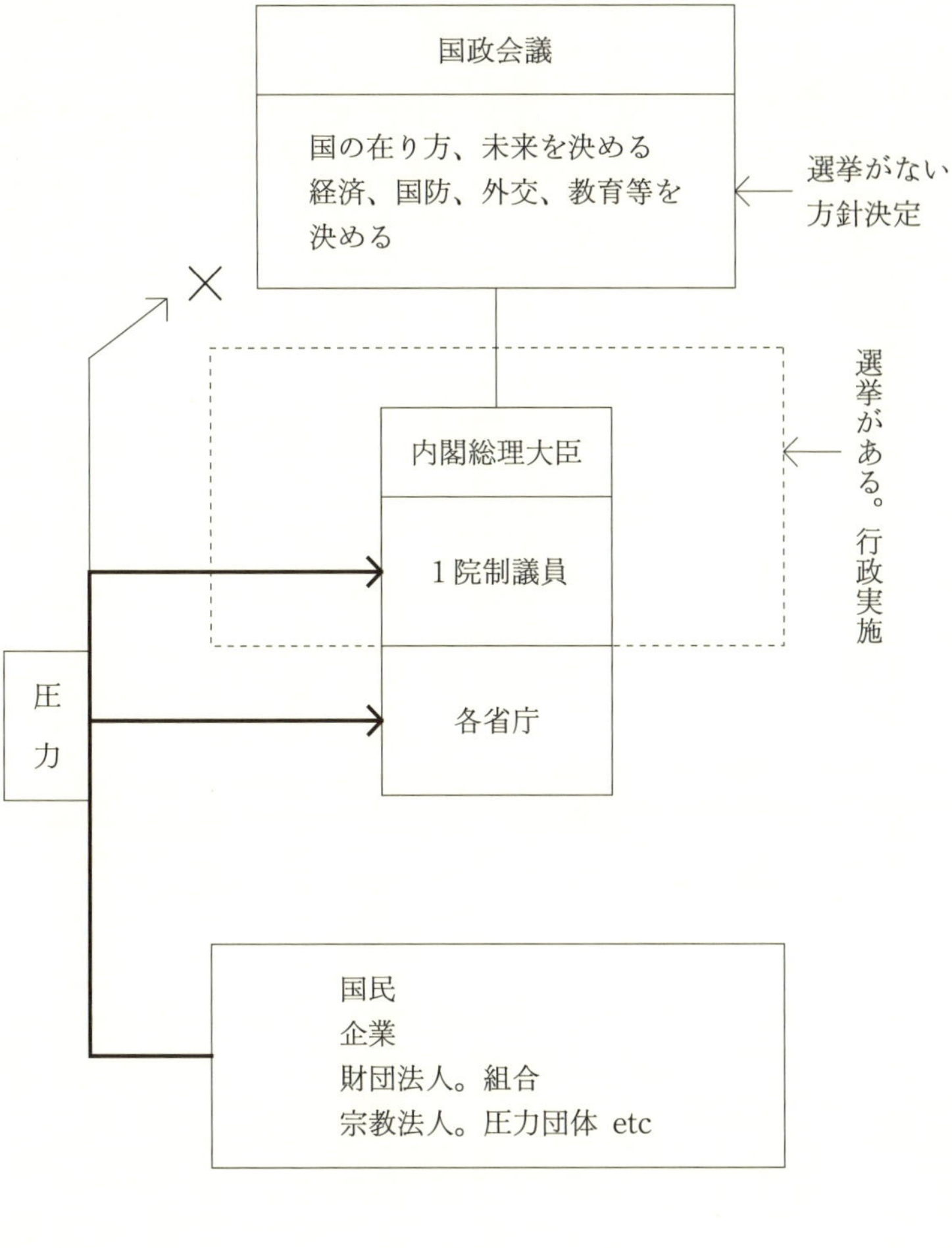
国政会議
国の在り方、未来を決める
経済、国防、外交、教育等を
決める
選挙がない
方針決定
内閣総理大臣
1院制議員
選挙がある。行政実施
各省庁
圧
力
国民
企業
財団法人。組合
宗教法人。圧力団体 etc

留守中に伊丹常務が陣中見舞兼祝賀の酒一打（ダース）、ビール五ケースを持参したが、原たちが不在のため大内・赤松・大川・松本大佐らが応接し、伊丹さんのご尽力のお蔭です、いずれ軍資金の方は清算の上、ご報告と残金のお返しに上がります、と歓待して車で送った。

深夜、原・広中らは、皆を集めて今後の方針などを話し合った。一時半になり広中が、「さすがに儂（わし）も疲れたわい。もう寝ようや」と言って散会し、従兵に明朝六時に起こすよう指示して仮設ベッドに倒れこんだ。

また、加藤少将は部下の小野少佐に命じて、改めて五月九日以降の経過記録を作成させることにした（正式な公式記録作成のため）。

この日になると（一四日）、全国の各部隊の長から続々と賛同を伝える電話や上京者がやって来た。

原たちは自分たちより上位の者には全員退官してもらい、その代わり顧問として軍の付属機関や民間に再就職ができるように弓沢大佐に就職斡旋をさせることにした。

その人事発令が間に合わないので、広中は三軍の人事部に命令して、とりあえず一四日付の退職命令を出させ、空席となった各配置は、次席の指揮権継承者が現階級のまま兼務代行せよと示達した。

広中がしみじみと述懐した。

「原よ、こればっかりは止むを得んのおー。先輩たちには悪いが、『船頭（せんどう）多くして舟、山に登る』では困るからの」

同じく一四日、第七師団に電報がとび、首席参謀と内藤大尉は同日付で三谷本庁の防衛部付の転出命令が出され、また輸送中隊所属の軍嘱託として民間トラックのドライバー一名を特務少尉待遇で採用する命令も出された。しかし、この激動の嵐の中では全く目立つことはなかった。

同じく一四日、米国政府は、

「金宝国にクーデターが発生した。我々は同国の民主主義体制が崩壊しないか注意深く見守っている」

との短いコメントを発表した。しかし行動の方は素早く、午前には特使としてアジア問題担当補佐官とCIAの部長が特別機で南占幸国・中国の順に飛んで行った。

同じく一四日、原と加藤少将は、大蔵省に命令して防衛隊予算の三兆円増額と通産省に一兆円の増額を命令した。

それに基づいて加藤少将は、軍需産業各社に命令して本年度予算の早期執行を告げ、全量の早期納入を命じた。また、近日中にさらに追加の品目が発注される、と予告した。

また通産省に対しては、原油・鉄鉱石・銅・レアメタル・外米・大豆等を可能な限り早急に多量緊急輸入せよ、と命令した。

㈤　国政会議

七月一五日㈫午前七時、平入大佐は町ヶ谷会館の会見場で、また新政策を発表した。その骨子は、主権侵害には武力を以て戦うこと、公共の利益は個人に優先する場合もあること、社会害毒罪の新設、不法滞在者の期限付退去、等の政策であった。

同じく一五日、大曽根元総理は岩原知事・深田議員・大沢議員を青坂の料亭に招き、四人だけで夕食を挟んで数時間の会議を開いた。議題は、

(1)、クーデターについての情報交換
(2)、FOXとして拘束され穴があいた権力構造について
(3)、軍が意図する国政会議についての検討及び大曽根議長・岩原副議長の件
(4)、民政移管となった時の選挙作戦
(5)、憲法改正の要点
(6)、米国及び周辺国の予想対応

等と多岐にわたったが、四人ともまだ肚の中は明かさなかった。

深田・大沢は、国政会議という新政策を発表してしまった原たちに目算を狂わされて面白くない上に、さらに大曽根・岩原に議長・副議長をさらわれて全く不愉快であった。深田は、

「政治のセの字も分からぬ馬鹿軍人どもが子供の遊びを始めよって……」

と吐き捨てるように心の不満をぶちまけた。今回の経緯を全く知らない大曽根と岩原は、

「まあ、とにかく起きてしまったことだから……」

「これは案外、憲法を修正する好い機会かも知れませんな」

と好意的に宥め役に回った。

当日は結論は出なかったが、共通して言えることは、四人とも民政移管後は如何に軍を抑え、どう改悪して使い易いものにしようか、と考えていたことであった。

株式市場の為替・先物市場も息を潜めて戒厳令の行方を見ていた。戦前の二・二六後の大ガラ暴落相場を思い出し、今回はどうなるのか、と罫線表のカーブを睨んで考えていた。現物の実株取引をしている者はそれほどでもなかったが、信用取引や先物を扱っている一部の人達は目の前が突然暗黒の断崖となって、受渡日の自分の破滅が迫ってくるのが目に見えて、半狂乱になって軍人の暴発をインターネットで罵り、呪い、怒った。

しかし直前に売り逃げた深田、大沢、四星重工、四井物産などはもちろん満足していて、さらに彼らは暴落した時点で今度は大量の買いを入れて、また儲けようと狙っていた。彼らの幾十分の一と少なくはあったが、加藤少将も心秘かに満足していた。

七月一六日㈬朝七時、平入大佐は次の発表を行なった。

一、戒厳令の一部解除について

(1)、夜間外出禁止の解除

(2)、旅行禁止の解除

(3)、株式・為替・先物市場の閉鎖解除・学校教育の再開

但し、前各号以外の戒厳令は引き続き継続される。

その他宗教及び、みなし課税について、暴力団について、消費税について、工事凍結について、広告費について、報道の自由について政策を発表した。

同日、原は次の部課の担当者を集め、本年度分発注に続く発注分の検討会を行なった。

三軍の防衛部課長

技術研究所各部課長

三軍の技術部課長

結果は二項目に分けられた。

第一の品目は、性能としては現状のままで直ちに必要量を発注するもの。第二の品目は、さらに性能を向上させるために研究開発を行なうものであった。

第一については加藤少将が指揮をとり、各メーカーに発注することにした。

㈩ 周辺国の反応

七月一七日㈭、南占幸国・米国・ロシアの代表者が中国の首都に集まり、金宝国のクーデターについて協議を行なった。丸一日の会議の結果、次の決議文が作成され、国連事務総長にも送付された。

骨　子

一、理由はともかくとして、今回のクーデターは戦後数十年間、順調に育ってきた金宝国の自由と民主主義を一挙に覆(くつが)えし、戦前のファシズムに逆行せんとするものであり、世界各国、特にアジア諸国にとっては黙視し得ざる大問題である。

一、クーデターの際、それに反対する多数の政治家・市民を弾圧、逮捕、強制収容したが、これは許されざる野蛮(やばん)行為であり、人権の侵害であり、直ちに解放すべきである。

一、軍事政権は国民が営々(えいえい)として蓄積した富や巨額の貿易黒字、厖大な海外資産を駆使(くし)して金宝国軍を増強し、それを背景に再び覇権(はけん)外交を展開せんとするであろう。

これはアジアの戦力バランスを崩し、金宝国に屈服させることを意図するもので、平和を愛する我々としては到底容認し得ざるところである。

従って我々四ヶ国は、国内にある金宝国の資産を凍結すると共に、金宝国への戦略物資の禁輸を実施することをここに宣言するものであり、この措置は軍事政権が国民の自由な選挙による民主政権に交替するまで継続されるものである。

以上

公式の発表は以上であったが、実際の会議ではロシア代表がその身分の枠を超えてさらに過激な発言をしていた。

米国は最初は何故かロシアを除外していたのだが、北占幸国と中国から会議の情報を得たロシアが、（米国に）イラク攻撃の反対を控えるという条件で猛烈な外交攻勢をかけ、当日の会議に割り込んできたのである。

ロシア提案骨子

一、現実問題として金宝軍は、この機会に大拡張を行なうに違いない。
長距離戦闘機・爆撃機の開発・原爆開発・その運搬手段たる中長距離ミサイルの開発・軍事偵察衛星の開発・原子力空母及びミサイル潜水艦の開発・無人ロボット兵団の開発等の完成も彼らの技術力・資金力からすれば容易になし得るであろう。
これはまさに周辺諸国にとっては一大事である。今や金宝国はアジアの癌・エイズに等しい。この主因は米軍の戦後占領政策の手温さから生じたものであるが、今、この好機こそ各国が協力してこの菌を完全に死滅させるべき絶好の機会である。

提　案

一、各国が一斉に金宝国軍を攻撃・破壊して民主主義を育て直す。
一、将来の禍根を絶つため、金宝国を分断統治する。
(1)、首都地区を含む中央部分で金宝海に至るまでの部分ならびに沖紐列島は米国。

(2)、北道及び北緯三八度線より北の地域はロシア。
(3)、小坂地方・中部・近畿・中国及び鈍閣諸島は中国。
(4)、全南州及び五島は南占幸国。

以上

しかし、この提案に賛成したのは南占幸国だけで、米国も中国も強硬に反対した。両国とも金宝国を現在の弱者状態にしたまま生かしてさらに強く隷属させ、もっと効率よく技術協力や資金協力・ODAなどをさせて搾取した方がよい、と考えたのである。

その上、もし分割占領ともなれば津賀留海峡はロシア海軍の専用通路となり、ロシア一五〇年の悲願である不凍港を得て太平洋はおろか、遠くカムラン湾・南沙諸島・インド洋への武力介入も可能となり得る。

さらに将来は金宝人の高度技術と勤勉な労働力を得て、ロシア・中国の軍事的・経済的立場が極めて強大となることは明白であった。

また、中国は南占幸国が南州・五国を得て強大になれば、多年の友邦国である北占幸国が弱体化し、遂には南占幸国に併呑される可能性が高くなり、ロシア・米国との緩衝地帯・衛星国が消えるわけで、しかも現在貢物として受け取っている多額のODA援助はなくなる。

また小坂、中部等を得たとしても、軍事的には飛地で米国・南占幸国に補給路を遮断される脅威がある。そんなことならば、今現在、金宝国が中国を巨大市場と夢見てすり寄ってきているのだから、再びファミリー党の世に戻して、ODA供与や高度技術を得た方が遙かにマシであると考えたのである。

米国・中国は口を揃えてロシアに対し、気持ちは理解できるが、今はそこまでする必要があるのか否かはまだ分からない。それに金宝国は単一民族国家であり、その分断は多くの禍根を残すし、世界の輿論もこれを許すまい、と反対した。

驚くべきことに、これらの情報は、その夜のうちに原たちの耳に入ってきたのである。海外情報の入手能力がほとんどない現在の原たちにとっては、これは有難い、新谷班長の警報に次ぐ第二の天の助け、僥倖であった。

それは、中国と二〇〇キロの海峡を隔てて向かい合う美国島政府からもたらされた。

今の金宝国の若い人たちは、金宝教員組合と文部省が意図的に自国の歴史と民族の誇りを教えないので知らないが、美国島と金宝国の関係は因縁浅からざるものがあり、特に両国軍の間には戦後も極めて親密な関係が蔭で続いているのである。

美国島は占幸半島と同じく、戦前の金宝国が自国の領土としたところであるが、ちょうどその同じ頃、同様に植民地を世界に拡大していた英国・ロシア・米国・フランス・ドイツ等の列強諸国が愚民政策・奴隷政策をとり、有名な、「支那人と犬は、公園（租界内の）に入るべからず」式の人格を認めない政策をとったのに対し、金宝国は（多少の例は別として）少なくとも公式には同じ金宝人・金宝国人として遇し、識字率が二・五％と低かった人々に初等・中等・高等と金宝国と全く同じ教育を施し、経済活動も道路を整備し、農業技術を改善し、鉄道を敷設し、港湾を大型船の入港ができるように整え、発電所を建設して産業育成に努めたのである。

この結果、例えば占幸半島では、金宝国が併合した時点では、全人口が一〇〇〇万人・平均寿命が驚くなかれ、たったの二四歳であったのに、僅か三〇年後には人口は倍の二五〇〇万人に増加し、平均寿命も四五歳と増えたのである。これは金宝国がいかに自国民として善政を行なったのかという実証である。

また、両国が大戦後のアジアにおいて逸早く興隆することができたのも、金宝国の「植民地として」の政策ではなく、「金宝国として」の施策によったものであることを（占幸半島は完全否定しているが）、美国島では現在でも人心が多として好感を持ってくれているのである。

当時の米・英・露・仏等の世界列強は、植民地に全国的学校などは作らず（除・一部キリスト教系学校）、また教えても一、二年で母国語教育だけで公用語も母国語としていた。

つまり、我が国だけが特別に金宝語を強制したのではなく、色を為して非難されねばならぬような悪政を布いたのでは決してないのである。善政の証拠は、例えば占幸半島では併合時には小学校（六年制）の数が、僅か四〇校にしかすぎず、しかも金持ちの子しか通学できなかったのに、三〇年後には、なんと、一〇〇〇校に増加し、誰でも行ける学校になっていた事実が如実にそれを物語っている。さらに大戦後逸早く復興できたのは、アジアではこの二国だけで、教育や社会的工業的基礎が出来ていたことを示している。

しかし、この両国の受け止め方の差は、一体どこから生ずるのであろうか。……よく分からないが、美国島では一応、政権交替があっても平和的に継承されるのに対し、南占幸国では大統領が退任すると、必ず次の大統領勢力が（それまでは尊敬していたはずの）元大統領を非難し、逮捕する事実からも推測されるように「国民性の違い」なのかも知れない。

戦後、美国島の総統となったS氏は、旧金宝国陸軍士官学校の出身であり（南占幸国の元大統領のP氏も同様）、大戦終了の時にも、

「暴に酬いるに、徳を以てす」

と、ほとんど賠償を要求しなかった。（これに対し南占幸国は一九六五年、敗戦の傷からやっとフラフラと立ち上がったばかりの金宝国に対し、六億ドルという当時としては巨額の賠償金を要求した）。また大陸沿海に残留していた多くの軍人や民間人を、早期に無事に帰国させてくれたのであった。

この点、六六万もの軍人・軍属を、国際条約に反して不法に酷寒のシベリアに数年間も拉致して

強制労働に従事させ、六万人もの死者を出させたソビエトや、朝鮮半島で弱者の婦女子に対してなされた暴行・掠奪とは全く対照的に異なっていた。

大戦終了後、S総統は大陸で共産軍と内戦となり、利あらずして美国島に渡ったが、そのとき追尾して渡洋攻撃しようとした共産軍を防ぐため、帝国陸軍の今村均《ひとし》大将以下の高級将校団四七名が軍事顧問として共に戦い、美国島を守りきったという歴史があるのである。

美国島では、その後の歴代総統も親金宝国政策を取っている。現在でも防衛隊の制服組は、公式には政府・内局の命令通りに中国と交際することになっているが、プライベートでは美国島の軍人たちと多くの人脈を持ち、水面下で親密な交際を続けているのである。

さて、中国と美国島は同一民族に属するので、情報は互いに取り易い。筆者自身、或る美国島の陸軍大将が、

「中国政府が首都で行なう秘密の重要会議でも、その内容は三時間で香島及び下海経由の二ルートで我々の耳に入る」

と豪語《ごうご》するのを聞いたことがある。今回の場合、美国島の立場からすれば、情報を伝えることにより、新生軍政府の好感を得ることができるし、今回のことで軍政府が中国と争えば、過去約六兆円にものぼる巨額な中国向けODA供与が停止されるはずで、それにより中国軍の軍事予算の増強が鈍化すれば、その分《ぶん》、安全保障上も有利となる。

さらにもし経済封鎖が行なわれることになれば、金宝国は国連非加盟の美国島に物資輸入を秘《ひそ》かに頼らざるを得なくなるはずで、そうなれば対金宝貿易赤字を一挙に黒字に転換することができる。

その上、現在は行なわれていない金宝国の艦艇や武器も購入できるかもしれなかった。

ただ美国島の場合、中国の軍事侵攻を米国の力で予防して貰っているので、表立《おもてだ》っての支援はできない、という事情はある。

この情報は、原たちにとって大打撃であった。

「ロシアと南占幸国が分割占領を主張したのは問題ですね。……ロシア軍はもし米国が不介入だと分かれば、本当に攻撃してくるかも知れません。軍政府反対の仮面をかぶった特殊部隊の侵攻もあり得ますよ」

と遠藤大佐が悲観論を吐いた。

「なにしろ在金宝の永住及び不法滞在外国人は一九〇万人もいて、南北占幸国だけで六二万人もいます。これらの人間は帰化もせず、母国の兵役訓練や排金宝思想教育も受けているんでしょう。……これが特殊部隊と組んでテロを始めたら、これは警察力を強化したって間に合いませんね」

と松本大佐も心配した。

「となると、とりあえず七師と相牛の戦車中隊とF15の南州行きは中止ですね」

と大川が応じた。

「待て、それも大事だが、経済封鎖と資産凍結は痛いぞ。軍政が落ち着いてからならまだしも、今すぐは、これはこたえるな」

と加藤少将まで心細くなった。さらに広中少将までもがそれを肯定した。

「たしかにのお。特に三国は平素から我が国に対する敵愾心を煽っておる。我が方の少ない兵力でどう守るか。……それにテロまで、考えればここ（三谷本隊）にしても危ないの。来らざるを恃まず、待つあるを恃むでなければいかんのお」

皆静かになった。明るかった日差しの中から、急に日陰に入ったように暗い雰囲気が漲った。原は自分自身に言い聞かせるように口に出して整理してみた。

指揮官が情報に圧倒され、動揺しては良い知恵も浮かばない。それに口に出している間に皆も落ち着いてくれるだろう。

「たしかに経済封鎖も資産凍結も大問題ではあるが、こちらはボディ・ブローだから後回しにして、……最緊急課題は、ロシアと南占幸国からの武力侵攻だな。……よし、まず正攻法で考えよう。複数の敵がある場合や味方の兵力が少ない場合、同時に戦う二正面作戦を避けて、次々に各個撃破をするのが戦術の常道だ。

第一に米軍だが、陸・空とも在金宝兵力は少ない。ただ海の第七艦隊が数日前に出港してグアム方面にいるが、もし我々を敵と見るなら、さらに増援部隊が必要となる。その動きもないし、分割案に賛成するはずがない。除外してもいいだろう。

第二に中国だが、分割案に多少の魅力を感じたとしても、南占幸国が南州を得て強大になるのは好ましくないし、ロシアの不凍港入手も好まないだろう。また中国軍は原爆・ミサイル・潜水艦を持つとはいえ、重火器・戦車を運ぶ輸送艦も護衛艦もまだ少ない。こちらも目の前の脅威からは除外してもいいだろう。

第三にロシアが攻撃してくるとすると、以前の資料では極東軍は陸二九万、空、爆撃機三〇〇戦闘機一〇〇〇、海、七六〇隻うち空母一、潜水艦七五、強襲揚陸艦一〇と大兵力だったが、現在は陸軍一二個師団一一万人、主力戦車三四〇〇両、主要水上戦闘艦八隻、潜水艦八、作戦航空機四〇〇機に削減されて、その上ウラジボストックとシベリアの大火薬庫爆発で弾薬の備蓄量も大幅に減小している。また空軍は大半がシベリアからウラジボ・ナホトカ方面に展開しているから、我々を攻撃するためには渡洋作戦となる。

昔函館に亡命してきたミグ25の時と違って、今では早期探知もできる。ミグ30、スホーイ27とも割合、航続距離が短いから我々には好都合だ。彼らの技術レベルも稚外の無線傍受から判断すれば、戦技訓練というよりむしろ慣熟訓練に近い。加えて稼働率（かどうりつ）の悪さ、修理能力の低さ、補給の遅さがある。

対する我々にはF15、F2E約三〇〇機があり、充分彼らを撃墜できよう。上陸兵力も我々の新型ミサイルで洋上で、三分の一に損害を与えられるし、着上陸地点は大体分かっているから各個撃破できる。空挺師団が降下しても、軽装備で補給が続かないから充分全滅させられる。原爆は米軍との関係で使うまいから、極東軍相手なら問題はない。

ただ大都市は爆撃やミサイルで叩かれて被害が出るが、これは防衛できない。今までの政治屋と内局の我々に対する抑圧の結果だから、今の俺たちにはどう仕様もないことだ。結論としては、極東現有兵力での攻撃はまずない。

しかし、ロシア軍の攻撃の特徴として大兵力の集中がある。歴史上の彼らの戦訓を辿れば、古くは日露戦争でのヨーロッパからの陸兵輸送、バルチック艦隊の遅れた兵力を待った事実、新しくは独ソ戦のスターリングラード反撃作戦（この時は一八世紀の大砲まで動員したという）。大戦末期の対金宝国攻撃等々に見られるように、彼らには全兵力を集中してから攻撃するという特性がある。

従って、彼らが本気なら（現有極東軍の兵力では不足なので）大兵力を欧州から輸送しなければならない。いくらシベリア鉄道が複線になり、お家芸（いえげい）の片道輸送をしたからといって、それに我々が線路・鉄橋の爆破工作をしないとしても、機甲師団を含む数師団の輸送と上陸船舶の整備には少なくとも最低二ヶ月はかかる。

今は七月だから九月。九月末にはシベリアは冬に入り雨が多くなり、金宝海は台風もあり荒れ始める。集結した軍には宿舎も暖房用燃料・食料も要る。荒天では小舟艇の偵察・機雷排除もできない。となれば侵攻作戦は来年の春になり、俺たちは辛うじて二正面作戦だけは回避できるわけだな。

万が一、明日南占幸国と協力して攻撃を開始してくるとしても、船舶集中・重火器搭載等は通信量増大と暗号傍受でも分かるから、空挺部隊降下、長期滞在者と革命党員を利用してのゲリラ攻撃と併用してきても、三、四ヶ月は充分優位に戦える。それで向こうは補給が絶えるわけだ。

となれば残るは一つ。遠藤大佐、南占幸国の兵力を読み上げてくれ」

遠藤はすぐ資料を取って声を出した。

「南占章国はGDP七〇〇〇億ドル、国防費一四〇億ドル、総兵力は現役七〇万、予備役四五〇万人、陸五六万、戦車二四〇〇両、火砲五二〇〇門及びミサイル部隊、海は七万、DD（駆逐艦等）三九隻、ミサイル艇二〇、潜水艦通常型二〇、海兵隊二・五万人、空は六・三万、F16・F4・F5等戦闘機五六〇機が主力で、その他二五〇機、基地は……これはいいですね。

それと参考ですが北占章国は国防費五〇億ドル、総兵力、現役一一七万、予備役六〇〇万、陸一〇〇万、戦車三七〇〇両、火砲一三七〇〇門、海六万、DD3、R級潜水艦二四、ミサイル艇四五、空一一万、主力はミグ21一六〇機、同29一九機、スホーイ27二六機等合計六一〇機です。

経理補給が専門の加藤が、ちょっと驚いた声をあげた。

「オイ、じゃ北と南が合併すると現役一八〇万、予備役一一〇〇万かい。我が軍は二四万、いくら何でもこりゃ負けるよ」

空の佐藤大佐も同調した。

「空軍だけを言うなら、ロシア戦の場合は我が方は機数は劣っていても主力はF15、それに空中給油機も三機持たせてもらいましたし、先様は性能、稼働率で劣りますから充分互角に戦えます。

しかし、南占幸国の場合は距離が近いので、敵の第一波を撃墜しても、我が方が給弾・給油に着陸したところを第二波、第三波と襲われますと全滅です。もっと機数もパイロットも増やさないと、来春のロシア軍には負けますね」

加藤少将が愚痴った。

「機数を増やせ、と言われたってだな、F15はアメリカのライセンス生産で一部主要パーツは輸入だよ。やっと国産を許可して貰ったF1F2も、あくまで対地支援用だよ。F2は対空戦まで配慮して国産を主張したのに、政治屋大蔵省が拒否、じゃせめて機体はエンジン二基のＦ15のを、と言ったら、今度はアメリカが対地攻撃ならＦ16の機体の方が安価ですよ、と拒否。本音は俺たちに昔のゼロ戦のような最新鋭機を持たせたくないんだ。……ま、しかし大至急量産するとしても、スホーイやミグにどこまで太刀(たち)打(う)ちできるかだな」

　珍しく広中までもが怒った。

「防衛というものが分かっとらん政治屋共や大蔵省・外務省・内局の馬鹿者が、こういうアンバランスの、米国の手先にしかなれん我が軍を作ったんじゃ。全く抗堪性(こうたんせい)もない。……しかし、今さら文句を言っても仕方ないわ。すぐ四星等に最大限の生産を頼んで並行して国産の新型戦闘機の開発もやってもらうんじゃ。それまでは対空ミサイルと自走高射機関砲を大量生産して、何とか持ちこたえるしかないの」

　空の佐藤大佐がまた発言した。

「新型機の開発には数年かかります。またパイロットの養成や教育システムにも、厖大な資金と歳月が必要です。自分はいつも考えていたんですが、いっそこの機会に作戦機をロボット化・人工知能化することができないでしょうか。

　我が国の少子化は益々進むでしょうし、当然隊員希望者も減少します。敵の対空ミサイルも進歩してきますし、パイロットの損耗は、戦闘の勝敗と厖大な経費のロスに繋(つな)がります。それを考えれば、今担当の開発費を使っても、充分採算がとれると思います」

　広中が吼(ほ)えた。

「面白い！　最初は性能と経費に多少の難があるじゃろうが、小兵力の我々の国防には必須の考え方よ。空だけと言わず、陸も海もやるべきじゃの」

　原も同調したがそこで抑えた。

「分かった。我が国独自の兵力構想には欠かせぬ方向だ。だが、その前に明日の占幸国からの攻撃だな。海はどうなってる?」

海の赤松大佐が冷静に答えた。

「純粋に海軍対海軍なら占幸国など問題なく勝てますが、相手は空軍の援護なしには出てこないでしょうから、一挙に叩くのは無理ですね。それと島伝いに来る小兵力は完全には防げません。我々の兵力も米海軍の一部として、対潜水艦作戦と船団護衛の対空能力に主眼を置いて整備されてきましたから。……」

原はそこで締め括(くく)った。今さら無いものねだりをしても仕方がない。

「我々が劣勢(れっせい)なことは三〇年前から分かっていたことだ。広中たちの言う通り、米軍頼みをしてきたからこんな時に困るんだ。……戦術面で苦戦なら、戦略的に勝つ方法を考えるしか道はあるまい。我々としては、何としても、

第一に、二正面作戦を避けること。

第二に、北と南が協力・合併して大兵力になるのを防ぐこと。

が重要になる。となれば、侵攻を主張する南占幸国の最大の弱点、北占幸国と合併させせないことが大切となる。

北は精兵ではあるが渡洋能力はなく、経済的に苦しい。南は侵攻能力はあるが、我々と戦えば背後から北に侵略される可能性が生ずる。我々と北を同時に敵に回すことは南占幸国には出来ない。俺たちはここを衝こう。それで春までの時間を稼いで戦力を増強するんだ」

広中も頷(うなず)いた。

「うん、基本的にはその戦略しかなかろうの。じゃが具体的には幾つも問題点がある。北は数発の原爆とミサイルを持っておる。これを抑止してきたのは米軍の報復攻撃力じゃが、今回形式的には

米・中・ロは金宝と縁が切れたわけだの。これを北がどう判断するか。……

　また、北は我々との平和条約を望んでおろう。しかし我が国には拉致（らち）の壁がある。北からすれば、敵の我々と条約を結ぶのをどう考えるかということもある。それともし我々が北に経済支援をしたとした場合、今度は我が国民が我々をどう思うかという問題もある。俺たちの軍政は今、始まったばかりよ。国民に不満が生ずれば、俺たち自身の立つべき根拠がなくなる。これはちょっと難しいのお」

　情報の松本大佐が静かな口調で発言した。

「北は先年、アメリカに核開発を止める、と言って食料とオイルを貰い、核開発は続けました。また南からも平和を餌に現金と米を貰い、さらに我が国に対してもミサイルを落とされたくなかったら送金停止や船舶出入禁止の法など作るな、拉致者を返すから米と医薬品をくれ、等々の外交を行なってきました。

　この口先外交に各国が易々（やすやす）と乗ったのは、いくら非常識の国であっても、外交だけは紳士的で嘘はつかない、という前提で接したからです。

　もう一つ、外交には「相互主義（プリンシプル・オブ・レシプロシティ）」というものがあります。北が嘘を常用しているのですから、我々も北に使ってみては如何でしょう。……つまり、北の欲しがるもの、平和条約の締結とそれに伴う経済援助・人道的食糧・医薬品供与・オイル・産業技術の供与・貿易拡大等々をすぐ年内にも発動できるかの如くに提案するわけです。但し、拉致者百人以上を返してくれることが前提条件だと言います。

　南占幸国との平和条約のお金が六億ドルでしたから、六〇〇〇億円くらいを切り出します。当然、交渉は拉致と金額で長引きます。……

　しかしこの間、北に希望を持たせ続ければ、北としては南と協力して我が国を攻撃してくるということはしないでしょう。北にとっても南が南州を得て強大になるのは脅威のはずです。それで引き伸ばして我々が年末に選挙による民政に移管すれば、後は専門家の外務省がうまくやるでしょう。我々は時間を稼いで、戦力増強の一応の態勢を作ることができます」

「綱渡りだな。そんなにうまく行くかな」

と空の佐藤大佐が疑問を出した。

「今までの外交では、こちらの手の内は全部、北に読まれていたんだぞ。心にもない嘘を平然とつけるかね」

松本は相変わらず冷静に答えた。

「それは、今までの我が国が外務省を通して交渉したからだよ。彼ら外務省は、我々は勅任官・奏任官・判任官のうちの最高位の勅任官だぞ、と我々を見下し、外に向かっては自分の手の内をチラチラさせて自分を大物に見せかけ、交渉で揉め事を起こすと、本国の外務省に聞こえて無能と言われないかビクビクして、ＯＤＡ等の金をふりまいて円くおさめようとする手法が外交だと考えてきたんだよ。

彼らはお公家(くげ)さんさ。強い風が吹いても、頭を下げて温順(おとな)しくしていればやがて治まると思っているんだ。しかし、俺たちがやる以上、こちらの手の内は明かさない。すべての情報は一元化して、秘密情報は漏らさない。こうすれば、半年くらいは軽く持ちこたえられる。原部長、如何でしょうか」

「うむ、分かった。今は緊急事態だ。何としても勝って国民に戦火の被害を及ぼしてはならなん。とにかく、良いと思われることはみんなやってみよう。

第一に、松本の北占幸国対策を実行する。

第二に、来年春までに戦力の大増強をはかろう。

第三に、大曽根・深田・岩原さん経由で、速やかな民政復帰を条件に対米外交の恢復を交渉して貰う。これはこの前も一度頼んだが、何度でもやろう。

第四に、予備防衛官の現役復帰と一年間、外人部隊としてグルカ兵集団を傭う。六〇〇人くらい。給料は一人一三万、その他で三〇万として一年で約二二億だが、急場のしのぎにはなる。壱岐対馬に置けばよい。

それで広中、対北工作の責任者だが、クラスの山中はどうだろう。今度の作戦には直接呼びかけてはいないが、人柄は温厚で申し分ないし芯もある。口も堅いし、今度の昇任で少将にもなった。おまけに専門が経理補給だ。彼に北占幸国語のできる大佐を一人付け、別に通訳として少佐か大尉を一人つけよう。それでベースA(アルファ)を拠点として、全面的に任せたらどうかな」

「良かろう。彼なら任せるに足るのぉ」

「松本、好い候補者がいないか」

「ハイ、小平(こだいら)学校の教官に国南(くになみ)大佐がいます。彼なら占幸語も達者ですし、情報・調査の専門家です。少佐の方は一日頂ければ、選考して呼び寄せられます」

「よし、すぐかかってくれ。それで国南は占幸語が分からないことにして通訳の話を聞いている態(てい)にした方が好いぞ。そうだ、山中には色の薄いサングラスをかけさせよう」

「ハイ、分かりました」

遠藤が質問した。

「今、北占幸国との窓口はどこなんだ」

問われた松本は、珍しくちょっと迷った。

「うん、一般的には外務省のT審議官の線、中国経由の線、在金宝北占幸国総連合会(総連)の線と境港や清水の個人船主の線があるようだ。ただ外務省のTは弱腰で、何か弱味を握られているのではないか、とまで言う人もいるし、中国経由は筒抜けに話が漏れる。総連は高官までは辿り着けるだろうが、トップまで行けるかどうかは分からない。個人船主はトップから表彰状を貰ったというが、どこまで力があるか分からないな」

原は決断した。

「よし、総連の線でとにかくはじめよう。後々の引き延ばしを考えれば、ワンクッション入れておいた方が好さそうだ。何か不都合があった場合でも絞めつけられる。

加藤、ベースA（アルファ）を使っていいな」

「好いぞ。留守番がいるだけだ。書類もないから、山中の好きに使えるぞ」

「分かった。松本大佐は明日からベースA（アルファ）を山中少将・国南大佐らの専用とするから、その護衛と連絡に当たってくれ。それから外務省に行って北占幸国の資料一切を提出させよ。特にTには厳重（げんじゅう）にやれ。兵を連れて行って拒否する者は、その場で逮捕しろ。南からの攻撃がかかっている。万遺漏（ばんいろう）のないようにすぐかかってくれ」

「ハイ、分かりました」

と松本は出て行った。原たちは続いて資産凍結・戦略物資の禁輸・兵器大増産の打ち合わせに入った。

緊急対策（即日実行する）

一、一時的に三軍の需給統制隊を統合して「特別調達委員会」を設置し、加藤少将を長として緊急調達を実施する。委員には、必要に応じて調本・通産省・運輸省・農林省・税関等から関係者を出向させ、それぞれの関係小委員会で意見を徴し、また命令を与える。

一、特別調達委員会は直ちに下記の各項を実施する。その際、入札手続きは省略してもよい（加藤少将の判断に任せる）。

(1)、各商社を動員し、美国島・インド・マレーシア・イラン・エジプト・南ア等の諸国を窓口に、最低目標・原油二億五〇〇〇万トン・鉄鉱石一億五〇〇〇万トン・穀物五〇〇〇万トン・各種金属及びレアメタル等を可能な限り緊急輸入の発注を行なう。

(2)、本日から夜間イルミネーション照明・テレビ深夜放送・飲食店の深夜営業・特令を除くタクシーの深夜営業等を禁止する。

また準備でき次第、個人乗用車のガソリン配給制の実施・航空輸送便の減便・新幹線の減便・高速道路の照明減少と夜間制限速力減少と厳守を実施する。

(3)、大至急、燃料タンク・倉庫・資材置場等の用地を強制接収し、建設を開始する。この間空船・スクラップ船・団平船等を傭船し、あるいは物資を満載したまま港に備蓄する。廃止したまま放置してあるトンネルを利用するのもよい。またこの間、不急の道路工事等は一時凍結して建設工事にふり向ける。

(4)、即時、必要武器・艦船・航空機の発注を行なう。

(5)、予備防衛官の召集（各企業には課税面で優遇する）、グルカ兵部隊の編成（但し一年間を目途とする）、新規隊員の募集。

(6)、防衛隊大学の半年繰り上げ卒業・大学卒幹部候補生募集枠拡大・航空操縦・整備学生の増枠。

(7)、新しく次の部隊を創立する準備に入る。責任者は遠藤大佐。

戦略ミサイル・衛星部隊。

サイバー戦対応部隊（含エシュロン）。但しこの部隊は将来新設される総合情報省（仮名・指揮官松本大佐）に吸収されるものとする。この部隊の隊員は技術者を含む。

以　上（七月一七日時点）

原たちが武器・弾薬の生産を急ぐのには訳があった。

例えば小銃弾の場合、仮に一万の兵が一日に一回戦闘して小銃・機銃を射つとする。兵一人の弾丸携行量は旧帝国陸軍の場合、最大二〇〇発、普通の作戦では一六〇発であった。旧軍の場合は「一発必中主義」であったからそれでよいが、現在の戦術思想は「制圧射撃」に変わっており、一〇〇発くらいはそれこそアッという間に射ちつくす。とすると、一日の消費量は一〇〇万発となる。想定をもう少し少なくして一日一〇〇〇人が一〇〇発としても一〇万発である。

では、生産はどうなのかというと、（大蔵省と内局のご方針は、「ナニ、いざとなれば生産の予算はたっぷり付けて上げますよ」と仰言るが）、現在の我が国の小火器弾の生産量は、普通の操業で「月産一七〇〇万発」、二四時間一ヶ月休日無しのフル稼働でも約五〇〇万発にしかならない。新しく製造機械を注文発注し、据付け増産するまでには、急いでも約五〜六ヶ月はかかる。しかも生産工場は、たったの一工場しかないからゲリラに襲撃されたり、作業員が過労でちょっとしたミスをしても生産は中断してしまう。

護衛艦にしても、一航海で二、三回交戦して母港に帰港し、弾薬を補給しようとしても積み込める量はほとんどゼロに近い。

どこかの国のミサイル飛来を半狂乱になって騒ぐくせに、地対空・空対空の迎撃ミサイルも一基（発射台）が三、四発ずつ射ったら、もう「弾がありません。それでお終（しま）いであります」である。

これは武力で威嚇（いかく）してくる国の攻撃を想定して、最低必要量から「積みあげ方式」で計算して行く予算ではなく、軍事センスのない政治屋と大蔵省・内局が米軍の援助をアテにして、頭から防衛予算額は何％以下と定めて圧縮する方式をとっているからである。

七月一八日㊎、平入大佐はまた新政策を発表した。それは、周辺国に対しては平和外交を維持するという表明と、先日の不法外国人の自主的退去者の発表及び情報処理の整備についてであった。

七月二〇日午後一時から、陸・海・空三軍の全司令官・首席参謀会議が三谷本隊大講堂で開催された

会議は秘密扱いで招集され、原・広中・加藤は今後の国政の方向・国政会議への移行の見通し・現在の周辺諸国の動向・臨戦準備・予備防衛隊員とグルカ兵部隊の配備・防御陣地の構築・航空兵力及び艦艇の空襲に対する抗堪性の確認・現在発注中の兵器・機材の納品確認・必要機材の申請、予算配賦・新暗号書の配賦予定・軍事法廷準備・各地ごとの広報官の充実・苦情処理の対応・インターネット応接等々について説明、質疑が行なわれ、解散後、深夜にもかかわらずほとんどの者は輸送機・ヘリ・戦闘機等で帰って行った。

深田・大沢議員は、原たちに目算を狂わされて面白くなかったが、今までの自分たちの政敵がほとんどいなくなったことと、今まで決して念頭を離れたことがなかった選挙対策が、国政議員になれば不要となる、というのは頭上の暗雲がすっきりと消えたようで、これは好いことではあるな、と思っていた。

しかし、いったん国政議員になると紅灯(こうとう)の巷(ちまた)での宴席やリベートの旨味、一族の面倒見も勝手気儘にはできなくなるわけで、こちらは大変に苦痛であり、特にまだ若い大沢は、衆議院から首相を狙うコースの方が、リスクは大きいが魅力があるのではなかろうかとの思いの間で揺れていた。

一方、大曽根は、偶然回ってきた国政議員の議長職に驚きながらも喜んでいた。この喜びは同じく副議長職の岩原首都知事も同様で、広中にはうむ、一応考えてみよう。しかし僕には現在の首都の人々に対して責任があるし、国政議員になってもしばらくの間は引き継ぎやら何やらで半年は

色々な人にも会わねばならんと思うから、国政議員の禁止条項に抵触してしまうな、それに他にはどんな人たちが候補でいるのかね、と充分の意欲を見せた。

この二人には、副業やリベート禁止の規則はそれほど苦痛ではなく、それより金宝国の未来のための政策を決め得るポストに安定できることに魅せられていたのである。二人は「乃公出でずんば」の気概を持ち、もうその時の政策と他の議員の人選などを色々考え始めていた。

この日から実質的に学校も再開され、戒厳令も全面解除されて市内要所に配置されていた部隊も、各球場警備の兵以外は、それぞれの駐屯地に引き揚げた。

また原たちは、南占幸国・ロシアのゲリラ部隊対策の一つとして（目的は国内の防犯として）警察官の一〇〇〇〇人増・海上保安官の一〇〇〇〇人増と所要艦艇の建造及び入国管理官と税関職員の六〇〇〇〇人の増員を命令した。

同じ日、山中少将は在金宝北占幸国総連合会（以後、総連と呼称）に、外務省の元担当者Ｔを経由して連絡させ、軍政府高官が大至急秘かに会いたがっている、とベースＡを訪問することを勧告させた。

総連幹部たちはその真意を訝ったが、直ちに本国の外務省幹部に連絡の上、夜八時、黒塗りの車一台に護衛五人、一台に総連副会長と事務局長が乗ってベースＡを訪問した。

山中少将は自己紹介の挨拶の後、穏やかな人柄のままにニコやかに次の諸点を説明した。

一、両国の間には、残念ながら未だ平和条約が締結されていない。軍政府はどの国との交戦も望まず、従って貴国とも早急に国交を回復したい要望を持っている。

一、この裏付けのために、軍政府は貴国が我が国に対して輸出したい物があれば、即刻それを輸入する用意がある。代金の支払いはＵＳドル・金宝円または品物のバーターでも構わない。

一、但し、貴国と我が国との間には拉致問題が存在し、これればかりは我々軍政府も避けては通れない。しかし、互いに有益となり、且つ面目を保ちながら解決できる方法が必ずあるはずで、過去にこだわらず速やかに解決しようではないか。

一、平和条約の内容としては、さきの南占幸国との例を考えている。

一、以上の諸事項の調査・交通・事務等の経費として、軍政府は総連に五〇〇〇万円を支出する用意がある。

以上

総連の使者は、外務省のTからの話である以上、軍側の代表団の一員としてTを加えてもらいたい、と要求してきた。

しかし、山中はやんわりと軍政府は従来の外務省のようにのんびりと交渉する気はない。即戦即決、速やかに解決することが自分に与えられた軍命令であり、外務省の先例にとらわれることはしないと答え、五〇〇〇万円の事務経費も本国からの許可の返事があり次第、支給する用意があると述べた。

総連副会長は、さっそく持ち帰って会長に報告、協議した上で速やかに本国に連絡、回答をお持ちします、と答えた。

総連の事務局長は、少し座が和んできた頃を見計らって、軍政府の本庁は隊内なのに、どうしてこの家を拠点とするのですか、という点とくどいようですが、今後の外交交渉に外務省が関係しなくて良いんですか、と質問してきた。

国南大佐がひきとって、交渉窓口をこの家にしているのは交渉を秘匿するためで、条約の締結にはいずれかの正式の場所が用意されること、また我々には軍政府から早期締結の命令と相応の権限が委任されており、例えば交渉を円滑に進めるためならば、昼夜の別なく輸送機を用立てることもできる、と説明した。

その夜から総連の事務局ビル・会長・副会長・事務局長の電話はすべて盗聴録音された。電話では提案の内容と、今までの外務省と違って軍人は単純でバカだ、交渉というものを全く知らない。我々は彼らが政権を握っているドサクサにつけこんで、一気に平和条約まで持って行った方が得策ではないか、などと話していた。

七月二三日㈬、原たちはかねて研究しておいた行政処理機構への作業を行なった。

⑴、町ヶ谷会館ロビーに国民からの相談窓口を開設する（八時半～一七時）。

⑵、隊内体育館と大講堂で行政苦情の処理について検討する。

原は食事も仮眠も大講堂の椅子でとった。遠藤大佐が気をつかって、各机上の電話の呼び出し音を小さくし、ＢＧＭにも留意した。室内温度は一八～一九度に設定し、全員が汗臭くなっているので、微量の香水を循環させた。また、一定時間ごとに酸素ガスを放出させた。煙草の煙を消す空気清浄機・加湿器も設置し、体調の維持に配慮していた。

七月二四日㈭朝、ベースＡ（アルファ）の山中少将・国南大佐・通訳の原田少佐の三人は、総連の会長・副会長・事務局長を連れて、輸送機で北占幸国の首都に飛んだ。先方の要望で、軍服ではなく私服であった。

会談は午後から二回に分けて行なわれた。第一回討議では北側は、

一、平和条約の締結は我々も望むところではあるが、従来の経緯もあり、また過去の植民地時代に多大の被害を受けた我が国民の感情に対しても誠意ある謝罪を実行して頂きたい。

一、我々はすでに原子爆弾とそれを運搬するミサイルも保有しており、たとえ新軍事政権といえ

ども不当な外交圧力に屈することは断じてないことを表明しておく、と公式論に恫喝を混えて強硬に先制攻撃をかけてきた。

これに対して山中は、穏やかな態度を崩さず、

一、我々は貴国の主張はよく理解している。新政権にも充分その意を伝えよう。

一、我々は南北両国が同一民族であることはよく承知しており、一日も早く両国が平和裡に一緒になれる時が来るのを希求している。我々は近くロシアとも平和条約交渉を行なう予定である。我々新政権は決して争いを好むものではない。私は貴国と一日も早く平和条約交渉を開始するよう委任されてきているので、この責任を果たしたいと願っている。

と反復繰り返した。これで第一回は終わり、山中たちは控え室に戻って、金宝から持参してきた軽食・コーヒーを飲んだ。控え室は総連と一緒の部屋である。

国南大佐が口を開いて慨嘆した。

「いやあ、話には色々聞いていましたが、なかなか手厳しくやってくるもんですな」

山中も答えた。

「同感だね。こんな公式論の応酬じゃあ、何日たっても前には進まないな。……会長さん、私たちは具体的前進の成果を持って帰りたいんだが、次の会議もこんな調子で終わりなんでしょうかね」

総連の会長が微笑を絶やさずに答えた。もちろん金宝語である。

「いやいや山中さん、まだ第一回の初顔合わせですよ。何も出て来なくて当然でしょう。……それでは次の会議では、山中さんの方から貿易の希望を出してみられては如何ですか。きっと前に進みますよ」

山中は微苦笑を浮かべた。

「それで話が進みますかねえ。何だか取りつく島もないようでしたがねえ。それに原爆ミサイルの

脅し……、我々は軍人ですから、ああいう具合に来られるとカチンときますね。ならば、我々にもミサイル防御ミサイルや渡洋能力のある軍事力を保有しているぞ、ということになる」

国南も同調して会長に言った。

「そうですよ。せっかく我々がまず貿易を拡大して実績を作り、友好ムードを盛り上げて平和条約に進もうというのに、こんな公式論や原爆の脅しではですね。……これでは我が方も千万年号の入港や年間一四〇〇隻にも及ぶ貨物・漁船の入港・北占幸国への送金停止・北に対抗できる兵力の増大の用意がある、と言いたくなりますな」

会長が抑えた。

「まあまあ、それを言ったらお終いですよ。ここは感情的にならないでいきましょう。……そうですね、次の会議では私が一言、具体論に入るよう切り出しますよ。それで事態を前進させましょう」

「そうお願いします。私たちは喧嘩に来たわけじゃないんですから……。北の産物を買ってドルでも円でも、あるいは品物のバーターでも、とにかく早く成果をあげて平和条約の締結に持って行きたいだけなんですから。もっとも拉致問題もありますが、私自身は無事、任務を達成したいだけなんですよ」

これらの会話は筒抜けに北側に盗聴され、映像も流されていた。

一時間半の休憩の後始まった会談では、冒頭総連会長から会議の趣意はよく理解したから、具体的貿易問題の討議に入りたいが……と提案があり、第一回の時とは一転して会議は和やかなムードになった。

ただ北側の出席者代表は、首脳陣にはほど遠い外務省の局長ということで、会議の合意点については数日のうちに総連を通じて回答するということになった。

合意点

一、最初の輸入品目は魚介類と朝鮮人参等とし、支払いはドルで行なう。

一、金宝側は北側に対し五〇〇万ドル分の円借款を与えることを検討する。

一、輸出入業者の担当窓口として「北占幸国漢川山貿易商社」を定め、送金は北占幸国貿易銀行漢川山貿易商社の口座に送金すること。

一、北側と総連側は貿易交渉の専門担当者一名を用意する。

以上

山中は輸入港として境港（さかいみなと）を指定した。成立文書の交換と握手の後、いったん控え室に戻る。会長は、

「どうです、私の言った通りでしょう。まず第一回の成果が出てよかったですね」

と自慢した。

会長は北側が迎賓館で会食の準備をしているから、と誘ったが、山中は固辞して、待たせてあった輸送機で深夜霞ヶ浜の基地に戻った。

七月二六日㈯の深夜、北占幸国民主主義人民共和国海軍のR（ロメオ）級潜水艦、救国英雄号は、金宝国のノート半島沖に潜入していた。侵攻命令は情報部から二四日深夜に発令され、急遽、魚雷を陸揚げして出港してきたのであった。

狭い指揮所の中は夜間照明灯に切り換えられ、すべてが赤色がかって見える。潜舵（せんだ）・横舵（おうだ）ハンドル、エアバルブなどには、それぞれ丸首シャツ姿の水兵が取り付いて待機している。艦内は高温多

湿で皆、汗で濡れていた。船長の朴少佐は、すでに全員を戦闘配置につけている。

「発令所、ソーナー、水深キール下七五」

　とソーナー室から、水測長の低い声がマイクから流れた。

　潜望鏡で、ノート岬のレッド灯台の閃光間隔で方位を確認していた艦長が針路を修正した。

「面舵、潜舵そのまま」

「面舵一五度」

　操舵長の兵曹長が復唱して舵輪を右に回す。艦首が右に回頭するにつれて、ジャイロコンパスの針がゆっくり回り始めた。

「戻せー、二三〇度宜候—」

「戻せー舵中央、針路二三〇度」

　針は次第に動きを止め、操舵長が少し当て舵にすると、ピッタリ二三〇度で停止する。

「宜候、針路二三〇度」

「よし、副長、後一五分で浮上する。侵攻要員を前部ハッチに集めて準備させて下さい」

「ソーナー、艦長、水上障害物はないか」

　R級は排水量一八〇〇トン、一九六〇年に旧ソ連から供与された旧式のディーゼル攻撃潜水艦で、全長七六メートル、水中速力一四ノット、五三センチ魚雷発射管六門を持つ。しかし、老朽による漏水や部品不足で、今では行動できる艦はこの一隻しかない。

　二時間前まではシュノーケル航走であったから、まだ少しはくさくない空気が流れていたのだが、バッテリー推進に切り換えたので、ガチャガチャというエンジンの騒音からは解放された代わりに温度も湿度も上昇し、機関室のオイルの臭い、烹炊所の大蒜や炒め物の香り、トイレの悪臭などが入り混じって異様な、べっとりと貼りついてくる空気に変わりつつある。

「水深四三」

「発令所ソーナー、水深二〇、急速に浅くなりまーす。近くに水上目標なし。漁船群の位置変わりません」

「発令所、了解」

副長に替わって海図台に居た水雷長の金中尉が顔を上げた。ＤＲＴ（自動航跡自画機）の明るい輝点（きてん）が海図の岸に近づいている。

「艦長、ポイントＸまで一〇〇〇メートルです」

「水深一四、浅くなりまーす」

侵攻隊長の赫（ハオ）中佐が離艦の挨拶にやって来た。彼にも潜望鏡を見せてやる。

「見たところ、異状はないようだな」

「波が立っていないのも好いでしょう。成功を祈っています」

「有難う。ではこれで」

二人は敬礼を交わした。

「アア、赫中佐、電話をお願いします」

了解の手を振って、中佐は前部通路に消えた。

「艦長、予定点まで一〇〇メートルです」

「ソーナー水測止め、浮上用意、機械室前進微速、侵攻員上陸用意」

「潜・横舵浮上用意よし」

「ベント操作用意よし」

「機械室浮上用意よし」

「前部甲板員用意よし」

次々とマイクが報告する。水雷長が纏めた。

「艦長、トリム調整確認、各部浮上用意よろしい」

朴艦長は報告を聞きながら、自身でもサッと計器や制御盤を見回して確認した。

「浮上！　メーンタンクブロー、潜舵上げ角六度！」

浮上警報が鳴り、次々にタンクのバルブが開かれた。両舷からシューッ、ガボガボと海水が空気に追い出される叫びが艦内を凄まじく圧倒した。身体の重心が少し後ろに傾いた。海面までのメーターを読み上げる声の中、艦は鯨のように海面を割り、黒々と海面に浮かび上がった。

「機械室、停止」

司令塔や甲板から、まだとり残された海水がザアッと流れ落ちて小さな滝を作っている中を、ハッチが開き、次々に黒い人影が湧き出した。司令塔では全員が双眼鏡で艦の四周と上空を探り、前甲板では大型ゴムボート三隻に圧搾ガスが注入され、それぞれ船外機が装着されて舷側に浮かんだ。ボートには二人ずつが乗りこみ、艦上ではボートが流されないよう前後をロープで引っ張っている。幾つもの四角や長方形の防水布で固縛された包みがロープでボートに下ろされ、各船外機が始動した。

上陸員は背中にAK47自動小銃を背負い、腰に拳銃と手榴弾二ケをぶら下げている。副長が胸にかけた艦内電話で上陸用意よし、を報告した。

艦長が信号長に命令し、彼は手に持った信号灯を陸地に向け点滅させた。たちまち真っ黒な浜辺から、チカッチカッツーと小さな光がまたたいて消えた。艦長が前甲板に向けて大きく手を振り、「発進！」と叫んだ。

ボートが一斉に艦を離れた。信号長がもう一度、信号灯を点滅させ、陸上も応答した。

「勝利のために！」と艦長が叫んだ。

「偉大なる総統同志と祖国のために！」

と進み始めたボートから声が返ってきて、彼らはすぐ闇に消えた。

前甲板ではボートが発進するや否やロープなどをハッチから投げ落とし、続いて人間もラッタルを辿り落ちつつあった。

「前進微速、取舵一杯、潜航用意、針路五〇度」と号令をかけた艦長も、ハッチをしっかり閉鎖すると、ラッタルを辿り落ちた。

一五分後、砂浜では到着した六人が出迎えの数人と協力して、二台の幌付きトラックに荷物と畳んだボートを積み込み、富川方面に走り出そうとするところであり、救国英雄号は潜航して三〇分間、潜望鏡で浜に異状がないかを確認していたが、その後、進入時と全く逆のコースを辿り、金宝海に向け脱出を始めた。

トラックでは赫中佐が、首都の或る番号に携帯電話をかけていた。見事な金宝語である。

「ハイ」と受けた男が答えた。

「モシモシ、金山さんですか」

「ハイ」

「こちら北山一郎です。そちらのみなさまは如何ですか」

「ああ一郎さん、お待ちしていましたよ。こちらは皆、元気です」

「了解、予定通り赤ん坊が産まれました。母子ともに健康です。金山さんのお父さんにもお伝え下さい」

「ハイ分かりました」

中佐は電話を切った。よし、これで我々の上陸成功と潜水艦の脱出の第一報はすんだ、と張りつめていた緊張が少し解けた。

彼の電話は、本来ならば潜水艦が発信すべきものであったが、彼らの潜水艦には電文をデジタル信号に圧縮して僅か十秒たらずで送信する米国や金宝国のハイテク技術はなかったので、高度の電子技術を有する金宝海軍に探知されることを心配した海軍本部が救国英雄号には完全な無線封止を命じ、代わりに赫中佐が連絡する条件を情報部に要求したのであった。

七月二四日の山中少将の訪問は、その行動が秘匿されていたにもかかわらず、二六日には情報は筒抜けに南占幸国の大統領の耳に入った。

金宝国と北側との（頭越しの）平和交渉で貿易・円借款等の成果が出るのは、南側にとっては極めて好ましくないことであった。

大統領には、以前から北を併合して一大強国にするという夢があり、そのためには両国の経済格差一四倍を武器にして穏やかに北側との交流を深め、その影響によって民衆と軍が南側の文化生活を好むようになれば、熟柿が枝から落ちるように現政権が折れて妥協してくるか、あるいは怒った民衆と軍がクーデターを起こして政権を仆し、南北の統一に向けた新政権を樹立するかどちらかが出来ると考えていたのである。

その矢先にロシアの願ってもない新提案があり、秘かに構想を考え始めたところに、金宝国が北に接触を始めたのであった。

大統領はすでに人道支援の米や燃料を少しずつ送り、つい先日も四〇〇億円相当のドルを送っていた。

ところがあろうことか、そのシナリオを金宝国が邪魔して北占幸国の経済を一段と強固にしようというのである。とんでもないことをやる奴らだと彼は怒った。

彼は直ちに側近を集めて会議を開いた。

次の日、七月二七日、大統領の秘密特使が北占幸国に飛んだ。その要旨は、

一、南占幸国は北占幸国との恒久平和を希求するので、新しく相互不可侵条約を結びたい。

一、南としては今年も不作の見込みである同胞のために米一〇万トンを援助する案がある。

一、両国国境の緊張を解くため、現在の軍事境界線から相互に三〇キロ以上兵を撤退させ、非武装地帯を拡大しようではないか。

一、その撤兵の費用として一億ドルの無条件融資を行なう用意がある。

というものであった。

北側の返答は、例によって検討してみる、とだけで、特使はいったん帰国した。

北占幸国には、さきのロシアと南占幸国が共同して金宝国を攻め、南州全域を自国領にする、という情報も中国経由で入手していた。

南側からの俄（にわ）かの特使派遣について、北側は次のように考えた。

一、急な相互不可侵条約の締結希望は、あるいは南側はロシアと謀（はか）って本当に金宝国に侵攻する意図があるのかもしれない。

一、その場合、南占幸国は広大な南州を占領することになり、我が国とくらべて強大国になるので決して好ましくない。

一、もし南側が金宝国に侵入する場合には、当然我が国との境界線が手薄になることであり、我が軍の攻撃のチャンスである。

一、この場合、米軍は金宝国の処理で手一杯となり、その上、国連の承認もとりつけ得ないであろうし、両国との関係上迅速な行動はとり得ない。現時点では米軍は、充分な兵力を持っていないし、増派には一ヶ月以上が必要であろう。

したがって、もし我が軍が前回の作戦同様に進撃すれば、三週間以内に南占幸国を占領する

ことが出来よう。

一、この場合、戦はなくとも南北境界線に兵力を貼りつけておくだけで、南は金宝侵攻の兵力が削減され、我々は金宝国に恩を売ることができる。

一、南の申し出の米と一億ドルは、一部の兵を移動させてもらっておけばよい。

そこで北占幸国は、次の回答を行なった。

一、我々は貴国との平和を心から望んでいる。さっそく不可侵条約の締結交渉に入ろうではないか。

一、国境線から三〇キロ撤退は、地形や管理市町村の関係もあるので一五キロにしたい。また撤退準備には諸経費が必要なので、米と一億ドルは早期に実行して頂きたい。

以　上

一応の了承を得た南の大統領は、直ちに国家安全保障会議を招集した。内閣主要閣僚・陸海空三軍の首脳・KCIA長官が神妙な面持(おもも)ちで前を向いていた。大統領のご機嫌がそれほどよくないことを一瞬で見取り、私語する者もいない。

「只今から国家安全保障会議を開きます」

と官房長が口火をきるや、大統領が話しだした。意外なことに、声は感情を押し殺すように低かった。

「金宝の軍人共が北に賄賂を使いよった。……それで北は不可侵条約の締結を恩にきせて、我々との取引材料にしようとし始めた。我々にとって不倶戴天(ふぐたいてん)の敵、金宝を亡ぼす絶好の好機だというのにだ！……」

大統領は、激情を抑えるためか、ちょっと息をついだ。

「ロシア大使からは、我々が決断すれば、提案通り金宝を同時に攻撃する用意があると言ってきている。……北は頼むに足らず、……参謀総長、もしこのまま可及的速やかにロシアと協力して南州を攻撃したらどうなる？　成算はあるのか？」

「ハッ」と答えて、参謀総長が立ち上がった。

「前回申し上げましたように、純粋に陸上戦闘となりますれば、実戦経験もないひ弱な金宝陸軍などは鎧袖一触で片づけられます。第一、金宝軍は武器は持っていても弾薬がありません。南州一帯の攻略には、軍を二方向から上陸させれば、三週間もあれば充分占領できます」

と彼はまず大統領に媚びた。

「次に敵の航空兵力でございますが、航空機はF15と良い機材を持っていますが、我が方の第一波の空襲には立ち向かえても、その後、燃料・弾薬の補給に着陸したところを第二波、第三波で攻撃すれば、開戦第一日の午後にはほぼ完全に制空権を掌握できましょう。

最後に海でございますが、我が方の艦隊は、もっぱら北に対抗する作戦に適合するように整備されてきましたので、比較の対象としては無理があります。もちろん近年、駆逐艦や潜水艦も導入してはおります。ただ敵の海上部隊にしても、我が方に制空権を奪われては自由な行動などは出来ないでありましょう。

そこで、金宝国の壱岐、対馬は陸兵も少なく、海軍も哨戒艇程度なので、第一撃で一挙に両島を占拠、ここを中継基地として軍を二手に分け、一軍は博少湾に、一軍は渋士湾に上陸させます。同時に在金宝国の長期滞在者の同胞に呼びかけて、金宝軍の増援部隊を輸送する鉄道・トンネル・橋・ダム・川の堤防などを爆破すれば、弾薬を二、三日分しか持たない金宝軍など、問題なく撃破が可能であります。

さらにロシアが北道を抑えますから、中国も遅ればせながら参加してくるでしょう。この場合、在金宝米軍との関係が最大の問題点ではありますが、外務大臣のご意見はさておいて、純軍事的には皆様ご承知の如く、第七艦隊と沖紐の海兵隊を除けば大したものではありません。要は介入の邪魔が入らないうちに、一日も早く実効支配してしまうことが肝要でありましょう」

と淡々と演説した。

大統領は、海軍司令に質問（というより詰問）した。

「なぜ海は日頃からあらゆる事態を想定し、装備を整えておかなかったのだ。毎年一〇〇億ドルも出しているではないか」

海軍司令は満座の中でのこの辱めの口調にじっと堪えた。――（何だと！　海軍力整備の予算を削ってきたのは大統領自身、参謀総長自身ではないか、それを棚にあげてこの俺を！……よし）――とこの瞬間、彼は肚を決めた。言うべきことだけは、たとえ大統領の不興を買おうとも言っておかねばならない。

「只今の参謀総長のご指摘にもありましたように、我が艦隊は最近までは北側との戦闘用に整備されて参りました。したがって、我が方の主力駆逐艦二〇隻、フリゲート艦一九隻に致しましても、大半の主力の砲は三インチ砲で、速力も一六ノットから二五ノットまでしか出ません。これに対して金宝国はイージス艦四隻、駆逐艦六三隻、フリゲート五七隻、最新型潜水艦約二〇隻、大半の主砲は五インチ砲で速力も三二ノットであります。

ちなみに申し上げますと、我が方の三インチ砲は最大射距離約一一〇〇〇メートルに対し五インチ砲は二三〇〇〇メートルも届きます。つまり、敵は我々が接近しようとして突撃すると、高速力で回避、かつ我々の砲の届かないところから悠々と射てるわけでございます。これに対抗する駆逐艦一隻の建造費は約二億ドル、イージス一隻では約一二億ドルもかかります。

参謀総長のお話では、島伝いに南州に二方面で上陸とありましたが、それには戦車・火砲の揚陸が不可欠でありますが、我が方の戦車揚陸艦は大型八隻（一隻で戦車一六両）、中型七隻（一隻四両）、小型六隻で、最大一六二両しか運べません。これに対し敵は、七四式及び九〇式戦車約五〇両を配置し、火砲も相当数保有しています。

敵戦車は一〇五ミリ砲及び一二〇ミリ滑腔砲で、我が方の戦車九〇ミリ砲、一部一〇五ミリ砲に優（まさ）ります。しかも戦車・火砲の輸送には、二四時間作業で搬入しても、所要艦艇の集結・整備に一日、搭載に一日、航海に半日、計二日半は必要となります。

しかもこれだけの部隊・艦艇の集結は目立ちますから、必ず敵の探知するところとなります。空襲がないとしても、敵艦隊や陸地に接近した段階で、高性能の対舟艇ミサイル群の攻撃が必ずあります。約三〇%は何らかの損害を蒙（こうむ）るでしょう。それで第一陣の戦車群が敵と戦った時、果たして圧倒的勝利を得ることが出来るでありましょうか。

さらに先ほどのご説明で、弾薬の保有量が二、三日分とありましたが、小官の下に入った情報によりますと、クーデター直後から弾薬・ミサイルなどの製造工場は土日無しの二四時間フル操業が行なわれ、製品は南州・北道に重点的に送られ備蓄が進んでいると申します。

さらに数十人の兵しかいないはずの壱岐、対馬には、精鋭のグルカ兵が数百人配備される、とも言われています。彼らの優秀さ・強さは世界的に定評のあるところで、これが対舟艇ミサイル・対空ミサイル等を装備して待ち伏せするとなると、簡単ではないと思われます。

繰り返し申し上げますが、我々の装備は、あくまでも北を仮想敵として準備されてきたものでございます。

大統領閣下、私も南占幸国の一人であり、金宝を憎しと思う心に偽（いつわ）りはありません。しかしながら、具体的に、冷静に彼我（ひが）の戦力を比較した場合、本職としては極めて残念ながら本作戦は無謀であり、賛成致しかねるのが真意でございます」

大統領は顔を真っ赤にし、海軍司令を睨みつけた。手にした指揮棒を叩き折ると立ち上がった。

「ご苦労。本日の会議はこれで終わる」

と言い終わると、さっと部屋を出て行った。座はシンと凍りついていた。やがて皆も退室したが、海軍司令に挨拶する者はいなかった。

一時間後、大統領府は突然、海軍司令と副司令及び主席幕僚の罷免を発表した。

その頃やっと冷静さをとり戻した大統領は、KCIA情報長官・腹心の秘書官と秘密会議を開いていた。

その日の夕方には、特使としてKCIA副長官と秘書官が中国の首都に飛んで行った。


七月二九日㈪、ベースAの山中少将を総連の役員と貿易担当を名乗る金氏が訪ねてきた。山中も国南も、金氏の日焼けして引きしまった顔つき、身体つきとキビキビした雰囲気を見て、これは軍人で第一線部隊の指揮官だと直感した。

金は金宝語がまだ片言しか話せないというので、総連の役員が通訳を担当した。その要旨は、
一、平和条約の締結は北占幸国も望むところではあるが、従来の経緯もあり、多大の被害を受けた我が国民の感情に対しても、まず貴国側の誠意ある謝罪を表明して頂きたい。
一、貴国が言う拉致問題については、我が国政府はそのような非人道的政策は行なっておらず、一部の非合法組織の者が行なったと考えられる。従って調査の上、然るべき処置をとる予定である。
一、今後の貿易と併行して、我が国としては一〇億ドル分の円借款とA重油五万トンの援助を実行して頂きたい。

一、両国にそれぞれ代表事務所を開設して円滑な連絡を取るようにする用意がある。

以　上

というものであった。山中は、直ちに軍政府の担当委員会に貴意を伝える、とした上で、これは私見であるが、として、

一、平和条約は、さきに南占幸国との間で締結された諸条件が基準となると考えられること。

一、円借款等は平和条約の合意が終わってからになると思う（大蔵省・外務省の関係上）。

一、軍首脳は実行者が誰であれ、拉致者全員の帰国を強く望んでいる。この問題がすべての談合の基礎となり得るかも知れない。

と答えた。

金氏は政府に、その意向を伝える、とだけ答えた。

山中はさらに、我々軍政府は米国・南占幸国の属国ではない。あくまで対等な自主独立国家となったので、懸案を一挙に解決するには好機であろう。自分は軍人で政治のかけひきは分からないが、自分の任務は一日でも早く貴国との友好関係を樹立させることであり、肚を割ってストレートに話している、と諄々（じゅんじゅん）と話した。

金は少し考えてから、お話はよく分かりました。本国に伝えましょう、と答えて帰って行った。

山中と国南らは、原・広中らを講堂の外の別室に呼び出し、北側の希望を伝え協議した。

原は、米空軍の情報によると、南占幸国軍の大規模集結は行なわれていないこと、松本大佐からの在南占幸国派遣旅行者の報告でも、主要各港在泊艦艇・主要機甲師団の目立った動きがないこと、との報告があり、これから考えると、先日のロシア・南占幸国の攻撃は少なくとも南占幸国については危険が減少したようだ、と説明した。

したがって山中は、これからは美味しい人参をぶら下げながらも交渉スピードを緩めることで合意した。

㈦ 奇襲

同じく七月二九日の午後から夜にかけて、中国や南占幸国からの観光団・旅行者等が別々の飛行機で入国し、いったん幾つものホテルに落ち着いた後、翌日は在金宝中国大使館と南占幸国大使館に入って行った。彼らは両国のレンジャー部隊の精鋭で、特殊戦用に訓練された戦士たちであった。午後、彼らはいったん幹部が中国大使館で打ち合わせた後、三々五々散歩を装って三谷の防衛隊の周囲を逍遙し、夕方には町ヶ谷会館に入ってコーヒーを飲んだ。

一方、二八日の早暁、渤海湾を出港した一隻の小型貨物船が三〇ノットという高速で、いったん南占幸国の未州島沖で停船、漁船から荷物を受け取った後、再び高速で金宝国の南州洋上に接近、今度は速力を一二ノットに落として太平洋上を首都沖を目指して北上を始めていた。

貨物船は途中、速力を加減しながら三〇日の夜明け前、首都沖に到着し、そこで港から迎えに出てきた漁船二隻と接舷し、荷物十数ヶを引き渡した後、今度は六ノットの低速でそのまま北上して行った。漁船二隻は品河に入り、待っていた引っ越しトラック二台に荷物を積み込み、中国と南占幸国の大使館に向け走り去った。

七月三一日㈬、再び南占幸国から三名がトラックで中国大使館に入り打ち合わせを行ない、帰りには荷物を積んで引き返した。

　同じく三一日の昼休み、伊丹顧問は四星重工の大江会長の前で説明していた。

「……以上の通りでございます。ロシアと南占幸国が我が国を同時攻撃をし、分断占領を狙うとは些か荒唐無稽であり、呆れますが、原君たちにしてみれば、当事者として単純にあり得ない、として放ってはおけなかったものと思われます」

　会長が尋ねた。

「北占幸国とのことは分かりましたが、拉致問題がありますからね……それで二国を相手にして大丈夫ですか。まあ我が社にも大量の発注が来て、それはそれで有難いんですが、成算はあるものかね」

「ハイ、天は原君に味方してくれております。今は八月に入り、ロシアが臨戦準備をして極東に兵力を集中できるのは、九月から一〇月になります。すでに北道は冬に入り海は荒れ、渡洋作戦は無理でございます。原君は辛うじて二正面作戦だけは避け得たわけで、まず南占幸国を迎え撃って各個撃破できます。また仮に来春に両国が共謀して攻めてきても、時間的には小一年あるわけで、充分とは言えないまでも、相当の抗堪力は確保できるわけでございます」

「なるほど……」

「それで……この前にもお願い致しましたように、深田・大江先生を通じて対米工作を進めて頂きますと、彼らもずいぶんと楽になると思われるのですが……」

　大江会長は頷いた。この話はすでに以前に通してある。くどい。……それに手先として頤使してきた者に、指図がましいことを言われるのは愉快ではない。

「それは伝えてあるよ。……だが、もう一度お願いしてみよう。ご苦労さまでした」

　と会見を打ち切った。

伊丹は深々と一礼し、軽やかな足取りで顧問室に帰って行った。

八月一日㈮の深夜、というより二日の午前二時三〇分、二台の乗用車が町ヶ谷会館前の玄関に停車し、八人の男たちが降りた。彼らは一名が玄関外のガードマンを制圧し、他のトランクやボストンバッグを持った者たちは、フロントに近づき、当直のクロークやベルボーイたち三人を拳銃で脅し仮眠室に案内させ、仮眠していた者たちからも携帯電話を取り上げ拘束した。二名が仮眠室を見張り、二名がフロントに入った。残りの者はロビーや玄関に散った。

二時四〇分、静かに荷物室付きの大型トラック三輌が入ってきた。トラックは玄関前を通過して会館の裏手に並んで停車し、エンジンを切った。一分ほど付近の静寂を確認するようであったが、荷台のドアが開き、バラバラと黒服に武器を持った兵たちがとび降りた。

彼らは無言でさっと四グループに分かれると、裏手の石垣の上に向かって小さな錨索を投げ揚げた。六本のうち二つはカラカラと音をたてて落ちたが、四つのロープを引っ張って錨が地面か松の木を掻いたことを確認した兵たちがスルスルと崖を登り、すぐ身を伏せて四囲をうかがった。たちまち四〇人が揃った。

指揮官の金少佐が低い中国語で指示した。横で朴大尉が占幸語で伝える。

「第一班三〇名は、俺に続いて本館の横ドアから突入、一〇名は玄関当直室を含め一階を制圧、他の二〇名は四名ずつ二階から最上階までを制圧する。第二班六名は玄関前の歩哨を制圧、営庭の向こう側に野営している部隊を制圧せよ。第三班四名は右手の建物と全員が引き揚げてくるまで退路を確保。いいか」

ハイと同意の印に皆が頷く。

「よし、擲弾筒は第一班が射撃を開始したら直ちに発射しろ。……ガスマスク装着！　夜間眼鏡付け！……行くぞ！」

　金少佐と朴大尉は、自動小銃を腰だめにし、中腰で横の入口ドアに向かって駆け出し、皆が一斉にそれぞれの配置に向かって散った。

　金少佐がドアに一五メートルと迫った時、突然、近くの窓が一斉に開き、中から機関銃・自動小銃の一斉射撃が始まった。閃光がひらめき、二階、三階の窓からは手榴弾が投げ落とされた。発射の硝煙、爆発の噴煙の中でダダダと応射しながら、バタバタと兵が仆れた。スポン、スパンという音を発して擲弾筒が発射され、玄関前や営庭の野営地に落ちて、たちまち白っぽい毒ガスの幕が立ちこめ、姿が薄くなった。

　ガス弾や手榴弾が建物目がけて投げられ、あたりは白い霧が立ちこめた。

「待ち伏せだ、誰か内通した奴がいるぞ！」

「くそ！　負けるな、打ち返せ！」

「みんなすぐガスが効くぞ！　それまでの辛抱だ！　頑張れ！」

「ガスが効いたら、突っ込むぞ！　いいか！　それまで打ちまくれ！」

　ガスは夜目にも白く拡がっているのに、銃火は依然として続いていた。突然、営庭の向こうに「眠っているはず」の戦車四輌が各個に一発ずつ戦車砲を発射し、続いて機銃も火を噴いた。轟音と閃光がひらめき、土砂・松の木と七、八人が空に吹きとばされた。急激に反撃の銃声が消えた。

　第三班の班長が叫んだ。

「駄目だ！　撤退するぞ！　引け！　犬死にするな、急げ！」

　僅かに残っていた四、五名の兵が崖のロープに辿り着き、ロープを、滑り降りた。と、その瞬間、町ヶ谷会館の屋上から自動小銃の乱射が浴びせられ、トラックに向けて手榴弾が一〇発近く投げ落とされた。

クローク等を制圧していた八人は、銃声を聞くと玄関前にとび出したが、ロープの兵が射たれて地面に叩き落とされ、トラックが燃え出すのを見ると、走って乗用車に飛び乗り、急発進の鋭い音を残して走り出した。

と、その時いつの間に来たのか二台の幌付きトラックが道路の反対側に停車していて乗用車に向けて機関銃を連射した。ガクン、と擱座（かくざ）した乗用車から二、三人がドアを開けて走って逃げようとしたが、次の瞬間、もんどりうって路上に叩きつけられ仆れた。

シンとした静寂がきた。普段は深夜でも交通量が多いこの道路は、一キロ先で通行止めされていて、何の音もしない。近くの住民がそっと窓を細めにあけて外をうかがっている様子だが、外に出てくる者は一人もいない。

五、六分くらいたった頃、庁舎の建物・営庭の向こうのテントなどから銃を構え、毒ガスマスク、手袋を着けた兵たちがソロリソロリと近づいてきた。庁舎の屋上からサーチライトの眩しい光が、襲撃者たちの仆れた上をなめ回した。

僅かに息のあった朴大尉は、必死で手榴弾に手を伸ばすと、最後の力をこめて安全ピンを引き抜いた。「南占幸国万歳」と叫ぼうとしたが声にはならず、さらに爆発音がそれを途中で遮（さえぎ）った。ゾロゾロと近付いた兵たちが一斉に伏せた。一部の者は黒々とした姿に対して、また一しきり銃火を浴びせた。だが、射ち返す銃声はなかった。

やっと建物内に照明が点灯し、毒ガスを追い出すために窓が開けられ、換気扇が全開した。夜は白々と明けてきた。

一方、品河の岸では二隻の釣舟が人待ち顔に待っていたが、朝になっても誰も来ないので諦めて船から去った。

いったん北上していた小型貨物船は、いつの間にか沖合に戻ってきていて、昼まで沖で遊弋（ゆうよく）していたが、午後一時、南に針路を取り去って行った。中国・南占幸国大使館は共にひっそりしていた。

「ホウ、生き残った者は自爆したか。敵ながらなかなか立派なものじゃな」

と、広中がガスマスクを外しながらほめた。

「ウム、なかなかだ。見事な攻撃だったな。美国島からの警戒警報がなかったら、俺たちも危なかったぞ」

と原もほめた。

「どうせ身許は分からんじゃろうが、丁重に葬ってやろうな」

「うむ、部隊葬に準じて立派にやってやろう」

周辺の道路は規制が解除され、死体も片付けられ、水で洗われていた。さっそくマスコミが町ヶ谷会館に集まったが、こちらはまだ入館が禁止されていた。

八月二日(土)朝九時、平入大佐はやっと規制が解除された町ヶ谷会館のロビーで、簡単な発表を行なった。

「本日未明、三谷本庁に数十名のテロリストが侵入して毒ガス攻撃を行なったが、我が軍は反撃して全滅させた。我が方の被害、負傷者六名。以上」

八月四日(月)、現地時間で三日(日)の夕刻、ニューヨークの有名イタリアレストランの特別室に「組織」のメンバー数人が集まっていた。食事のコースはすでに終わり、食後酒やコーヒーを味わっている。今日のメンバーはリチャード・ウィルソン第九代会長・極東問題が専門のトーマス・カールソン下院議員・ファナードCIA長官・チャーリィ・ゴードン委員・ジョージ・ブラッドレー委員の五人である。リチャードが司会した。

「諸君、金宝の深田支部長から連絡があった。一つはクーデターのその後で、軍政府の諸施策は現時点では一応国民も受け入れているらしい。今後の見通しとしては、一〇月か一一月に総選挙の日を定め、年内には民政移管が出来ると言っている。新しい制度の『国政会議』の議長は大曽根元総理、副議長には首都知事の岩原がなるらしい。深田も会議のメンバーには入っているから、今後とも操縦できるだろう。

二つ目は軍政府・新民主政権とも、親米政策を基礎としているのだから、米国政府が定めた先日の海外資産凍結と経済封鎖を解除してほしいそうだ。

三つ目は昨日の夜明け、中国と南占幸国の特殊部隊五〇名が原のいる本隊を襲撃し、逆に全滅させられるという事件が起きた。原たちは大曽根・深田・岩原らに、先日ロシアが提案した金宝同時侵攻分割案に米国は不介入とみて中国、南占幸国が動いたのだとして、米国に安全保障条約は未だ破棄されていない、と確認してもらえないか、と頼みに来たそうだ。

たしかにこれから見ると、ロシア、南占幸国、中国は、米国の態度が曖昧なうちに一挙に侵攻、実績を作ってしまうという意図があるのかもしれないね。今日はこの件について、諸君の考えを聞きたい」

最初にファナードが発言した。相変わらず薄茶色のサングラスをかけ、冷静な口調である。

「原少将の軍政府も大曽根・岩原らが作る新政権も、共に親米的であることは間違いないでしょう。しかし、現在軍政府は金宝の四分割案情報に対抗するため、ミサイル防衛・空軍力増強・小型空母建造などの独立型軍備拡張をメーカーに発注し、戦略物資の輸入に狂奔(きょうほん)しています。

この点からすれば、これは米国にとって必ずしも有利とは言えず、つまり余り強くなりすぎると手綱(たづな)がとり難くなる、という点では経済的締めつけは簡単には弛めない方が良いかもしれません。

その一方で、四分割案に中国が表面反対しながら、裏では襲撃した事件は注目すべきであり、彼らにこれ以上進ませないためには、原の希望通り安保条約が生きていることを改めて明確にするべきでしょう。

今一つ、原の新政策の憲法改正・構造改革には見るべきものがあり、今後、国連とも話し合うようになるならば、米国にとって多年の懸案が一挙に解決したわけで、中国に対する防波堤として共同戦線を張れることになるでしょう。

しかし、一方で政治中枢を『国政会議』という選挙に無関係の元老院に変えたことは、政策に独立性・一貫性が生ずるわけで、従来のように米政府による安易な政策操縦は出来なくなるでしょう。もう一つ、現時点では原は拘束者たちを野球場に軟禁しているだけで、拷問や死刑にもしていないようですし、会長ご指摘のように一応国民に受け入れられているようです。

したがって以上を勘案すると、改めて安保条約継続の確認をし、在外資産凍結はそのままにして経済封鎖の方は解除してやったら如何かと思います。

あの国は資源・食料の大部分を輸入に頼っており、過度の締め付けは悪い方向、つまり中国・ロシアの方に背中を押してやる結果にもなりかねません。現に彼らは南の侵攻を牽制するため、北との貿易拡大・借款供与を始めようとしています」

突然、ファナードは発言を中止した。彼は自ら（みずか）の発言の長さを自省したようだった。

カールソン議員が続けて発言した。

「あの国の国民は、前大戦の経験から軍事大国化を極端に嫌っています。僕がこの間、深田支部長に会って聞いたところでは、原は軍人でありながら、軍事費の増大は国民の生活水準を落とし、不況を招くという考え方の男だそうです。

彼がミサイルや空母に走るのは、米国が中国側に立ったので止むを得ず採った緊急政策でしょうから、ここで我々が少し折れて、ファナードの言った提言をとるのは正しいと思われますね。我々としては金宝を手放すことは絶対にできませんよ」

「しかし」と突然、ジョージ・ブラッドレーが割って入ってきた。

「確かに中国に金宝を持って行かれるのはまずいが、原が進めているのは独立強化だと言ったろう。あ奴らにそんな勝手を許したら、またぞろ大国意識を持って俺たちを咬むんじゃないか。俺は賛成できんな」

チャーリィ・ゴードンが低い唸り声で続いてきた。

「俺もブラッドレーに賛成だな。小さいとはいえ、全軍を反乱一つ起こさせずに纏めた男だ。政治センスも一応はあるようだ。そんな男は俺たちにとっては無用だ。早く消えてもらった方が深田もやり易くなるんじゃないか」

カールソンが少し色をなして反対した。

「チャーリィ、それは少し暴論だよ、原は今や金宝の要だよ。それを今、彼をどうこうするなどというのは大混乱を起こして、それこそ中国やロシアを利することになるぞ」

ゴードンが自説を主張した。

「原がクーデターを起こしたのは、我々にとって正解だ。だが、やり過ぎるのは修正しなけりゃならん。こんな場合には俺の知っている連中は、まず奴の大事な身内をこちらに取って言うことを聞け、と言うよ。

もうすでに原の仕事は終わったんだ。早く深田に政権を渡せ、と言うべきだ」

カールソンがさらに反論しようとした時にリチャードの目がチカリと光って、手でカールソンを制した。

「よし、皆の考えは分かった。安保条約と経済封鎖の件は、もう少し考えてからしかるべき結論を出そう。今日はご苦労でした」

と散会を宣した。カールソンはなおも何か言いたそうにリチャードを見たが、結局、皆と一緒に部屋を出て行った。

それを見送ると、リチャードはすぐ秘書の一人に秘かにチャーリィ・ゴードンだけを呼び戻せと命じた。

(六) 国政会議発足

毎日毎日、朝が来て夜になり、日が飛ぶように終わって、気がつけばすでに八月中旬で一ヶ月が過ぎていた。

国民生活も元に戻り、テレビ放送も復活した。

しかし、霞ヶ関一帯の空気は一変していた。原たちへの意見・苦情は、電話・FAX・インターネット・文書・すべての方法を使って毎日毎日、数百件の受信があり、そのほとんどは苦情・陳情・要請に関するものであった。それらは例えば、

「軍政府が発表した、殺すな、盗むな、騙すな、などだけではどう処理しようもない。早く憲法以下の法体系の細部規程を示して頂きたい」

「当初、本年度予算で計上されていた事業を執行しないと、年度末に間に合わなくなるが、未だに3/4以下の予算がどうなるのか明確な指示がない。一体、この国をどうしようとするのか」

「裁判で係争中だが、すでに一ヶ月以上も凍結されている。何分金銭の絡む内容なので、迅速に処理しないと原告・被告に大変な迷惑をかけることになる。軍法会議に再三申し込みをしたが、今は

忙しい、順番を待てと延ばされている。このことによる損害の補償をどうするのか、文書による回答を頂きたい」

「自家用車用ガソリンが支給になったが、自分は病気で他の人より多く必要となり困っている。少し多く支給してもらいたい」

「A店はB商品を、大量の在庫があるのに輸入がとめられたからといって倍額にして売っているが、取り締まってもらいたい」

苦情、陳情、問い合わせのメモは、どの担当の机にも山積みになり、急遽テーブルの横に台車を持って来て、受付日順に山積みするしかなかった。原たちは一件ごとに関係省庁の窓口担当に連絡し、至急善処を求めた。またある場合には、関係の責任者を呼んで説明を求めた。しかし、親身になって即応・協力してくれる役所は一つもなかった。

彼ら官僚たちは怒っていた。今まで彼らが金科玉条(きんかぎょくじょう)にしてきた法律・省令・施行規則等は全部凍結され、省益・利権・天下りなどが有無を言わさず取り上げられ、勝手に新替えされるので、彼らは心底から怒り、軍政・軍人を憎んだのである。

原たちが連絡しても、彼らは表面上は何も抵抗しなかった。

「これこれの要請が来ています。明日までに関係資料を担当者の方(かた)に持たせてこちらに来るように伝えて下さい」

「ハイ、分かりました」

「しかじかの苦情が来ています。すぐ関係組織に下令して解決させて下さい」

「ハイ、分かりました」……「ハイ、仰言(おっしゃ)る通りに検討致します」……「ハイ、分かりました。ただその件につきましては、従来は○△省の方で担当していたと思いますが、……如何致しましょう。私共で地方に連絡して○△省と協議の上で然るべき資料を揃えてから御報告致しましょうか、ご指示をお願いできませんでしょうか」

「軍の方はご存知なかったと思いますが、実はこの問題につきましては、A国とB国の利権が絡んでおりまして、担当は本来は○△省なのですが、実は外務省と業界のAB財団協会とが関係法規に準処して作業しておりました、と思います。それでもし私共の方で処理を進めるということでしたら、さっそく所要の資料を取り寄せ、検討した上で改めて関係者会議を開いて協議したいと思いますので、多少のご猶予をお願いしたいのでございますが……」

「どのくらいあれば処理できますか？」

「ハイ、まず本省での担当部局を検討して所要の承認を頂き、それから担当部局で一応の資料を読んで方針を作り、これに基づいて関係団体に資料請求を行ない、じっくり研究してから関係者会議を……そう、三〜四回開いて処理方針を決定致しますので……早く見積もっても、来年半ばくらいになるのではないでしょうか」

「何だって！　来年半ば！……一年も待てるわけがないじゃないですか。一ヶ月以内を目標にして下さい」

「いえ、お言葉を返して申し訳ありませんが、私ども国家公務員は国民のため国家百年の計のため心を砕き、軽々しい粗行のため朝令暮改となることを避け、綸言汗の如しを常に念頭に置いて着実な仕事をしております。このあたりをよくご理解下さいますようにお願い申し上げます」……

連絡は大部分が梨の礫で、「未処理案件」の書類と格闘している担当者が相手の窓口に、

「あの件はまだ処理報告書を頂いておりませんが、現在どうなっていますか」

と質問すると、

「分かりました。その件は○月○日○時にたしかに頂いて、その日のうちに担当に回してあります。さっそく連絡致しまして、後ほどご連絡申し上げます」

とあったきりで、次の日も返事がない。頭にきて再度連絡すると、

「実はご命令を伝えようとしたのですが、その件の担当者は、昨日から体調を崩して休暇に入っておりまして、何分今までの経緯も資料も本人しか分かりませんので、もうしばらくお待ち頂けないでしょうか」

「休暇をとっても、その上司か同僚がいるでしょう。どうしてもっと積極的に仕事を進めてもらえんのですか。……いいですか、我々はこの金宝の国を良くしようと思って一生懸命やっているんですよ。協力してくれなきゃ困るじゃないですか」

「ハイ、分かります。そのお気持ちは私共も全く同じでございます。ただ本人が担当してきた経緯というものもありますので……もうしばらくお待ち頂けませんでしょうか」

「分かった！　じゃ来週間違いなく回答して下さい」

ガチャリ、と電話を叩きつけるように置いた。途端に回線の向こうで「アハハ」と、皆で嘲笑している声が起こったような気がした。

役人たちは軍が立法、司法、行政までやるというのならば、どうぞやって頂きましょう。ゆっくりお手並み拝見させて頂きますと、傍観のサボタージュに出たのである。

原たちは頭にきて、最初は事務次官・官房長・各局長、と次々に責任者を罷免し、登庁することを禁じた。しかし、慇懃無礼な態度は変わらず、何も解決できない状態がますます多くなった。特に裁判では、ほとんどの案件が進展せず、苦情の書類が山積みとなった。

唯一の例外は治安関係で、大部分の不法滞在者は出国し、兇悪犯罪は激減し、罰則年限の倍増・青少年犯罪の免責取り消し、深夜徘徊の取り締まりによって一般犯罪も激減した。

平入大佐は、この成果を大々的にPRしたが、行政の停滞への不満は次第に高まってきた。

疲れきってきた原たちにも、次第に馬鹿げた単純ミスが多くなり、またその微細なミスを役人た

ちは見逃さず、わざと間違い通りに実施したり、逆に質問してきた。

みなイライラしてきて、ある者は爆発的に昂奮して大声を上げたり、ある者は何でもないことで喧嘩した。またある者は呆然となって、注意力がなくなった。

広中が遂に見かねて言った。

「原よ、儂はだいぶ疲れたよ。皆で休みをとろうではないか。俺たちはあの日から全員泊まりっ放しじゃ。皆の気も立ってきておるわい」

聞くなり原は、血が頭にカーッとのぼった。彼は突っ立ち、広中に詰め寄った。

「ナンダト！　この忙しい時に貴様まで何を言うか！　今この苦境を乗り越えなくてどうするんだ！」

広中も昂然と立ち上がり、原と面と向かいあった。原の固く握った拳がブルブルと震えた。そのまま二人は二〇秒ほど血走った怒りの形相で睨み合った。

広中がフッと力を抜き、ゆっくりと話した。

「のお、原よ。……お前も儂も……全員が参っとる。……じゃが戦はこれからが正念場の長丁場じゃ。……この暑さの上に連日の睡眠不足と役人どものサボタージュじゃ。儂らが疲れるのも当たり前よ。……

のお原、俺たちはここで少し休もう。ナニ、俺たちが休暇をとっても、金宝国は消えて行くわけではないぞよ」

原の肩からも急に力が抜け、何故なのか血走った目にうっすらと涙が滲んできた。

——（そうよ。こ奴の言う通りだ。俺は間違って大局を見落としていた。全員がもう六週間も休んでいない。確かにこれではロクな戦争はできん。よし！）——

原は、皆に向き直って大声で叫んだ。

「よし！　皆、幹部全員、只今から即刻三日間の休暇を取れ。四日目の朝、定刻まで全員現在の仕事を中断して家に帰れ。当直は単身赴任者と警備連隊に任せる。何がどうなってもロシアや南占幸国が攻めてきても休め。いいか、俺たちは緊急会議で電話に出られん、と言え！　かかれーッ！」

広中が呆然としている遠藤に言った。

「遠藤、すぐ原の家に電話して四〇分後に原が帰るから、風呂の準備とうまい夕食を用意するように伝えよ。それから官舎警備部隊の増員と送り便部隊の手配、それが終わったら、お前も帰れ」

たちまち部屋中がそれぞれ電話にとびついて、一斉にザワついた。全員の顔にホッとした安堵感が見えた。

原は広中に手を差し出してガッシリと握った。

「広中、全く貴様という奴は！……」

と言ったまま、黙って彼の目を見つめ、それから帰宅の準備にかかった。

その夜、原はゆっくり風呂に入り夕食をとると、話もしないで床に倒れこんで眠った。大きな鼾が続いていた。

広中は帰って風呂・夕食をとると秘かに大曽根元総理の別宅を訪ね、急遽、連絡を受けて遅れてやってきた岩原首都知事と三人で会議を開き、原たちの苦境を訴えた。

治安面は一応成功しつつあるが、その他は各省庁の官僚組織の抵抗に会い、物理的に事務が麻痺してきている状況にあること、周辺諸国もいったんは襲撃部隊を撃破したが未だ安心はできないこと、深田元総理らに米国との安保条約の確認、経済封鎖等の解除を依頼しているが未だし、であること、などについて述べ、この状況は我が国に決して良い結果を及ぼさない、我々の求めた「より良い金宝」も腰砕けになってしまう、それは桐の宮殿下にも御迷惑をおかけすることになり、もちろん自分と原は身を処する覚悟はできているが、出来ることならまだまだお国のために尽力したい、勝手を言って申し訳ないが、どうか一日も早く国政会議を発足させて、我々の不手際を救って頂きたい、と肚を割って話した。

大曽根と岩原は黙って聞いていた。特に岩原は最初のうちは、

「そもそも、違法なクーデターなんぞを起こした君たちのやり方に問題があったんじゃないか」

という批判的な目で広中を見ていたが、彼が誠心を面(おもて)に現わして頭を下げると、

「宜しい。君たちの心はよく分かった。私たちもこの金宝のために尽くそう」

と力強い声で言ってくれて、傍で大曽根も大きく頷いた。

「お任せする以上、今後とも我々の目の黒いうちは国政会議に軍が介入することは絶対にあり得ません。どうか祖国を救って下さい」

と広中は重ねて頭を下げ、大曽根邸を辞した。自宅に帰り着くと、彼も蒲団(ふとん)に倒れこんで大鼾をかいて眠りこんだ。

一方、大曽根と岩原は、そのまま深夜まで協議を続けた。

岩原が述懐した。

「私はね、昔、父が軍人に撲(なぐ)られたことがあって好い感情は持っていなかったんだが、あの広中君を見ていると、明らかに昔の軍人とは違っていると思いましたね。言うなれば、彼は西郷に近い男で、なかなか良いね」

大曽根も同意した。

「うむ、ちょっと軍人ばなれした男振りだね。ああいう奴(の)が出てくるところが新防衛隊かも知れん。……儂はね、今度のことについて、今ではかえって良かったかも知れん、と思っておる。憲法改正も国政会議もみな決定したのは、彼らであって、我々は国民に対して何の釈明も必要ない。それに国政を行なうには選挙は足枷(あしかせ)です。また各省庁の官僚対策をとろうにも、今までは族議員や業界が

選挙関連で物を言ってきてなかなか難しかったが、この点、国政会議は高いところから命令できるわけで、これはなかなか妙を得ておると思うね」

　岩原も同意した。

「そうです。世に謂う寡頭政治と議会制を折衷したような案ですが、運用の仕方によっては新しい金宝に相応しい政治形態ともいえるでしょう。但しこの方法では注意しないと、独裁的実力者が出てくると暴走するおそれなしとはしませんな」

「彼らはその対策として総理経験者・評論家・軍人を入れ、かつ過半数の議決を入れたのだろうが、これは守った方がよいね。それからこの案にはないが、情報省的な新組織を直轄かそれに近い形で入れたら良いと思う」

「歯止めについては、僕たちが始めてからもよく考えて行きましょう」

　二人は形だけの祝盃を交わして、今後の協力を確認して別れた。

　翌日、二人は深田・大沢を料亭に呼び出した。大曽根は開口一番、

「このままでは彼らは仆れます。彼らが仆れるということは憲法改正、その他多年の懸案を一挙に解決する千載一遇の機会を逃すことで、それはとりも直さず我が祖国が仆れるということに他なりません」

　と説明を始め、岩原も口を添えた。

　深田はギョロリと目をむいて二人を眺めたが、特に反論もせず、議員就任を受諾し、「国政会議設立準備会」を作ることに賛成した。

　大沢はほとんどの項目に賛同したが、彼自身は国政議員就任を受けず、総選挙に出てみたい、と希望を述べた。

　ともあれ、その場で設立準備会は設立され、簡単な会の規約が作られた。第四番目の議員として

大曽根は広中を推薦し、岩原は桐の宮を推した。ただ桐の宮については、正式に国政会議が発足してから就任をお願いすることとし、広中の方は退役を前提に、次回から私服で出席することを決めた。次回の会合は三日後とし、大沢も態度保留の形で準備会には出席できることにして解散した。

八月一七日㈯、平入大佐は施策の経過を発表した。それは国政会議に関するもので、一六日、大曽根及び深田元総理大臣、現首都知事の岩原氏ら有志が国政会議設立準備会を発足させたこと及び準備会では併行して憲法改正審議会を発足させるとした簡単なものであった。

また同日、米国政府は中国・ロシア、南占幸国に連絡した後、公式発表として、

「さきに実施した金宝政府に対する経済封鎖及び海外資産凍結については、その後、軍政府が民政移管の準備を真摯に実行していること及び拘束した人たちに対しても危害を加えず近く解放することに基づき、本日を以て解除することを決定した」

と発表した。また、さらに記者団の質問に答えて、

「従来の米国との安全保障条約は軍政府からの継続の要望もあり、このまま継続される。また近く行なわれる総選挙後の新政権にも引き継がれるものと確信している」

と側面から金宝への攻撃を明確に拒否する姿勢を示した。

この報を受けた南占幸国の大統領は長大息して慨嘆した。

「止んぬる哉！　我が事終われり！　嗚呼！」

八月一八日㈰の夕方、旭日新聞の安藤茂と原貴子がデート中に誘拐された。軍政府の代表者の娘である貴子の外出には、当然護衛二名が付けられていたが、彼女自身が折角のデートなので、と離

れるように要求し、また街中(まちなか)の賑やかなところなのでと護衛も少し気を許した時に事件は起こった。

二人が歩いている横に二台の黒いバンが止まったかと思うと、五人の屈強な大男がとび出し、後ろの護衛に白っぽいガスを噴霧し、安藤を撲(なぐ)り倒し、貴子を車内にかつぎ込んだ。安藤は呻(うめ)きながらも必死に男の腰に抱きつくと、男たちは安藤も引きずりこんで急発進した。護衛がピストルを射ったが、最後の大男の足に当たっただけだった。

車のナンバーが一一〇番されたが、二台は人目の少ない横道でナンバープレートに貼ってあったボール紙を剝がし、一台ずつ別の方向に走り去った。

次の日の朝八時、誘拐者は原の官舎に電話をかけ、国政会議を中止して以前の政治形態に戻すことと軍備拡張を止めることを要求した。妻の久子は、しっかりした声で夫にそれを伝えた。

「電話の逆探知は失敗しました。私は貴子のことは、安藤さんにはお気の毒ですが、諦(あきら)めます。私や貴子に何があっても、貴方は貴方の信ずる道を進んで下さい」

言い終わると電話は切れた。しばらく原は呆然としていた。

原は立って別の小部屋に移り考えた。――(この要求は何だ、貴子の護衛はどうしたんだ。いや、そんなことより要求だ。国政会議と軍の独立化は俺たちの絶対譲れぬ目的だ。誰か俺たちが独立するのを喜ばない奴らが仕組んだ、ということか、すると相手は国だ。国が相手となると警察は無力だろう。もし連中の言う通りにしたらどうなる……果たして貴子は帰ってくるのか。しかし今、この国政会議がせっかく出発しようとしている時に、自分の娘夫婦を助けたいために中止ができるのか。……これは無理だ。国の未来を娘のために潰すなどとうてい出来はしない。貴子、久子も許してくれ。父はお前を見殺しにする。許してくれ貴子!……

突然、原の脳裏(のうり)に幼い頃のヨチヨチ歩く貴子、ニコニコしてウハウハと両手を振って遊びながら食べさせてもらっている姿。少女の制服のキリッとした輝く若さと清潔さ、医大合格で友人たちと跳ね回って喜ぶ姿。そんな映像が一瞬に浮かび、彼は頭と心臓がカッーと熱くなり、思わず机に手をついた。

妻の久子の思いきった短い電話、半狂乱になるのが当たり前なのに、俺を気遣ってよく取り乱さないでいてくれた……ああ俺はそんな家族を見殺しにする酷い父だ。許してくれ……待て、本当にどう仕様もないのか、……どう仕様もなかろう。今この重要な時に祖国を裏切れるものか、……いや、いったん発表だけ中止と言って二人が戻ったら、また発動することはできないか。無理だ、相手は国だし、第一そんなことをすれば、新生金宝の国が世界中の物笑いになる。……そうよ、俺はやるしかないんだ。……

原はやっと立ち上がり、しばらく目を閉じて心を静めると、少し青ざめた顔で会議に戻った。遠藤大佐が、

「どうされました？　何かあったのですか」

と目ざとく心配気に聞いてきたが、原は、

「いや」とだけ答えて仕事に戻った。

一方、安藤たち二人は倉庫らしい小部屋で、それぞれ椅子に手足を縛られくくりつけられていた。先に意識が戻った安藤は、必死に脱出を考えた。ロープはしっかり縛られて弛みもない。

――（待て、落ち着け）――と、彼は腫れた顔の痛みに耐えて考え続けた。――（人質として取ったのなら、まだ時間はあるはずだ）……突然、彼の記憶が閃いた。そうだ！　昔師範が「縄脱けの術」とかいうのを話されていたな、あれは忍者のことだったが、どの指を脱すんだろう。手首か、いやそれは無理だ、どの指を折れば一番効果的か、と彼は僅かに動く指先でロープをまさぐった。午後になって彼は、全身の力をこめて左親指と人差し指に力をこめた。ボキッと鈍い音がして頭がカァーと灼熱した。「ウワッ」と思わず声が出る。「茂さん！」と貴子が押し殺した悲鳴をあげた。

安藤は襲ってくる激痛に、泣き笑いの声で辛うじて答えた。

「大丈夫、貴子さん、僕は大丈夫、僕は昔、柔道で腕を折ったこともあるんだ、何だこんなもの……とにかく最後まで諦めないで努力します」

と、これは半分は自分自身に言い聞かせていた。残った指を動かしていると、やっと少し弛みが出来たような気がしてきた。よし、もう少しだ、と痛みに負けそうになる自分を励ました。部屋は明るさが消えて行った。その時、足音がして二人が戻ってきた。ホットドッグを少しずつ食べさせた。

やがて一人がロープをチェックし、安藤の手を縛り直した。痛さに「ウワッ」と呻いた。「フーン、お前さんはなかなか立派だな。だが相手が悪かった、俺は未だかつて一度も任務を失敗したことがない男だ。悪く思うな。お前たちの親は連絡して来ない。仕方がない。明日の朝まで待ってやる」

二人は出て行き、再び部屋は真暗闇になった。さすがに安藤はガックリ気落ちした。きつく縛り直されたロープは微動もしない。波のように激痛が頭に走り、「ウッ」と呻く。

「茂さん」と彼女が落ち着いた声を出した。

「茂さん、もういいの。父が国のために命をかけて働いているのはよく分かってます。……私、茂さんと御一緒にあの世に行けるのなら悲しくはありませんの。二人で向こうで幸せになりましょう。茂さん、私のために指まで折って苦しんで下さって、私、心から、有難く感謝しています。私、一緒になれて幸せでした。もういいんです。静かに二人で参りましょう。……茂さん、私幸せです」

さすがに最後は涙声になった。安藤も涙が出てきた。

「貴子さん、有難う。僕は貴方を心から愛しています。いいでしょう。手を取り合ってあちらに行きましょう。それで幸せになりましょう。貴子さん、僕は貴方をしっかり抱いて行きます」

夜も更けた頃、再び足音が近付いてきて二人のロープを調べた。今度は一人で寝酒でもやっていたのか酒の臭いがした。安藤は心の底から青ざめた。必死になって喋った。

「ナア君、君はどこの出身だい。ユナイテッドステートオブアメリカ、オアルシア？　君のお母さん、ユアーマザーやシスターはまだ生きてるのかい。子供はいるのか……」

「煩い！」と男は低く怒鳴ると、安藤の腫れた顔にまた一発くらわせた。安藤は椅子ごと仆れた。男は舌打ちすると、貴子に近づき乳房を揉んだ。「ヒイッ」と貴子が悲鳴をあげた。男はそのまま出て行った。また暗闇がきた。

「茂さん、大丈夫、御免なさい、私のために」

「アア、全然平気。仆れたから、かえって楽になったさ。貴子さん、僕は貴方といられて幸せです」

「私も同じ、ネエ……」

と二人はボソボソと子供の頃からの話、美味しい料理、二人の家等を話し続けた。テレビのように自分たちがまだ本当に殺されるのか、という実感が湧いて来なかった。しかし、かと思うと今度は言い知れぬ得体の知れない恐怖が二人を包んだ。やがて、その声も静かになった。

また一時間くらいたった頃、しのびやかな足音が近づき、ドアの鍵がゆっくり開けられ、懐中電灯の光芒がさした。また、あの男が貴子さんを嬲るためにやってきた！　安藤はもがいた。男は、

「シッ！　静かに」

と小声で言いながら安藤に近づき、ロープをほどき、次に貴子のロープもほどいた。

二人は立ち上がろうとしたが、また床に転んで手をついた。

「フクちゃんは指を折ってまで、彼女を助けようとしたのね。偉いわ」

安藤はフクちゃんという意外な言葉を聞いた。

「いいこと。君たちは今朝殺されるの。私フクちゃん好きだから助けることあるのよ。ドアを出たら静かに、静かによ左、左に行くの。少し行ったら右側にドアがあるわ。鍵は外してあります。外に出たら静かに一〇〇メートル歩いて、自転車に乗って町の方に走ることあるわ、分かった?」

「君は……君はもしかしてシスコのジョーか、どうして助けてくれるんだ、後で君が大変なことにならないか」

「フフ、私はね、このシスコのジョーは、ミスター安藤フクちゃんの正義が気に入ったの。そんな立派な人、殺すのよくないあるわ。さあ早く」

安藤は固い握手をすると、痛む左手で貴子の手をとり、ソロリソロリと歩きだした。ドアを照らしてくれていた光がさっと移って、別の方向に行くのが見えた。

外に出て新鮮な夜気を吸うと、貴子は安藤の左手を両手で包みこんだ。周りは倉庫群だった。言われた位置に鍵のかかっていない自転車が置いてあり、安藤は力一杯ペダルを踏み、町の灯の方に走り、やっとタクシーを見つけると、「旭日(きょくじつ)新聞へ大急ぎ!」と命じた。彼女の家も自分の家も当然、彼らに監視されていると思ったのである。

㈥　国政会議発足

八月二三日㈮朝、平入大佐は本日午後一時、議事堂傍の金宝国憲政会館、大会議室において重要な発表が行なわれます、とだけ予告した。

官邸・国会議事堂・両院議員会館一帯は立入禁止区域になっていたが、午前一〇時からは記者証を持つ者は通すと言うことで、百数十人のマスコミが押しかけ、少しでも良い場所を取ろうと犇(ひしめ)いていた。

定刻、事務員風の男が出てきて、演壇上に「国政会議設立準備会」と「国政会議施政方針説明会」の立看板を立てかけた。

三分後、壇上に約二〇人が現われ、椅子に腰かけた。一斉にカメラ・ビデオ・中継のライトが眩しくついた。

大曽根元総理が立ち上がって演壇に進み、挨拶した。

「私どもは軍政府のご指名により、ここに金宝国国政会議設立準備会の設立を宣言致します」と述べ、次いで、

「只今から別室におきまして、同会の会議を行ないますので暫時お待ち下さい」と話して全員が退席した。

「何だ、茶番じゃないか」と、ザワザワと一斉に批判の声があがった。

五分後、再び事務員が出て来て準備会の看板を片づけた。三分後、再び全員が並んだ。大曽根が再度、演壇から話し始めた。

「只今、金宝国国政会議設立準備会の全委員で協議した結果、全員一致で同会を発展的に解散して金宝国国政会議とすることに致しました。ここにその成立を宣言し、併せてその基本方針を発表致します」

花束を捧げた娘が現われ、大曽根委員に花束を贈った。大曽根は声を張り上げて、以下の方針について述べた。

発表要旨

一、我が国の置かれている基本的条件

(1)、侵略戦争を放棄した我が国には永久的に領土・国土の拡大はない。

(2)、世界的に人口が急増していること。

(3)、世界的に食料（含水産）資源が漸減してゆくこと（我が国の自給率は低い）。

⑷、世界的に石油ガス・諸鉱石・レアメタル等の消費量が急増し、逆に上記資源の増加の見込みはないこと。

⑸、我が国の人口は漸減しつつある上に長寿人口が増え、若年者が減少している。

⑹、我が国は年間六億トン（石油二億五〇〇〇万トン、鉄鉱石一億五〇〇〇万トン、食料六〇〇〇万トン、その他一億四〇〇〇万トン）の資源を海路輸入している。

⑺、世界的に資源戦争、宗教戦争等が多発している。武力のない者は敗れている。

⑻、大量生産・技術加工方式は、中国アジア諸国にすでに移行している。

⑼、我が国固有の文化・倫理が消え、犯罪が急増している。

⑽、海洋資源は多いが未開発であり、それを研究・防衛する能力は軽視されている。

一、我が国将来の施政方針
前項の基本条件を踏まえ、民生移管後に正式に発表する。

一、国政会議議員
議長・大曽根康家元総理
副議長・岩原進太郎元首都知事
委員（名略）
深田・安部・村水・塩水・羽島・大泉林・海分・竹村・四宅・桜水（女）・岡本・岩庭・大川・南川・寺沢・桐の宮殿下・広中

一、国政会議事務局は、新議員会館が建設されるまでは憲政会館を一部改築して使用する。

一、総選挙を次の予定で実施する。
(1)衆議院議員二三〇名
(2)当選定数及び区割り発表九月三〇日(月)

(3)立候補者受付締め切り一〇月一〇日(金)
(4)総選挙一一月二日(日)
但し、選挙区割りについては今回に限り前回の総選挙を踏襲する。
一、現在拘束中の人たちについては九月一五日(月)を以て解放する。但し、暴力団・犯罪関係者・不法滞在者等を除く。
一、現在の軍政は国政会議からの民政移管命令に従い終了する。
一、国政会議は軍政の返還までに新憲法を発布する。

以上

大曽根は散会を宣した。このニュースは、即時米国にも中継されていた。組織のリチャード会長とカールソン議員・ファナード長官の三人がテレビを見ながらウィスキーを飲んでいた。ソファーにゆったりと凭(もた)れこみ、給仕の女もいない。カールソンが感想を述べた。

「ウィル、これでこの国の政治体制は国政会議に実権が移ったね。プリンスと軍が一人ずつ入っている。唯一の救いは、深田支部長が参加していることと多分、次の総選挙では深田の腹心の大沢が総理大臣になるだろう、ということかな」

ウィルソンがゆっくり答えた。

「だが、原少将が問題だな。国政会議という組織を考え出し、軍を一つに纏めてクーデターをやりとげた男だ。彼は国政会議から距離を置いている。黒幕として何かの含みがあるのではないかね」

ファナードが冷静な口調で答えた。

「金宝駐在大使から彼と仲間の経歴・物の考え方・性格などについて詳しい報告が来ている。それによると、ここは幾通りもの見方が出来るでしょう。ウィルの言う通り、本人が自分を政治家不適と思っていて腹心の代理を出して牛耳る（ぎゅうじ）とも考えられるし、あるいは軍務の世界に戻って専念したいのかもしれない。一つ言えることは、いずれにせよ軍が強化され独立化して行くことは間違いないところです」

カールソンもそれは認めた。

「深田によれば、原はミサイル防衛やミサイル原潜、小型空母の開発、情報省の新設にも前向きらしい。ただ仮想敵は主（メイン）が中国・ロシアで、我々に対しては親米派なので近い将来は問題ないでしょうが、次第に手綱（たづな）がとりにくくなることは確かでしょうね」

「分かった。有難う、また何か情報が入ったら教えてくれ給え」

二人が帰って行くと、リチャードはウィスキー片手に暫く考えていたが、短い電話をチャーリィ・ゴードンにかけた。

八月二九日㈮午後一〇時、夜はすでに四周を覆い、家々や道路には明るい灯がともっていた。原たちの仕事は、先週の国政会議の発足発表以来、明らかに減小に向かっていた。

何よりも各省庁の役人たちの態度が変化してきていた。彼らは軍政の終末が見えたことで自信を取り戻し、国政会議、何程のことやあらん。そもそも国政議員といっても、昔仕えた顔馴染（なじ）みの人ばかりではないか。それに彼らは方針だけを示すもので、実務は内閣行政組織の我々がやることになるので、それまでに軍政府の機嫌（きげん）を損じて免職にされてはかなわない、とある程度は仕事に協力してくれるようになっていた。

原は改めて広中少将と加藤・山中両少将、遠藤・松本・大川大佐を大曽根議長・岩原副議長の許に行かせて正式に会議を開かせ、国政会議の在り方、議員資格等と新設予定の情報省の構想と国政会議及び軍・警察との在り方を議論させた。

　一方、大沢議員は新ファミリー党構想を早々と発表し、候補議員たちに選挙準備をさせていた。今までの二院が一院になり、七三〇人近くが僅か二三〇人になるというので、公認を取りつける争いが始まり、既にしてクーデター前と何ら変わらない政治汚濁がまた始まっていた。

　大沢は全選挙区に一名以上を公認候補として立て、二三〇名中一五〇名の当選を公称した。不思議なことに、産業界と金融界は大沢一派に三〇〇億円の融資を決めた。噂では、経団連会長や四星・四井などの財閥が援助しているということであった。

「やれやれ、やっと峠を越えた、という感じだな」と原は広中や加藤らに笑いかけた。

「たまには早く帰ろうか、遠藤君、副官に車の用意をさせてくれ」

　広中も笑顔でこたえた。

「遠藤、儂の車も呼んでくれ」

　原は遠藤大佐・松本大佐・大川大佐らと参謀・副官ら十人ほどと一団となって階段を降り、正面玄関に出た。当直将校、兵が整列して警笛を吹き敬礼する中を、答礼を返しながら車に近づいた。

　車のドアに一歩のところで、原は遠藤大佐に向かい、

「あのなあ、広中にな」と言いかけた、その瞬間、あたりの空気がフッと押さえつけられ、グシャッと音がして原の胸から血が噴き出し、彼はぶん撲られたように後ろに仆れた。

　瞬間、首を縮めた遠藤大佐が顔面蒼白となり、仆れた原を抱き起こした。

「部長！　部長！　しっかりして下さい！　傷は浅いです！　すぐ救急車を呼びます！　部長！　しっかりして下さい！」

　と涙声で叫んでゆさぶった。鮮血がドクドクと噴き流れ、遠藤の服に染みた。

　だが、原はすでに事切れていた。遠藤は原を抱いたまま呆然としていた。当直将校が、

「あそこだ！　あのビルだ！　逃がすな！　全員車でぶっとばせ！」

と護衛兵のジープにとび乗り走り出した。次いで兵たちが別のジープで追いかけ、乗り遅れた兵たちは走って追っかけた。

参謀の一人が階段をかけ上がって広中に大声で急報し、その場にいた全員が玄関にかけ降りてきて原と遠藤をかこんだ。

広中は目をカッと見開き、無言で原の傍に膝をついた。涙が湧き出し、彼は原の見開いた目を閉じてやった。それから遠藤に、

「もうよい、寝かせてやれ」と遠藤の肩を叩き、背後に向かって、

「誰か国旗で包んでやれ」と命令した。

遠藤が涙声で、広中に最後の言葉を伝えた。

「部長は『あのなあ、広中にな』と言われたのであります。自分が傍に付いていながら申し訳ありませんでした」と言って号泣した。

「あのなあ、広中にな」という言葉に、広中は原の「魂」を感じた。その言葉は無限の広がりをもって彼を包んだように思われた。

クラスの兄弟として、原は後事(こうじ)をこの儂に託したのじゃ、と広中は原のすべてが自分の中に入ってくる気がした。

——(此奴(こいつ)はこの国の未来と引き換えに自分の命をかけたんじゃ。……原、貴様は立派な死場所を選んだ。見ていてくれ、俺はお前の気持ちを無駄にはせん。俺も貴様と一緒に進むぞ、……お前はもういい、安らかに逝ってくれ)——

と、広中は心の中で原に誓った。

夜空に星々が美しく、あたかも原の魂を迎えるかのように整然と輝いていた。

〔完〕

軍成下での諸施策（考え方）

一、主権の侵害には武力を以て戦う

現在の金宝国では、あくまで外交で平和的にとことん話し合って解決する、となっているが、外交で改善が見られない場合には、武力を用いてでも断乎主権を防衛することに改める。

一、公共の利益は個人の利益に優先する

人はその人の属する社会・国の中で、互いに関わり合って生活している。個人の権利・利益を主張するあまり、その社会・国に不利益や迷惑を与えることは許されない。

一、外交について

(1)、勅任官及び外交官試験は廃止する。

(2)、内政干渉を許さず、米・英・カナダ・オーストラリア・インド等の友好国家と協力して外交を行なう。

(3)、国連分担金の負担は中国以下とする。

(4)、中国に対するＯＤＡ・無償有償借款の供与は即刻中止する。

(5)、反金宝政策を取る国に進出する企業、個人等には国は原則として支援しない（自己責任）。

(6)、国の防衛に関する外国との交渉は、窓口は外務省であるが、方針・施策等の決定は国防省が国政会議の許可を得て決定する。また外国駐在の大・公・領事等の組織下から防衛駐在官及び情報調査関係者を分離独立させる（人事と予算）。但し、事務所等の形式上、名義上は大使館員とする。

(7)、会計検査院は在外公館に対しても厳密なる監査を行なう。

一、特別会計は廃止する

一、年金について

国民自身が金を積み立てて国に預け、定年になると年金として貰うのは無智蒙昧の庶民ということが前提の考え方である。国は国民を守る義務がある。現在約二〇〇〇万人の老人がいるので一人毎月六万円の手当を支給する。（もちろん国民自身も、それぞれ自己責任で貯金・利殖をはかり、老後の安定を期する）。

この所要経費は年一四・四兆円（将来三〇〇〇万人となった場合は二一・六兆）であるが、社会保険庁を廃止し、郵便局員を非公務員化し、労働省の一部を削減し（支給業務は税務関係者に兼務させる）、特別会計の冗費を回せば充分可能である。

一、刑法の改正について

現在の刑法が制定された当時の社会は、人としての倫理・道徳・信仰心・恥等の文化があり、犯罪者も少なかったので、法は本人の更生に重点を置いた。

しかし、現代は状況が一変している。もう更生より緊急に犯罪者を除去し、量刑を倍増し、刑務所に隔離することしか方法はないであろう。

一、消費税について

この税は税務事務軽減・公平性等の利点があるが、老人や貧者には一律パーセントの負担は苛酷である。従って衣・食・住の必需品（特に食料）はぜいたく品と必需品について区分し、税率を安くすべきである。

一、課税について

農家・漁業・小売業・政治家・宗教法人等の特権・みなし、課税方式はサラリーマンと比べて不公平である。また、暴力団関係の収入調査も正確には行なわれていない。警察は税務担当者の調査等には必ず同行し、厳正公平な査定に協力しなければならない。

【参考図書】

「大海軍を想う」伊藤正徳著　文藝春秋社
「核戦略下の日本の国防」御田俊一著　芙蓉書房
「親日派のための弁明」金完燮著　草思社
「ミリタリーバランス」朝雲新聞社
「自衛隊装備年鑑」朝雲新聞社
「捏造された昭和史」黄文雄著　ワック社
「韓国併合への道」呉善花著　文藝春秋社
「防衛ハンドブック」朝雲新聞社
「防衛隊白書」防衛庁

【著者紹介】
海堂史郎（かいどう・しろう）
1930年、愛知県生まれ
公職を経て、自営業。現在、執筆活動中
2004年、『ニューアラビアンナイト』出版

八咫烏（やたがらす）は翔んだ

2005年11月15日　第1刷発行

著者　海堂史郎
発行人　浜　正史
発行所　株式会社　元就（げんしゅう）出版社
〒171-0022 東京都豊島区南池袋4-20-9
サンロードビル2F-B
電話　03-3986-7736 FAX 03-3987-2580
振替　00120-3-31078
装幀　純谷祥一
印刷所　中央精版印刷株式会社

※乱丁本・落丁本はお取り替えいたします。

ISBN4-86106-035-4　C 0095